Notre otage à Acapulco

Du même auteur

Romans

Les Flammes de pierre, Gallimard, 2021 ; Écoutez lire, 2021.

La Princesse au petit moi, Flammarion, 2021 ; Écoutez lire, 2021 ; Folio, 2022.

Le Flambeur de la Caspienne, Flammarion, 2020 ; Écoutez lire, 2020.

Les Trois Femmes du Consul, Flammarion, 2019 ; Écoutez lire, 2019 ; Folio, 2021.

Les Sept Mariages d'Edgar et Ludmilla, Gallimard, 2019 ; Écoutez lire, 2019; Folio, 2020.

Le Suspendu de Conakry, Flammarion, 2018 ; Écoutez lire, 2018 ; Folio, 2019.

Le Tour du monde du roi Zibeline, Gallimard, 2017 ; Écoutez lire, 2017 ; Folio, 2018.

Check-Point, Gallimard, 2015 ; Écoutez lire, 2015 ; Folio, 2016.

Les Enquêtes de Providence, Folio, 2015.

Le Collier rouge, Gallimard, 2014 ; Écoutez lire, 2014, 2015 ; Folio, 2015.

Immortelle randonnée : Compostelle malgré moi, Guérin, 2013 ; Audiolib, 2013 ; Gallimard, 2013 ; Folio, 2014.

Le Grand Cœur, Gallimard, 2012 ; Écoutez lire, 2013 ; Folio, 2014.

Sept histoires qui reviennent de loin, Gallimard, 2011 ; Folio, 2012 ; Étonnants classiques, 2016, sous le titre *Les naufragés et autres histoires qui reviennent de loin.*

Katiba, Flammarion, 2010 ; Folio, 2011.

Le Parfum d'Adam, Flammarion, 2007 ; Folio, 2008.

La Salamandre, Gallimard, 2005 ; Folio, 2006.

Globalia, Gallimard, 2003 ; Folio, 2005.

(suite en fin d'ouvrage)

Jean-Christophe Rufin
De l'Académie française

Notre otage à Acapulco

Flammarion

Couverture : Photographie d'Aurel Timescu : Pascal Ito © Flammarion. Stylisme : Marie Frémont. Maquillage et coiffure : Delphine Delain et Juliette Chupin avec le concours de l'atelier Peruke. Décor : photomontage d'après des images © Shutterstock / Lifestyle Travel Photo, Pola Damonte, Ovidiu Hrubaru, Pakhnyushchy, R. Classen ; © Ivonne Wierink / 123RF et le portrait d'Ava Gardner © Sunset Boulevard / Getty Images.
ISBN : 978-2-0802-5137-4

I

— Nous avons ce qu'il vous faut, monsieur Timescu. Puisque apparemment vous vous prenez pour James Bond.

Personne n'avait moins l'air de James Bond que le petit homme dégarni, transpirant dans son costume de tweed et son gros manteau d'hiver à six boutons, fermé jusqu'au col. Covid oblige, il portait un masque chirurgical d'un rose pâle. Il l'avait posé de travers, si bien qu'on aurait cru qu'il était bâillonné avec du papier hygiénique.

— Vous ne pouvez pas vous empêcher de sauver la veuve et l'orphelin. Nous le savons bien et nous apprécions votre altruisme à sa juste valeur.

Prache, comme à son habitude, était assis derrière son bureau, le dos à la fenêtre. Le soleil bas de l'automne entrait largement par la grande baie de ce qui avait été jadis le siège de l'Imprimerie nationale avant de devenir l'annexe du ministère des Affaires étrangères.

Aurel toussa et essuya d'un geste rapide la goutte de sueur qui s'apprêtait à couler sous son œil gauche.

— Merci, déglutit-il, la gorge sèche.

Il attendait la suite. Cette entrée en matière du responsable des Ressources humaines ne pouvait rien annoncer de bon.

— Il était prévu que vous partiez à Obock, c'est-à-dire dans la périphérie de Djibouti, crachota Prache dans son masque. Mais imaginez-vous James Bond à Obock ? C'est un trou.

Après un ricanement, Prache, joignant les mains et avançant son cou maigre de vautour apprivoisé, ajouta :

— James Bond, il lui faut de belles plages, des hôtels de luxe, des piscines entourées de jolies filles, des cocktails aux couleurs des Tropiques, vous ne croyez pas ?

Aurel s'enfonçait de plus en plus dans son épais manteau qui formait comme un tonneau autour de lui. Sa tête semblait posée directement sur le col, à la manière d'un bouchon sur le goulot d'une bonbonne.

— Acapulco ! prononça Prache en plissant les yeux, comme sous l'effet, par ce seul mot, d'un charme voluptueux.

Aurel resta impassible. Il attendait toujours le mauvais coup.

— Vous connaissez ?

Aurel secoua la tête, ses oreilles raclèrent la toile rêche du manteau.

— Vous n'avez pas vu *License to Kill* ?

Le seul poste de Prache à l'étranger avait été celui de cinquième sous-fifre à l'ambassade de France à Lagos. À cause de cette lointaine expérience, il affectait des airs d'anglomane.

— Ce n'est pas le meilleur des James Bond. Mais tout de même, cela donne une idée du lieu : Acapulco, la « Perle du Pacifique ».

Pendant la jeunesse d'Aurel en Roumanie, sous Ceausescu, on considérait James Bond comme chantant trop les louanges du capitalisme anglo-saxon et il n'était pas le bienvenu. Les autorités lui préféraient le fantasque et inoffensif Belmondo. Aurel avait vu douze fois *L'Homme de Rio*.

— Le Mexique, quand même, cela vous dit quelque chose ?

— Je ne connais pas l'Amérique latine, lâcha Aurel sans pouvoir maîtriser son fort accent roumain.

— Eh bien, ce sera l'occasion. Une belle occasion, croyez-moi. J'ai passé des vacances au Costa Rica avec ma femme il y a deux ans. Nous en sommes revenus conquis.

Le soleil rasait la tête de Prache et, sous un paillasson de rares cheveux d'un blond filasse, faisait luire la peau de son crâne.

— Ne cherchez pas ce poste dans l'organigramme de l'ambassade de France au Mexique.

Nous n'avons qu'un Consul honoraire à Acapulco. Bien sûr, ce n'est pas un diplomate de carrière. Compte tenu de circonstances exceptionnelles, dont vous serez informé en temps utile, nous devons renforcer notre présence dans cette ville pendant quelque temps. C'est un des inconvénients de cette nomination, voyez-vous, elle est provisoire. Mais quelques semaines ou mois dans un endroit pareil, c'est toujours bon à prendre, n'est-ce pas ?

Avec la réputation qu'il traînait au Quai d'Orsay, Aurel ne pouvait guère espérer des affectations prestigieuses. Il était généralement destiné à des postes subalternes dans des pays difficiles. Qu'on l'utilisât maintenant comme bouche-trou était bien dans la logique d'une carrière calamiteuse. C'était son choix. Il avait rejoint la diplomatie parce qu'elle lui offrait un emploi stable, mais il n'avait jamais eu la vocation.

— Il y a deux autres contraintes, ajouta Prache, en reculant jusqu'à s'appuyer sur le dossier de son fauteuil. La première ne vous posera, j'imagine, aucun problème : votre mission sera de ne rien faire.

Son expression ironique confirma que le responsable de la DRH avait, sur les capacités professionnelles d'Aurel, des opinions bien arrêtées.

— Vous ne serez là-bas que pour des raisons politiques et par décision du ministre lui-même.

Comme toujours lorsqu'il mentionnait des personnalités et, en particulier, son ministre de tutelle, Prache avait baissé la voix et pris le ton d'un officiant murmurant pour lui-même le nom sacré de Dieu.

— Il s'agit, dans les grandes lignes, de renforcer notre présence sur place et d'accroître notre visibilité, en affectant à Acapulco un *vrai* diplomate.

Aurel détourna les yeux pour ne pas voir le sourire mauvais par lequel Prache accompagnerait sûrement ce qualificatif.

— L'autre condition vous demandera certainement davantage d'efforts : vous ne devez faire aucune vague, ne vous mêler de rien, sauf si l'Ambassadeur vous le demande, mais c'est peu probable. C'est un emploi de pure représentation. Me suis-je bien fait comprendre ?

Le ton de Prache était menaçant et, en prononçant ces derniers mots, il avait plongé en avant, au point de faire sursauter Aurel.

— Oui ! Oui ! J'ai bien compris...

Il était clair que le DRH n'ignorait rien de toutes les complications qu'avait soulevées Aurel dans ses précédentes affectations. Le Quai d'Orsay avait dû chaque fois reconnaître que ses interventions, si intempestives et antihiérarchiques fussent-elles, n'étaient pas sans fondement, en tout cas du seul point de vue qui importât à Aurel, à savoir la justice. Cela ne l'aurait sans doute pas empêché d'être mis à la porte si son statut de titulaire ne lui garantissait pas une solide protection.

Après un moment solennel pendant lequel Prache tint encore Aurel sous la menace immobile de ses yeux chafouins, il se leva et raccompagna le nouveau Consul à Acapulco jusqu'à la porte de son bureau. Il ne lui serra pas la main car c'était un homme qui pratiquait les gestes barrières depuis sa naissance.

— C'est un beau poste, dit-il en hochant la tête comme s'il avait félicité avec une pointe de jalousie un vainqueur de l'Euromillions.

Aurel n'eut pas à se forcer pour exprimer son contentement. Avant chaque entretien avec le DRH, il ne dormait pas pendant trois nuits. Le simple fait d'en ressortir vivant était un immense soulagement.

— Au fait, le retint Prache, un dernier détail. Votre départ est immédiat. Voyez avec l'agence de voyages. Nous sommes lundi, l'idéal serait que vous arriviez à Mexico dès mercredi prochain, pour prendre vos consignes auprès de l'Ambassadeur.

Ce dernier mot était prononcé avec une déférence proche de celle qu'il réservait au ministre, quoiqu'elle fût moins emplie de vénération.

— J'ai eu l'honneur de servir sous ses ordres lorsqu'il était à la DGA. Vous le saluerez respectueusement de ma part. Hubert de Chamechaude est un grand diplomate, quoiqu'un peu singulier, vous verrez…

S'avisant tout à coup que personne ne pouvait être plus singulier qu'Aurel, et surtout qu'il ne convenait pas, compte tenu de la différence de leurs positions, qu'il se livrât avec lui à la moindre confidence, Prache secoua la tête.

— Bon séjour dans la « Perle du Pacifique »...

Il s'inclina, de façon légèrement excessive, donc ironique, puis referma la porte.

*

« Acapulco : la troisième ville la plus dangereuse au monde. » « Jadis appelée la "Perle du Pacifique", la ville d'Acapulco et ses environs, l'État de Guerrero au Mexique, sont devenus la capitale des gangs et du meurtre. » « Un abattoir tropical », « Acapulco, livrée aux narcotrafiquants, a été désertée par les touristes. » En pianotant sur son ordinateur, dans la chambre d'hôtel minuscule qu'il avait louée à Montparnasse, Aurel comprit vite ce que signifiait le ton goguenard de Prache.

Après avoir été, en effet, dans les années 50 et 60, le paradis du show-business américain, Acapulco, la ville de cœur d'Elvis Presley et de John Wayne, était peu à peu devenue un enfer. Cette découverte ne fut même pas une surprise pour Aurel. C'est le contraire qui l'aurait étonné. Si Acapulco était restée une ville de rêve, il n'y aurait pas été envoyé.

Il eut cependant l'impression qu'un nouveau pas était franchi. La stratégie du Quai d'Orsay, faute de pouvoir se débarrasser de lui, était depuis longtemps de le pousser à la démission. Cette fois, il s'agissait d'en finir pour de bon. Si une balle perdue, dans une rixe entre deux groupes mafieux, pouvait le tuer net ou même l'estropier, l'épine dans le pied qu'il représentait pour Prache et la DRH en général disparaîtrait une fois pour toutes.

En faisant mine de l'envoyer dans un paradis, c'était *au* Paradis qu'ils comptaient bien l'expédier. Loin de le déprimer, cette perspective eut sur Aurel un effet stimulant. Il avait connu des exils nombreux, où l'ennui, la médiocrité, l'isolement étaient les principaux dangers, pour ne rien dire des maladies tropicales et des embrouilles locales. Il s'en était toujours sorti. Il lui semblait que, cette fois, on le confrontait à un adversaire nouveau, inconnu et plus redoutable. Comme un boxeur qui, après avoir gagné plusieurs combats, se prépare à décrocher un titre mondial, Aurel se dit que, s'il survivait à cette nouvelle épreuve, rien ne pourrait plus être tenté contre lui. On finirait alors peut-être par l'enfermer dans une ambassade tranquille comme celle de Prague ou de Dublin, où il pourrait se consacrer librement à ses deux passions : le piano et le vin de Tokay.

C'est donc avec un moral intact dont il ne se pensait plus capable qu'il embarqua pour Mexico le surlendemain de son entretien avec Prache.

Il s'était surtout documenté sur Acapulco, et avait omis de s'informer sur le climat dans le reste du Mexique. Sa surprise fut grande à la descente de l'avion : la température à Mexico était à peine plus élevée qu'à Paris. Située à plus de deux mille mètres d'altitude, la ville compensait ainsi les effets de sa latitude. Encore plus inattendu, Mexico ce jour-là était envahie par un brouillard à ras du sol, qui rappela à Aurel les villes minières de Roumanie. Les lointains ocres donnaient à la brume une consistance huileuse. L'air était saturé d'eau autant que d'hydrocarbures. Il faisait ainsi connaissance avec la légendaire pollution de la capitale. Il en ressentit un vif plaisir tant il s'attendait à retrouver dans ce pays la monotonie bleue des ciels tropicaux et l'écrasante chaleur qui l'accompagne. Il se donna même le luxe de frissonner pendant que le taxi traversait de sinistres banlieues, construites de bric et de broc. Peu à peu, la ville s'embourgeoisa et il pénétra dans des quartiers modernes.

D'inextricables embouteillages mêlaient voitures de luxe et interminables camions tout en couleurs vives et en chromes, équipés pour traverser des déserts, ce que, probablement, ils avaient fait pour arriver jusque-là. Quelques motos intrépides tentaient de survivre dans ce flot de pare-chocs à touche-touche.

L'agence de voyages lui avait réservé un hôtel proche de l'ambassade. Il était situé dans le quartier de Polanco, centre résidentiel et d'affaires de la capitale fédérale. L'établissement, construit dans les années 70, était bien tenu, confortable mais sans charme particulier. Aurel avait le sentiment agréable de se trouver n'importe où et, en somme, de n'être ni arrivé ni parti.

Il se coucha sans défaire sa valise. Il avait acheté à l'aéroport une petite méthode d'espagnol pour apprendre les rudiments de cette langue. Il l'ouvrit, lut la première phrase : « *Manuela es una niña* » et s'endormit aussitôt.

Le lendemain matin, le soleil était revenu, mais un soleil inoffensif, doux, qui laissait jouer les nuages à ses pieds comme des gamins turbulents. Aurel se rendit à pied jusqu'à l'ambassade.

À l'extérieur, tout le monde utilisait un masque pour se prémunir du Covid. Les gens le portaient dans les queues des magasins où ils étaient serrés les uns contre les autres, mais aussi dans les rues bondées et même dans les endroits déserts. En somme, le masque était un talisman qui permettait de s'affranchir de toutes les peurs.

Aurel traversa un beau parc, très bien entretenu, planté de jacarandas. Sur de petits ronds-points se dressaient par endroits des monuments, le plus souvent édifiés à la gloire d'inconnus à moustache. Le calme du lieu, les allées rectilignes ornées de bancs verts, les bassins équipés de jets d'eau fleuraient bon le XIXe siècle européen. Cela lui rappelait ses années d'étudiant, lorsqu'il allait s'asseoir avec son premier flirt, à Bucarest, dans le parc Izvor, près de l'université.

L'ambassade était un immeuble d'une dizaine d'étages. Sa façade de verre bleue donnait sur le parc. Il lui fallut s'expliquer laborieusement avec un vigile mexicain qui le regarda avec méfiance. Il avait pourtant pris soin, après sa douche, de sortir de sa valise un costume marron presque neuf et une cravate assortie qu'il avait achetée à Bakou dans un magasin soviétique rescapé du naufrage de l'URSS. Après plusieurs coups de fil passés sans quitter le suspect des yeux, le garde accepta finalement de lui laisser franchir les immenses grilles d'acier. Aurel monta quelques marches et pénétra dans un hall désert meublé d'un drapeau français et d'une maquette du bâtiment. Sur un côté, derrière une vitre blindée, guettait un gendarme français au crâne rasé. Il lui fit signe de patienter sans quitter son bocal.

Sur le programme qui lui avait été envoyé avant le départ, il était mentionné qu'il devait se présenter au bureau à neuf heures La marche depuis l'hôtel avait pris plus de temps que prévu car il avait ralenti le pas pour profiter du jardin public. Il était neuf heures et quart. La secrétaire française qui vint le chercher avait l'air affolé. Elle regarda plusieurs fois sa montre, appela quelqu'un sur son portable et finalement se décida à l'emmener dans les étages par un ascenseur aux parois d'acier brossé.

L'ascenseur s'arrêta au neuvième étage. Ils débouchèrent sur un vaste palier au sol recouvert de marbre gris, traversèrent le hall et s'arrêtèrent devant une porte à deux battants. La femme ajusta son masque, se racla la gorge, hésita puis, comme une désespérée qui se jette enfin à l'eau, frappa à la porte. Une forte voix d'homme leur parvint de l'intérieur. La secrétaire ouvrit. Aurel pénétra dans une salle violemment éclairée par deux baies vitrées. Une vingtaine de personnes étaient assises autour d'une table en forme d'ellipse. Tous les masques se tournèrent vers l'intrus et vingt paires d'yeux le dévisagèrent.

— Cela s'appelle la politesse des rois, claironna d'une voix courroucée l'homme assis en bout de table, en regardant ostensiblement sa montre.

II

Dans un silence hostile, Aurel alla s'asseoir sur une des rares chaises vides, entre deux femmes masquées. Elles s'écartèrent moins pour lui faire de la place que pour prendre leurs distances avec un personnage aussi suspect.

À l'extrémité de la table, Hubert de Chamechaude, l'Ambassadeur, laissa durer cette installation pour montrer son déplaisir. Puis il reprit d'une voix de baryton.

— Monsieur Aurel Timescu, notre nouveau Consul adjoint à Acapulco. Il nous est envoyé à ma demande par le Département.

Puis, s'adressant à Aurel en particulier, il ajouta :

— Vous n'aurez pas, Dieu merci, à prendre part à cette réunion de service hebdomadaire qui se tient chaque mardi à neuf heures. Je dis bien neuf heures. Mais si nous devons vous joindre, en visioconférence par exemple, j'ose espérer que vous vous tiendrez scrupuleusement aux horaires qui vous seront fixés.

La réunion reprit ses divers sujets qui ne concernaient pas Aurel. Son regard vagabonda au loin en direction du parc. Au-dessus du fouillis vert des arbres, le ciel se teintait d'ocre dans le lointain. La pollution, si elle ne stagnait plus au ras du sol, étendait toujours sur la ville son voile menaçant. Mexico est une cuvette d'altitude entourée de volcans. Aurel se rappela avoir lu cela au cours de ses recherches. Oubliant peu à peu les discussions qui se poursuivaient autour de lui, il commença à rêver. Il se prit à penser qu'un tremblement de terre, dans ces régions volcaniques, pouvait soudainement les précipiter au sol, faire s'effondrer le plafond sur l'Ambassadeur, réduire toutes ces choses humaines à leur échelle véritable, celle d'insectes dérisoires qu'un pied céleste pouvait à tout instant écraser. C'était une sensation agréable. Maintenant qu'il pouvait l'imaginer comme un cloporte, il n'hésitait plus à regarder son chef de poste sans crainte, et même avec un peu de pitié.

Le tour de table terminé, Chamechaude fit savoir à quelques personnes qu'elles devaient l'accompagner dans son bureau.

— Vous aussi, monsieur Timescu.

Les cinq élus montèrent un étage par l'escalier tandis que l'Ambassadeur prenait seul l'ascenseur pour les rejoindre. Il les fit entrer dans son bureau, une vaste pièce au sol tapissé d'une moquette moutarde. Un portrait du président de la République était accroché, bien en évidence. Sur une étagère juste en dessous, d'autres photos, soigneusement encadrées, représentaient Chamechaude en compagnie des divers chefs d'État auprès de qui il avait été accrédité.

Autre particularité de la pièce, elle était encombrée de porcelaines bleues. Sur le dessus d'un long meuble de rangement se bousculaient une bonne quarantaine de pots, jarres, cruches, assiettes en céramique blanche décorée de motifs chinois. L'architecture moderne de l'immeuble offrait peu de parois pleines où puissent être déposés des éléments décoratifs. Partout où il s'en trouvait, des plats chinois étaient accrochés et des accessoires inutiles, tel un petit guéridon poussé dans un angle, n'avaient à l'évidence comme fonction que de supporter quelques pièces de collection supplémentaires.

L'Ambassadeur toisait toujours Aurel d'un œil hostile. Celui-ci se demanda si sa réputation professionnelle désastreuse était parvenue aux oreilles de son nouveau patron ou si, le voyant agité et maladroit, il craignait seulement pour ses potiches.

— Il y a un portemanteau sur le palier. Vous pouvez vous mettre à l'aise.

Aurel n'avait pas eu le temps d'ôter son manteau avant la réunion. Il l'avait suivie tout emmitouflé. Il s'en débarrassa et revint dans le bureau.

— Passons à l'affaire qui nous occupe. Je vous rappelle qu'elle est notre priorité actuelle. Résumons en quelques mots pour ceux qui viennent de rejoindre cette task-force.

Coup d'œil en direction d'Aurel.

— Tout le monde connaît M. Alberic Laborne. Ancien ministre du Tourisme, il est très probable qu'il revienne au gouvernement s'il est réélu aux prochaines législatives. Il est solidement implanté dans la région de Limoges. On parle de lui pour les Affaires étrangères.

Aurel venait de se rendre compte qu'une assiette Ming à l'aspect particulièrement fragile était posée sur un support à peu de distance de son coude. Il se força à garder ce danger à l'esprit et à éviter tout mouvement brusque dans cette direction.

— C'est un ami personnel du président de la République. Il a joué un rôle clef dans son élection.

D'un coup et sans prévenir, l'Ambassadeur retira son masque.

— On est assez loin les uns des autres, dans ce bureau. Rien à craindre. Et avec ce bâillon, on ne peut pas parler normalement.

Aurel fut très étonné par ce qu'il découvrit. La voix grave, les yeux enfoncés et les cheveux noirs coupés court laissaient imaginer un faciès brutal et mûr. Or, tel qu'il venait d'apparaître, le visage de l'Ambassadeur rendait au contraire une impression de douceur et d'immaturité. Son nez était petit et légèrement retroussé, ses joues bien pleines. Sa bouche étroite aux lèvres charnues ressemblait à celle que les peintres classiques prêtaient aux angelots qui entouraient les madones sur leurs fresques.

— M. Alberic Laborne est marié depuis 1998 avec Marguerite Dewatteau. Elle est la fille d'un grand industriel du Nord qui occupe aujourd'hui une position solide dans les médias : il est le principal actionnaire d'un groupe de presse puissant et possède une chaîne d'infos continues. Ils ont trois filles, Martha est l'aînée. Elle aura vingt-cinq ans le 19 août prochain. Elle est donc née un an avant le mariage de ses parents. Ce sont des choses qui arrivent. Cela s'appelle l'amour.

On pouvait croire qu'il allait rire… Mais les assistants savaient qu'il aimait les lancer sur de fausses pistes. Personne ne broncha. En effet, il enchaîna sur un ton lugubre.

— C'est elle qui a disparu au Mexique et que nous devons retrouver coûte que coûte.

Il avait serré les mâchoires en achevant cette phrase et pris une expression de gravité et presque d'épouvante, comme quelqu'un qui prêterait un serment, en mettant sa propre vie en jeu.

— Madame la Consule générale, rappelez-nous les faits, s'il vous plaît.

— Merci, monsieur l'Ambassadeur.

La femme ôta son masque. Aurel reconnut alors Josette Lefèvre, une ancienne collaboratrice de

Prache à la DRH. Il n'eut plus aucun doute sur le fait que l'Ambassadeur fût complètement informé à son sujet.

— Martha Laborne a quitté la France il y a quatre mois. Elle a atterri à Mexico. Ensuite elle s'est rendue dans le Sud, Yucatán et Quintana Roo, puis dans la zone Pacifique. Son père ne s'est pas tout de suite inquiété de ne plus recevoir de nouvelles. Elle n'est pas toujours très pressée d'informer ses parents de ses faits et gestes.

— Comme tous les jeunes, commenta Chamechaude.

— En effet. Cependant, au bout de quelques semaines de silence, M. Laborne s'est inquiété. Il a fait faire des recherches par l'opérateur téléphonique de sa fille. La dernière localisation de son portable a été retrouvée à Acapulco. Depuis maintenant plus de trois mois, plus rien. On perd complètement sa trace.

— Voilà les informations. Il faut retenir que nous agissons à la demande du père et qu'il est extrêmement inquiet. D'où votre présence ici, monsieur Timescu, j'y reviendrai. Avons-nous appris autre chose, madame la Consule ?

— Oui. La compagnie de bus Estrella de Oro a signalé au père l'achat d'un billet au nom de Martha Laborne pour le trajet Acapulco – Tijuana, peu après la disparition de son portable.

L'Ambassadeur retira précautionneusement la soupière en porcelaine qui occupait le centre de sa table basse et déploya dessus une carte du Mexique. Il pointa Acapulco, au milieu de la côte pacifique, puis fit glisser son doigt en direction du nord, presque jusqu'à la frontière américaine.

— Mille deux cents kilomètres, dit-il. Sommes-nous certains que Martha ait réellement effectué ce voyage ?

— Pas du tout. La compagnie ne conserve pas la trace des embarquements, seulement celle des achats de billets.

— Et ces bus font-ils des arrêts ?

— Plusieurs, et même parfois sur demande. Si bien qu'en effet, à supposer qu'elle ait pris ce bus, elle a pu en descendre n'importe où ou presque sur le trajet. Voilà où nous en sommes.

— Maintenant, Dalloz, exposez-nous où en est l'enquête.

Le dénommé Dalloz faisait tache au milieu des porcelaines fines. Ses cheveux poivre et sel étaient coupés au ras d'un crâne large et carré. On aurait dit qu'il était coiffé d'un casque. Deux rouflaquettes étroites rejoignaient le menton, à la manière d'une jugulaire. Cette tête de centurion était éclairée par des yeux d'un bleu intense, très mobiles, que l'Ambassadeur semblait éviter de croiser. Un anneau d'or pendait au lobe de son oreille gauche. Aurel aurait parié qu'il était couvert de tatouages mais aucun ne dépassait de son col ni de ses manches.

— Et d'abord, présentez-vous, pour le nouveau.

— Je suis le commandant de police Michel Dalloz, attaché de Sécurité intérieure de cette ambassade.

— Commandant de police... Traduisez-nous ce jargon, je vous prie.

— Commissaire, si vous préférez.

— Je préfère. Donc, l'enquête ?

— Je résume la situation. Martha Laborne est venue en voyage au Mexique sans motif précis.

— On appelle ça du tourisme.

— En vérité, il semble qu'elle ait accompagné un ami...

— Un ami ? Un amant ? soyez précis, Dalloz.

Le centurion n'avait pas peur des mots mais, en l'occurrence, son hésitation n'était pas sans fondement.

— À vrai dire, on ne sait pas exactement. Notre source d'information est sa plus jeune sœur, Livia, qui semble être la seule personne de la famille à qui elle se confiait un peu.

— Vous l'avez interrogée vous-même ?

— Hier soir. Très longuement, au téléphone. Selon elle, Martha aurait décidé la semaine précédant son départ d'accompagner un certain Damien au Mexique. Ils se connaissaient depuis plus ou moins un an. Mais leurs relations étaient assez épisodiques.

— Épisodiques ou platoniques ? soupira l'Ambassadeur qui n'avait décidément pas choisi ce métier pour démêler des affaires de cœur.

— Il faut savoir que la jeune Livia, dix-huit ans, voue une admiration sans limite à sa grande sœur. Elle n'ose pas lui poser de questions trop intimes.

— Donc, Martha part en voyage au Mexique avec Damien.

— Ils font le périple qu'a décrit Mme la Consule générale.

À voir le coup d'œil qu'ils se lancèrent, Aurel comprit que ces deux-là ne devaient pas avoir d'excellentes relations.

— Ils sont arrivés à Cancún trois semaines à peu près après leur entrée au Mexique. C'est à ce moment-là que Martha a quitté Damien. Lui est rentré en France. Elle est partie de son côté et a poursuivi son voyage seule pendant plus de trois mois maintenant.

— Un motif pour cette séparation ?

— Pas que l'on sache. Le peu d'informations que nous possédons vient du dénommé Damien. À son retour, il a appelé la sœur de Martha et lui a juste raconté ce que je viens de vous dire.

— Il n'a pas appelé le père ?

— Il semble qu'il n'ait jamais été présenté à M. Laborne.

— Et M. Laborne m'a dit qu'il ne le connaissait pas non plus. Que sait-on de ce jeune homme ?

— Il a été auditionné hier à l'antenne de police de Nanterre. Il travaille à la Défense. Aucun antécédent judiciaire. Un garçon sérieux, plutôt brillant, sans histoires. Il a répété à mes collègues ce qu'il avait déclaré à la sœur. Rien d'autre.

— Comment comptez-vous procéder pour retrouver Mlle Laborne ?

— Nous ne disposons pas de beaucoup de moyens. Mon service a pour mission de faire de la coopération policière. Nous n'avons aucune autorité pour mener des enquêtes ici, consulter des fichiers, auditionner des personnes. Nous devons nous débrouiller avec notre petit réseau de contacts informels dans les polices mexicaines.

— Informels ?

— On a un petit budget de représentation pour inviter quelques collègues mexicains à manger.

— À « manger » ?

— À déjeuner. À dîner plus rarement. À boire des coups aussi.

— C'est cela que vous appelez votre « réseau informel » ?

— Il ne faut pas perdre de vue, monsieur l'Ambassadeur, que nous sommes sur le continent américain. Les Mexicains, pardon pour le terme, se fichent pas mal de nous. Nous ramassons les miettes que les Yankees nous laissent.

Hubert de Chamechaude était livide d'indignation. Il tenait la France pour une puissance mondiale et acceptait mal que des propos déclinistes fussent tenus dans son propre bureau. Le centurion dut sentir fondre sur lui une force gauloise supérieure en nombre et il battit en retraite.

— Heureusement, il y a quelques types qui nous aiment bien. Des passionnés de foot, fans de Zidane et de Mbappé…

— Le soft-power, ironisa l'Ambassadeur.

— Voilà. Depuis quatre ans que je suis ici, je finis par connaître pas mal de monde.

— Et que vous disent vos contacts sur notre affaire ?

— Pour être franc : rien. Personne n'a entendu parler de cette jeune personne. Elle n'a déposé aucune plainte, n'a été signalée pour aucun incident.

— Pour le moment. Il ne faudrait pas qu'on attende de la retrouver en danger ou morte pour nous en préoccuper.

— Si je peux me permettre, monsieur l'Ambassadeur, vous avez eu le père au téléphone. Est-ce qu'il vous a donné un indice quelconque ? Vous a-t-il dit si elle a eu des problèmes en France ? De drogue, par exemple…

— Jamais ! clama Chamechaude. Rien de tel. C'est une jeune femme parfaitement honorable. Ne commencez pas, vous autres policiers, avec votre manie de transformer les victimes en coupables. Martha Laborne a suivi d'abord une scolarité exemplaire à l'école Notre-Dame de Sion, à Paris. Elle a continué à la Maison d'éducation de la Légion d'honneur. Ensuite, études supérieures de sciences politiques et d'écologie, en France et dans une université américaine. Il est à noter qu'elle parle aussi couramment l'espagnol. Bref, une jeune personne irréprochable, élevée dans le respect de la famille et des valeurs chrétiennes. D'ailleurs, vous connaissez tous l'engagement politique de son père sur ces sujets.

Dalloz hocha la tête.

— Entendu. Dans ce cas, ce doit être une affaire assez simple Elle a dû rencontrer un Mexicain et en ce moment elle coule le parfait amour sur une plage du Pacifique ou de la Caraïbe. Pourquoi est-ce que nous ne saisissons pas officiellement les autorités mexicaines pour qu'elles nous aident à la retrouver ?

— D'abord, je vous interdis de traiter cette affaire avec une telle légèreté. Je vous rappelle que le père est un personnage de premier plan et que, de surcroît, il est engagé dans une campagne électorale difficile de portée nationale. Quant à saisir officiellement les Mexicains, il n'en est pas question. Vous connaissez la réputation de la police dans ce pays. Et la justice, n'en parlons pas. Il y a un précédent que nous ne devons jamais perdre de vue : c'est l'affaire Florence Cassez. Il a fallu sept ans pour la faire sortir de prison alors qu'elle était innocente. Cette crise a mis durablement à mal les relations entre nos deux pays. Nous devons régler cette histoire par nous-mêmes et en toute discrétion.

— Comme vous voudrez.

— J'ai compris que les moyens de la police seront limités. Vous ne pouvez pas « manger » avec tout le ministère de la Sécurité publique. Faites quand même le maximum, sans risquer l'indigestion…

L'Ambassadeur eut un rire mauvais. Aurel comprit qu'il fallait interpréter ainsi cette manière de retrousser sa lèvre supérieure et d'émettre une sorte de hennissement à deux tons.

— En revanche, nous, nous allons déployer toute la palette des moyens diplomatiques. La cellule de crise du Quai d'Orsay est informée en temps réel et un agent y est dédié à cette affaire. J'ai envoyé par télégramme le signalement de la disparue aux autres chefs de poste de la région pour qu'ils me fassent remonter d'éventuelles informations. Et, par ailleurs, comme je vous l'avais annoncé, nous allons renforcer notre présence consulaire à Acapulco, puisque c'est le dernier endroit où Mlle Laborne a été localisée avec certitude. Je ne vous cache pas que c'est surtout une mesure symbolique destinée à rassurer le père.

Aurel ne quittait pas des yeux un petit pêcheur chinois qui trempait sa canne dans une rivière bleue au creux d'un plat de porcelaine. Il ne voulait surtout pas attirer l'attention, croiser le regard de l'Ambassadeur. Il sentit qu'il était trop tard. Son tour était venu.

— Monsieur Timescu…

Il se redressa. L'avantage des costumes en tweed, c'est qu'on peut se liquéfier à l'intérieur, ils tiennent toujours debout.

— Le service des ressources humaines a pu répondre à ma demande en un délai record et vous êtes ici. Évidemment, ils n'ont pas disposé de beaucoup de temps pour ce recrutement. Je dois vous avouer qu'au vu de vos antécédents (échange de regards entendus avec la Consule générale), je n'aurais pas eu recours à vous pour cette mission. Mais, compte tenu des circonstances, nous n'avions pas d'autre choix.

Au moins, les choses étaient dites. Aurel préférait cette franchise aux empapaoutages parfumés, si en vogue dans la diplomatie.

— Votre titre, à Acapulco, sera « Consul adjoint détaché ».

Aurel inclina poliment la tête.

— Cependant, tonna l'Ambassadeur, le doigt pointé sur lui comme Dieu le père dans *La Création* de la Chapelle Sixtine, vous n'aurez à exercer *aucune* responsabilité consulaire : ni état civil, ni protection de nos nationaux, ni délivrance de visas. Le Consul honoraire que nous avons sur place remplit très bien ces fonctions, sous la supervision de Mme la Consule générale.

Un coup d'œil dans la direction de celle-ci suffit à Aurel pour comprendre qu'il n'aurait aucune indulgence à attendre d'elle non plus.

— Votre mission, en somme, est d'être là. C'est tout. D'autres en rêveraient. J'espère que vous saurez vous en souvenir. Partez pour Acapulco dès demain matin. Présentez-vous au Consul honoraire en arrivant. Ensuite, ne quittez plus votre hôtel et relisez *Les Misérables*.

Aurel convoqua tous ses souvenirs de l'époque communiste. Il prit l'air à la fois soumis et benêt qui lui avait si souvent sauvé la vie devant ceux qui, par le passé, avaient eu l'imprudence de se croire ses supérieurs.

III

Dans le hall de l'ambassade, au moment de sortir, Aurel tomba sur le dénommé Dalloz en grande discussion avec le garde. Il eut l'impression que le policier l'attendait. Avaient-ils mis en place une surveillance ?

La Consule générale, après la réunion, l'avait retenu près d'une heure dans son bureau. Elle avait enchaîné toutes sortes de sous-entendus désagréables et presque des menaces. Elle connaissait en détail les affaires dans lesquelles Aurel avait fourré son nez par le passé et qui avaient parfois coûté leur tête à ses anciens chefs. À deux ans de la retraite, Josette Lefèvre n'entendait pas le laisser polluer sa fin de carrière.

Pour terminer, elle lui avait remis une somme suffisante en pesos pour qu'il puisse faire face aux frais du voyage vers Acapulco et s'y installe dans un hôtel. Aurel avait glissé l'enveloppe dans la poche de poitrine de son manteau. L'idée d'une surveillance, si elle devait se confirmer, ne lui déplaisait pas, car on disait Mexico peu sûre.

Mais quand il passa devant le policier, celui-ci ne chercha pas à se dissimuler, comme il l'aurait fait s'il s'était agi de démarrer une filature. Au contraire, Dalloz l'interpella avec un large sourire.

— Viens par ici, dit-il en le tirant par la manche pour l'emmener à l'écart, au fond du hall. Ton nom, ton accent… Tu es roumain ?

— Je l'étais. Maintenant, j'ai des papiers français. En règle.

Devant la police il retrouvait toujours ses vieux réflexes d'immigré. Le policier éclata de rire.

— Ce n'est pas un contrôle d'identité ! Moi, ce qui m'intéresse, c'est la Roumanie. Figure-toi que ma mère avait le même accent que toi. Elle était de Timișoara.

Aurel se détendit. Il forma une espèce de sourire de chien battu. Heureusement, l'autre avait de l'enthousiasme pour deux.

— Tu t'en allais ?

— Oui, je repasse à mon hôtel. Après, je m'occuperai de mon voyage.

— Il est deux heures, tu n'as pas déjeuné, je parie ? Allez, je t'emmène. Faut que tu connaisses la cuisine mexicaine.

Ils sortirent. Aurel suivit Dalloz dans des rues étroites encombrées de voitures. Des klaxons retentissaient de partout, sans avoir le moindre effet sur la circulation.

Ils ne purent se parler avant d'arriver au restaurant, qui, par bonheur, n'était pas très loin. Le policier semblait familier de l'établissement. Une serveuse masquée les entraîna à l'étage. Elle les installa à une table pour quatre et enleva les deux couverts inutiles. La salle était aux trois quarts vide, décorée dans le style des bistrots new-yorkais, avec de grandes photos en noir et blanc qui représentaient des corps enlacés en très gros plan.

— Dommage que tu ne restes pas un peu à Mexico.

— Tu t'y plais ?

— J'y suis depuis quatre ans et c'est mon deuxième séjour. La première fois, j'étais envoyé comme coopérant. Il faut croire que j'aime.

— Je ne me sens pas très dépaysé, dit Aurel en regardant autour de lui.

— Tu n'as rien vu. Ici, c'est Polanco, le quartier le plus européen de Mexico, avec des bureaux et des restos. Mais elle est tellement grande, cette ville… On y trouve de tout. Du très moderne, avec des baraques de rêve, mais aussi beaucoup de coins pourris, où il vaut mieux ne pas mettre les pieds, surtout la nuit. Et surtout, n'oublie jamais une chose valable dans tout le pays : le plus grand danger, ce sont les flics.

Aurel, machinalement, tâta l'enveloppe dans la poche intérieure du manteau qu'il avait accroché au dossier de sa chaise. Dalloz remarqua son geste.

— Tu ne te balades pas avec beaucoup de liquide, j'espère ?

— Si… Ils m'ont réglé mes per diem pour un mois et le prix de mon voyage à Acapulco.

— En cash ! C'est de la folie. Qui t'a donné ça ?

— La Consule générale.

La serveuse apporta deux bières que le policier avait commandées sans demander son avis à Aurel. Il en prit une, trinqua et but une rasade au goulot.

— Au Mexique, on boit les bières à la bouteille.

Aurel l'imita, sans oser avouer à quel point il avait plutôt envie d'un verre de blanc.

— Faut vraiment qu'ils t'en veuillent pour te faire un coup comme ça. En trimballant une somme pareille, avec l'allure que tu as, pardon, je ne te donne pas deux heures avant que tu ne te fasses tout piquer. Tu auras sûrement le réflexe de résister, comme tous les Européens qui se baladent ici. Conséquence : il y a fort à parier que ça finira par un mauvais coup de couteau ou une balle dans la tempe.

— Tu crois que l'Ambassadeur veut ma peau ?

— Je dirais plutôt la Consule générale. C'est une méchante. Elle a déjà fait démissionner deux secrétaires mexicaines. Les gamines pleuraient tous les jours. Bon, je vais t'accompagner jusqu'à l'hôtel et je t'expliquerai ce qu'il faut faire pour ne pas tomber dans ce piège.

Ils commandèrent les plats. Comme Aurel ne comprenait rien ni à la carte ni aux explications de la serveuse, il laissa faire son partenaire.

— Je t'ai pris du poulet sauce molé. Tu verras, c'est assez original : un mélange de cacahuètes, de chocolat et d'épices.

Ce programme ne disait rien de bon à Aurel, mais il était trop tard pour décommander. De toute façon, il n'aurait pas su quoi prendre d'autre.

— Ils ont du vin blanc ?

— Bien sûr. Tu le préfères sec ou doux ?

— Peu importe, mais très frais.

Dalloz négocia l'affaire avec la serveuse.

— Je peux te poser une question, Michel ?

— Ce que tu veux.

— Tout le monde a l'air de prendre la disparition de cette fille très au sérieux. Pourquoi es-tu le seul à penser que c'est juste une histoire d'amour banale ?

Dalloz haussa les épaules.

— Je suis le seul à le dire, mais, en réalité, tout le monde le pense, à l'ambassade. La Consule, mon chef, le premier conseiller que tu n'as pas vu, grand bien te fasse, car il est en vacances. Des histoires comme celle-là, il en arrive tous les jours dans ce pays. Souvent, d'ailleurs, elles se terminent mal. On nous appelle pour identifier un cadavre. Mais à ce stade, c'est seulement l'histoire classique d'une jeune Française qui rencontre un

Mexicain et qui file le parfait amour au bord d'un lagon bleu, avec une margarita bien frappée à la main.

— Alors pourquoi l'Ambassadeur a-t-il l'air de s'affoler comme ça ?

— Il joue son va-tout sur cette histoire. Personne ne t'a parlé de sa situation ?

Aurel secoua la tête. Dalloz déplaça sa chaise pour être assis de trois quarts. Il posa l'avant-bras sur la table et s'approcha.

— Il est en sursis.

— Quel genre de sursis ? Il est malade ?

— Je te parle de son poste ici. Il s'attend à être rappelé à tout moment.

— Mais il est arrivé il y a moins d'un an !

La serveuse revint, porteuse de deux nouvelles. La mauvaise, c'était la couleur noire de la sauce qui recouvrait le poulet comme une coulée de lave visqueuse. La bonne, c'était que le vin blanc était excellent. Dalloz commença à picorer des tacos qu'il avait commandés sans cesser de s'appuyer sur son coude.

— C'est un type bizarre. Il ne peut pas s'empêcher d'en faire trop. Tu as vu, par exemple, avec ses potiches chinoises ?

— On ne va pas le rappeler en France parce qu'il collectionne les pots chinois ?

— Évidemment. C'est juste un exemple. Je veux dire qu'il ne se contente pas de collectionner quelques pièces de porcelaine : il en met partout.

Tu as vu son bureau ? À la Résidence, c'est pire. Il n'y a pas un mur qui soit libre. Il a même fait mettre les tableaux du Mobilier national à la cave, pour les remplacer par des assiettes.

— C'est écœurant.

Aurel avait fait ce commentaire après avoir péniblement absorbé la première bouchée de molé. Dalloz ne releva pas, pensant qu'il s'agissait de l'Ambassadeur.

— Il est comme ça pour tout. Les compliments, par exemple, il les force tellement que ses interlocuteurs pensent qu'il se moque d'eux. Il a fait le coup avec la femme du président du tribunal fédéral. Elle est élégante, d'accord, mais elle doit bien avoir une centaine d'années de plus que son mari. Chamechaude la regardait comme si c'était un top-modèle. Il en a fait des caisses sur sa robe, sa coiffure, son maquillage, on se demandait quand il allait en arriver aux sous-vêtements. Finalement, il a sorti un vers de Ronsard. La dame, qui ne parlait pas très bien le français, a dû croire que c'était un texte grivois. Il s'en est fallu de peu qu'elle le gifle en public. Le lendemain, l'histoire était dans le journal et les réseaux sociaux en parlent encore.

— Le Quai d'Orsay ne va tout de même pas le renvoyer pour cela.

— Non, évidemment. Tu ne manges pas ton poulet ? Elle ne te plaît pas, la sauce au molé ?

— Si, si, c'est très bon. Mais je ne sais pas… le chocolat avec les cacahuètes…

— Je dirais que c'est plutôt le décalage horaire. Pour toi, il est sept heures du matin.

Avec le changement de continent, le stress et le verre de vin, Aurel commençait à se sentir planer. Il desserra un peu son nœud de cravate.

— Je te raconte quand même la fin de l'histoire, pour l'Ambassadeur. Il y a deux mois, visite officielle. Le ministre du Commerce extérieur. Pas un poids lourd du gouvernement, mais tout de même. Le cabinet organise l'agenda, et cale tous les rendez-vous le mercredi et le jeudi. Ensuite, sur le programme est écrit : « Week-end. Le ministre poursuivra son séjour à titre privé avec son épouse. » On sait ce que ça veut dire.

Aurel étouffa un rot. Il tenait les paupières ouvertes avec difficulté et sentait une puissante torpeur l'envahir. Mais l'autre, trop échauffé par son récit, continuait en ricanant.

— La visite officielle se passe bien et le ministre, comme prévu, quitte l'Ambassadeur devant son hôtel en le remerciant. N'importe qui se serait arrêté là. Pas Chamechaude !

Quand il était excité, Dalloz tripotait sa boucle d'oreille. Aurel était hypnotisé par le petit bout de chair rose qui s'étirait comme un chewing-gum en suivant les mouvements de l'anneau doré.

— Tu penses, l'occasion était trop belle de nouer des relations personnelles avec un membre du gouvernement ! Il se renseigne auprès d'un jeune conseiller de la délégation en le raccompagnant à l'aéroport. Le conseiller lui confie que le ministre se rend à Veracruz pour le week-end et il lui donne le nom de son hôtel.

Aurel avait de plus en plus de mal à se concentrer.

— Deux jours plus tard, par un simple effet du hasard, le Mexique ne couvrant après tout que deux millions de kilomètres carrés, Chamechaude fait son entrée dans l'hôtel en question, se poste dans le hall et tombe sur le ministre. « Mon Dieu ! Mais quelle coïncidence… »

Dalloz avait eu beau raconter cette histoire cent fois, elle le faisait toujours autant rire.

— Tu imagines la tête du ministre. Surtout qu'en fait d'épouse, il se trouvait en compagnie d'une créature qu'il ne tenait pas à présenter officiellement. Voyant ça, n'importe qui aurait fait profil bas. Pas notre ami. Il s'incruste. « Nous pouvons déjeuner ensemble. » Plus le déjeuner avance et plus il est difficile d'empêcher la compagne du ministre de parler. Elle est mexicaine et il est évident qu'elle a été louée en même temps que la chambre d'hôtel.

— Ha ha ha, fit Aurel, de plus en plus abruti.

— Je te la fais courte parce que nous devons y aller, mais tu peux te douter qu'à son retour en France le ministre a appelé son collègue des Affaires étrangères pour lui dire tout le bien qu'il pensait de cet ambassadeur. Depuis lors, il serre les fesses. Il était impossible de le rappeler trop vite après cet incident. Mais tout le monde était d'accord pour dire qu'il ne passerait pas la fin de l'année. Et voilà le miracle : la Providence lui envoie le moyen de se rattraper. La petite Laborne qui disparaît...

Dalloz avait fini par se rendre compte que son interlocuteur était mal en point. Il héla la serveuse et lui demanda l'addition. Aurel fit mine de vouloir payer.

— Ne sors pas ton enveloppe, malheureux ! D'ailleurs, tu vas me la laisser et je vais te faire un virement. Il faut que tu gardes le moins de liquide possible et que tu fasses tout par carte bleue.

Aurel lui fit passer l'enveloppe sans hésiter. Il était assez content de se débarrasser de cette responsabilité. Dalloz en tira 20 000 pesos et les lui tendit.

— Ça fait à peu près 800 euros. C'est largement suffisant.

Ils sortirent et Aurel fut heureux de sentir la caresse d'un air plus frais, même s'il était chargé de vapeurs d'essence. Ils prirent la direction de l'hôtel et s'engagèrent dans le parc. Profitant du silence des allées, Dalloz reprit son monologue.

— Chamechaude a bien des défauts, mais il est loin d'être bête. Dès qu'il a appris l'affaire de la jeune Laborne, il s'est empressé d'appeler le père. Je ne sais pas ce qu'il lui a dit, mais le lendemain, il a envoyé un télégramme au Quai d'Orsay qui résume bien sa tactique.

— Tu as accès à la correspondance de la Chancellerie ?

— En principe, non, mais ce message-là, il ne s'est pas fait prier pour le diffuser à tout le poste.

— Pourquoi ?

— Mais pour qu'on ne le contredise pas ! Il fallait que tout le monde soit sur la même longueur d'onde.

— C'est-à-dire ?

— D'abord, il a relayé la description que le père lui avait faite de sa fille : une sainte-nitouche au-dessus de tout soupçon.

— Tu en doutes ?

— Il faut voir. C'est possible. Mais je suis flic depuis vingt-cinq ans et j'ai appris à toujours décoller les images pieuses pour voir ce qu'il y a dessous.

— Ça doit être facile à vérifier...

— Rien n'est facile à vérifier quand on est à cinq mille kilomètres de la France. Surtout quand votre supérieur hiérarchique interdit qu'on pose des questions. Il considère que ce serait insulter le père que de faire des recherches sur sa fille.

— Quelle est son hypothèse, alors ?

— D'un point de vue policier, il n'est pas plus avancé que nous, mais d'un point de vue politique, il a tout de suite compris son intérêt.

— Imaginer le pire...

— Exactement. Ça y est, tu émerges ! L'air frais t'a fait du bien, on dirait. Viens, on va s'asseoir deux minutes sur un banc.

Aurel était encore barbouillé mais, c'était vrai, il allait mieux.

— Tu en étais au télégramme…

— Oui, j'y reviens. C'était un catalogue de ce qu'il pouvait y avoir de pire à envisager. L'Ambassadeur nous avait demandé des notes de toute urgence sur les homicides, les attaques de touristes, les viols, les disparitions… Il a farci sa correspondance avec tout cela. Sans formuler aucune hypothèse, bien sûr. Juste pour mettre de l'ambiance et rassurer le père.

Aurel se demanda un instant si Dalloz tenait cette forme d'humour de sa mère. En tout cas, cela lui rappelait le genre de blagues grinçantes qu'échangeaient les Roumains pour résister à la dictature.

— Le morceau de bravoure, c'était l'analyse de la situation concernant le narcotrafic et les cartels. Il listait soigneusement toutes les organisations criminelles qui œuvrent dans les régions supposément traversées par la jeune femme.

— Pour en conclure quoi ?

— Devine. Que le père ne devait absolument rien faire. Surtout ne pas alerter la presse.

— Ça a dû plaire au Quai d'Orsay !

— Évidemment. Chamechaude sait ce qu'il fait. Il connaît la maison. La première chose que les diplos disent aux familles en cas de disparition suspecte, c'est de garder le silence. Il ne faut surtout pas alerter l'opinion publique ni mettre dans la boucle les autorités locales. La consigne, c'est de laisser faire les vaillants défenseurs de la République, c'est-à-dire l'ambassade. Chamechaude superstar !

— Il n'est donc plus question de le rappeler ?

— On verra. Pour l'instant, à Paris, personne ne peut rien faire. On ne change pas l'Ambassadeur en plein milieu d'une affaire sensible.

— Il prend un gros risque. Si ça se termine mal…

— Non, il n'a rien à craindre. Si ça se termine mal, il pourra toujours faire valoir qu'il a averti dès le départ des graves dangers que courait la jeune femme. Et si ça se termine bien, il sera reconnu comme le sauveur et il ne sera plus question de le sanctionner.

Deux écureuils gris se couraient après sur une plate-bande. Aurel et Dalloz les suivirent des yeux jusqu'à ce qu'ils disparaissent dans un arbre.

— Je vais te donner mon sentiment : Chamechaude est exactement de mon avis. Il pense que la jeune Martha Laborne prend du bon temps avec un Mexicain. Elle sait que cela ne plaira pas à papa mais elle a envie qu'il lui lâche un peu les baskets, alors elle se planque. Elle va ressortir un de ces jours, là où on ne l'attendra pas, et ça fera pschitt !

Comme s'ils suivaient la conversation, les écureuils étaient réapparus et se tenaient côte à côte, immobiles sur leurs pattes arrière.

— Il ne va pas pouvoir rester longtemps comme ça sans rien faire…

— Il ne fait pas rien. Il « agit par des moyens diplomatiques ».

Dalloz avait prononcé cette dernière phrase en imitant à la perfection l'emphase de l'Ambassadeur.

— Il « renforce notre présence consulaire à Acapulco ».

Ils échangèrent un regard et éclatèrent de rire. Pour Aurel, cela prenait la forme d'un petit spasme. Mais Dalloz, lui, riait bruyamment. Il donna de grandes bourrades à Aurel jusqu'à ce que celui-ci finisse par se lâcher aussi. Ils finirent avec les larmes aux yeux. Et vraiment, plus encore qu'en arrivant, Aurel retrouvait l'ambiance de sa jeunesse dans ce parc de Mexico qui lui rappelait si fort ses années d'étudiant.

— Tu vois, je te dis la même chose que la Consule et l'Ambassadeur : profite d'Acapulco pour te reposer. Tu n'as pas si bonne mine. Installe-toi au bord d'une piscine, bois des daïquiris et attend que ça passe.

Ils se quittèrent devant l'hôtel en échangeant les quatre jurons en roumain que Dalloz connaissait et qui portaient bonheur.

IV

Aurel avait finalement décidé de rejoindre Acapulco en bus. Puisque sa mission était de ne rien faire, à quoi bon se presser pour commencer ?

L'avion l'aurait mené à bon port en une heure, tandis qu'en bus il en fallait cinq. Il ne regretta pas son choix et, par la suite, en repensant à toute cette histoire, il se demandait si, en gagnant sa destination par avion, il aurait vécu la même transformation psychologique et même physique.

Tout commença dès le Terminal sud, à Mexico. Le nom même de gare routière était synonyme pour lui de hangars mal éclairés, de quais bondés et d'odeur de diesel. C'était le souvenir qu'il gardait des voyages en bus dans son enfance, lorsque avec sa mère et ses deux sœurs ils allaient visiter leur grand-père à Iaşi pour les fêtes de Noël. Il fut agréablement surpris par le désordre sympathique et coloré du terminal mexicain. Des boutiques y vendaient toutes sortes de tacos et de sandwichs aux voyageurs dans une bousculade aimable. Il prit son tour dans une queue et, faute de pouvoir s'expliquer en espagnol, en ressortit avec un sac en papier rempli d'une sorte inconnue de beignets et de petits pains. Voyant son incapacité à s'exprimer, plusieurs personnes, dans la file, y étaient allées de leurs conseils et avaient finalement choisi à sa place.

À l'heure prévue, il était ensuite monté tranquillement dans un car confortable et propre. Il occupait un siège près de la fenêtre. À côté de lui, un jeune garçon vêtu d'un jean et d'un polo à rayures l'avait salué poliment. Il lui sut gré de n'avoir manifesté aucun étonnement en le voyant cravaté et boudiné dans son épais manteau.

Le bus commença par s'extraire péniblement de Mexico. Dans les lointains assombris par la pollution, on apercevait la masse arrondie du volcan Popocatepetl. Fait étrange pour une telle capitale, elle comportait peu de hauts immeubles. Aurel se souvint d'avoir lu dans un des guides que Mexico, du temps des Aztèques, était un lac. La cité semblait fidèle à cette origine. Sur le sol meuble de ce plan d'eau asséché, elle n'avait pas trouvé d'appui solide pour asseoir des gratte-ciel. Par-dessus l'embrouillamini de quartiers anarchiques, des voies rapides tissaient une vaste toile d'échangeurs et de ponts. Saturées de véhicules, ces autoroutes urbaines étaient parfois dédoublées, l'une, plus récente, surplombant l'autre, sans que cet empilement produise autre chose qu'une multiplication des embouteillages.

Malgré la résistance de la ville, le bus parvint finalement à s'en extraire. Ils roulèrent ensuite dans des étendues arides et plates, plantées d'acacias secs. Aurel avait toujours détesté l'exotisme. Sa misérable carrière l'avait mené dans toutes sortes de lieux. Il s'en était toujours protégé, s'efforçant de reconstruire autour de lui une bulle qui lui rappelait son pays natal. Était-ce l'inaction où il se sentait déjà plongé ou la certitude que ce séjour-ci serait éphémère ? En tout cas, pour la première fois, il prenait plaisir à se sentir ailleurs.

Des cactus se dressaient çà et là, au milieu des landes sablonneuses. Leur silhouette lui était inexplicablement familière. Avec leurs drôles de bras, ils semblaient lui adresser des signes et l'accueillir avec un enthousiasme immobile. À un moment, le bus passa près d'un vaste enclos où paissait du bétail. Des cavaliers surveillaient les bêtes, montés sur des chevaux pie. Leurs larges selles, leurs chapeaux à bord retourné, leurs bottes pointues munies d'éperons étoilés lui apportèrent l'explication : ces paysages le ramenaient aux westerns qu'il avait regardés avec passion dans son enfance.

Au bout de quelques heures, la vue changea. Des collines sauvages apparurent, couvertes de taillis et désertes. Le spectacle était moins inspirant mais Aurel en avait assez vu pour s'abîmer dans une douce rêverie où se mêlaient le passé et l'avenir.

Pendant cette mission aussi brève qu'imprévue, il allait vivre dans un monde dont il ne lui serait pas possible de s'évader. Il ne pourrait pas faire venir le piano qui l'accompagnait partout et lui servait de refuge et de compagnon. Il devrait aussi se passer de son cher vin de Tokay. Il n'aurait ni le temps ni les moyens de s'entourer des cadres et des livres qui lui permettaient partout de reconstituer en miniature sa chère Mitteleuropa. Les costumes croisés et les cravates aux teints fanés qui l'accompagnaient dans ses bagages constitueraient la seule carapace qui le protégerait encore. Loin de s'en alarmer, il se sentait bizarrement prêt à vivre cette expérience.

Il dut s'assoupir car il ne remarqua pas la lente descente vers la mer. Ils traversaient les faubourgs d'Acapulco quand il s'éveilla et, bientôt, ils arrivèrent à la gare routière. Sitôt la porte ouverte, une chaleur étouffante et moite s'engouffra dans le bus climatisé. Aurel ne s'y était pas préparé. Acapulco étant en bord de mer, il était pourtant évident que la température n'y serait pas adoucie par l'altitude, comme à Mexico.

Aurel récupéra ses valises, les fit rouler jusqu'à la station de taxis et monta dans le premier de la file. Le chauffeur, le visage barré par une grosse moustache noire, conduisait la fenêtre ouverte, le coude à la portière. Diverses images de la Vierge et des saints ornaient le tableau de bord et même le pare-brise. Le taxi emprunta des rues en pente. Aurel nota que presque personne ne portait de masque. Était-ce pour ne pas altérer le bonheur de vivre ou bien, au contraire, parce que l'épidémie n'était rien ici, en comparaison des autres dangers que l'on courait ?

Soudain, à un carrefour, la rue s'élargit et la baie apparut. Aurel comprit pour la première fois ce que signifiait la « Perle du Pacifique ». La courbe du rivage était parfaite, doucement incurvée entre deux éperons de rochers et de verdure. Le ciel et la mer, comme d'immenses paraboles d'acier, renvoyaient vers la ville une lumière aveuglante.

— *La Costera*, cria le chauffeur.

Il avait renoncé à toute conversation avec Aurel, faute de disposer d'une langue commune. Mais il ne pouvait tout de même pas taire sa fierté devant cette vue unique au monde. On aurait dit qu'il en était l'auteur et la présentait comme un grand chef, fier du plat qu'il venait de dresser.

Hélas, en descendant au niveau du rivage, la baie perdait sa pureté. On voyait que la Costera était défigurée par une ligne d'immeubles quasi continue. Le taxi longea un peu la mer puis s'engagea dans l'une des collines rocheuses qui bordaient la baie de chaque côté. Par des rues sinueuses, ils arrivèrent tout en haut et pénétrèrent sur le parking de l'hôtel.

*

Aurel avait réservé une chambre à l'hôtel Los Flamingos sur les conseils de Dalloz. C'est sous le sceau du secret que le policier lui avait indiqué cet endroit. Le site de recommandations aux voyageurs du Quai d'Orsay prescrivait aux Français de se loger exclusivement dans les grands hôtels de la Costera. Los Flamingos était, lui, situé sur les hauteurs de la vieille ville, dans un quartier à l'écart de la zone recommandée. Le chauffeur de taxi avait d'ailleurs fait une moue désapprobatrice quand Aurel avait donné cette adresse.

Les abords de l'hôtel conservaient une allure résidentielle. Les rues étaient entourées par les hauts murs de villas dont on apercevait parfois le toit au travers des arbres. Cependant, les jardins n'étaient plus entretenus et des carcasses de voitures encombraient les bas-côtés, signe que le quartier avait perdu sa splendeur d'antan.

Il était difficile de se faire une opinion sur l'hôtel lui-même. Il était en effet composé de pavillons indépendants noyés dans une verdure tropicale. Un entrelacs de feuilles luisantes et de lianes décoratives cachait le sol, sous un couvert de badamiers et d'araucarias. Des fleurs mauves et rouges éclataient çà et là sur le fond vert. Il était impossible de savoir si tout cela constituait une végétation spontanée, rescapée de la lointaine époque où la baie était sauvage, ou si l'aspect harmonieux de ce désordre trahissait l'intervention d'une main humaine.

Aurel monta un escalier de pierre et déboucha devant le seul bâtiment distinct de la végétation.

Sur une planche de bois, en lettres tracées à la main avec une peinture bleue tout écaillée, était écrit « Réception ».

Derrière un comptoir, un homme jeune l'accueillit en anglais. Pendant qu'il fouillait dans des liasses de papiers pour retrouver sa réservation, Aurel aperçut dans le bureau des instruments d'un autre âge : machine à écrire mécanique, coffre-fort en acier évoquant le temps des diligences, et même un vieux standard téléphonique, avec des rangées de fiches étirables pour brancher les lignes.

Le réceptionniste se leva et Aurel prit conscience que c'était une véritable armoire à glace. Il lui remit une clef d'un modèle antique, attachée par une cordelette usée à une planchette en bois. Aurel s'engagea dans une galerie couverte, au sol dallé de tomettes rouges. Aux murs étaient accrochées des photos en noir et blanc, encollées sur du contreplaqué mais sans cadre. Les clichés étaient délavés et couverts de déjections de mouches. Sur le premier, un homme coiffé d'une casquette de capitaine posait entre deux jeunes femmes blondes. Il était difficile de savoir de qui il s'agissait, mais sur le suivant, en s'approchant, Aurel reconnut le visage buriné de John Wayne, l'acteur fétiche de John Ford, le héros d'*Alamo* et de *Rio Grande*. Il avait à ses côtés une actrice bien visible en gros plan et qui n'était autre que Lauren Bacall.

Aurel se souvint que Dalloz, en lui conseillant cette adresse, avait glissé un commentaire du genre : c'était l'hôtel des stars d'Hollywood. Tout le long du corridor étaient accrochées d'autres photos sur lesquelles, en effet, Aurel reconnut Frank Sinatra, Rita Hayworth et Marlon Brando.

Cependant, la surprise, le choc, devaient venir un peu plus haut. À cet endroit, la galerie butait contre un mur et se séparait en deux allées pavées recouvertes d'un auvent en tôle. Sur le mur dressé soudain devant lui, Aurel se retrouva face à une immense photographie qui le laissa interdit.

Toujours en noir et blanc, mais plus grand que nature et accroché en hauteur, se tenait Tarzan.

Aurel lâcha ses valises et resta pétrifié. Johnny Weissmuller le regardait droit dans les yeux. Il était torse nu, vêtu d'un pagne en fourrure. À sa droite, Jane, Maureen O'Sullivan, s'accrochait à lui, terrifiée devant un lion ou un tigre invisibles. À sa gauche, leur jeune fils essayait de faire bonne figure mais n'en menait pas large. Il fallut qu'un serveur le bouscule en passant pour qu'Aurel retrouve ses esprits, saisisse ses valises et se dirige vers sa chambre.

Il y entra et, sans prêter attention au décor, alla s'asseoir sur le lit. Il avait l'impression d'avoir reçu un violent coup sur la tête. Il resta là un long moment, à fixer le crépi blanc des murs. Peu à peu, les idées lui revinrent.

La photo sur laquelle il venait littéralement de se cogner couronnait et éclairait la vague rêverie qui l'avait envahi dans l'autobus.

Pendant toute son enfance, il avait cherché des modèles pour s'évader de la grisaille médiocre du communisme. Il en avait découvert deux, strictement opposés. Le premier lui avait été donné par les films français des années 50. Le héros en était un homme élégant, raffiné, à l'aise en société : Jean Gabin, Pierre Fresnay, Louis Jouvet. L'autre modèle était Tarzan. Aurel avait passionnément admiré Weissmuller, sa carrure de champion de natation, la force animale qui lui permettait de survivre dans la nature hostile, son charme.

Jusqu'à l'âge de dix ans, Tarzan était resté pour Aurel le préféré de ces deux modèles. Un peu plus tard, en grandissant, il avait dû se rendre à l'évidence. Peu de chose, hormis le fait qu'il était roumain comme lui, permettait qu'il se reconnût en Weissmuller. Avec ses épaules tombantes, ses petits bras, son visage étroit et son long nez, Aurel n'avait vraiment rien pour s'identifier à l'homme-singe. Ses pieds plats et ses poumons fragiles ne lui auraient pas permis de survivre longtemps dans la jungle.

Il s'était donc rabattu sur Jean Gabin et ses semblables. Il avait observé leurs costumes, noté comment il convenait de se tenir dans le monde, pratiqué auprès des femmes une galanterie, une délicatesse, un tact qui, il fallait bien l'admettre, ne l'avaient jamais mené à grand-chose. Lorsqu'il avait pu enfin quitter l'enfer des Carpates et passer à l'Ouest, il avait conservé cet idéal. Refusant de voir que le monde occidental ne ressemblait plus à son modèle, il avait continué d'y cultiver les qualités qu'il avait espéré y rencontrer. Il s'était accroché envers et contre tout à ce style démodé dont tout le monde se moquait. Jamais il n'avait plus quitté les pardessus croisés, les costumes à larges rabats, les chemises à col en pointe et les cravates extravagantes de discrétion comme celle qui, en cet instant, dans la chaleur étouffante de cette chambre, l'empêchait de respirer.

D'un geste rageur, il la desserra et la lança à l'autre bout de la pièce. Il enleva son lourd manteau, son veston et sa chemise trempés de sueur et les jeta par terre.

Tarzan ! Il ne l'avait jamais oublié. Il était temps, ne serait-ce que pour les courtes journées qu'il passerait ici, de faire vivre en lui ces espoirs intacts et ces voluptés contrariées. Les bretelles pendantes, il alla jusqu'à ses valises et se mit à fouiller dedans. Il écarta sans ménagement les chemises en coton, les pantalons en tweed, les vestes chaudes qui s'y accumulaient. Il cherchait quelque chose mais n'aurait pas su dire quoi. Sa rage était si violente qu'il envoyait dans la chambre à la volée les cravates, les souliers noirs, les gilets de flanelle. Soudain, à son grand étonnement, il le trouva. Il doutait même qu'il l'eût conservé, depuis le temps qu'il l'avait acquis. C'était en Grèce. Il venait de se marier avec la Française qui allait lui conférer sa nationalité et à qui il devait d'avoir pu entrer dans la diplomatie. Ils allaient divorcer l'année suivante mais ne le savaient pas encore. Sans penser à Tarzan – elle ne se privait pas de lui rappeler qu'il était loin de lui ressembler –, il avait acheté cet accessoire. Comme il n'aimait pas nager, il s'en était servi pour s'installer au bord de la piscine et regarder sa femme enchaîner des longueurs en brasse.

Il souleva des deux mains le bermuda bleu. Il lui parut un peu petit car il avait pris du ventre, mais tant pis. Il retira en hâte ses chaussures sans les délacer, son pantalon et son slip. Puis il enfila le bermuda, en gigotant pour le faire monter jusqu'à sa taille.

Il alla se planter devant le grand miroir accroché près de l'entrée. Le petit personnage bedonnant et un peu chauve, aux jambes frêles et à la poitrine creuse qui s'y reflétait n'était évidemment pas Johnny Weissmuller, mais ce n'était pas Aurel non plus, en tout cas pas celui qui suait en Afrique sous ses épais costumes. Il ferma les yeux. Un chuintement assourdi lui parvenait de dehors, du côté de la fenêtre. Il rouvrit les yeux, tourna la tête et s'avisa que la chambre donnait sur l'étendue bleue du Pacifique. Il marcha vers la baie vitrée. Elle n'avait pas été changée depuis les années 50. C'était une mince monture d'acier que le vent faisait vibrer. À l'époque, la climatisation n'existait pas : un des panneaux était composé de lattes en verre inclinées, qui laissaient passer l'air.

Il ouvrit la porte-fenêtre et sortit sur le balcon. À plus de deux cents mètres en dessous de lui, les vagues se brisaient sur les rochers blonds qui descendaient du plateau. Seules quelques têtes de cocotiers s'interposaient entre la mer et lui. Le soleil était déjà très bas et l'horizon se teintait d'orangé et de mauve.

Pour la première fois de sa vie, il ne ressentait plus la chaleur comme une morsure mais comme une caresse. La brise le faisait frissonner car il était encore couvert des mauvaises sueurs qu'avaient fait sortir ses vêtements européens. Il se sentait libre et heureux comme il ne l'avait jamais été. Alors, écartant les bras et s'oubliant tout à fait, il fit retentir vers le soleil rouge le cri de Tarzan.

Un couple de Mexicains qui prenait le frais sur le balcon de la chambre voisine se pencha pour voir d'où venait ce bruit. Aurel leur sourit, un peu gêné. Pour reprendre contenance, il leur fit un petit signe de la main puis il rentra dans sa chambre.

V

Le lendemain matin, Aurel, à cause du décalage horaire, se réveilla avant l'aube. Il avait dormi d'un bloc, sans doute peu après avoir poussé son cri. Il ne se souvenait de rien et fut un peu étonné de se retrouver à plat ventre sur le lit qu'il n'avait pas défait. Il était toujours vêtu de son seul bermuda et l'air plus frais du petit matin lui donnait la chair de poule.

Dans le désordre des affaires qu'il avait semées la veille dans la pièce, il pêcha au hasard une chemise blanche et l'enfila.

La chambre n'avait pas dû changer depuis la construction du bâtiment après la guerre. Dans la salle de bains, la robinetterie d'époque laissait couler un filet d'eau dont il n'aurait su dire si elle était chaude ou froide. Il s'aspergea le visage, se brossa les dents et remit à plus tard l'éventuelle épreuve d'une douche. Le jour pointait et il sortit pour explorer l'hôtel désert. Les chambres occupaient de petits pavillons éparpillés dans la végétation. Une humidité montait encore du sol. Des badigeons roses et blancs maquillaient les murs fatigués.

Aurel, avec son caleçon et sa bannière, avait l'air d'un amant surpris qui aurait fui sans avoir le temps de se rhabiller. Par bonheur, il n'y avait personne pour le voir dans les coursives. Il repassa devant la photo de Johnny Weissmuller et lui adressa un sourire amical. Par une allée en pente, il longea d'autres appartements. Dissimulé dans son tertre de verdure, l'hôtel devait compter un plus grand nombre de pièces qu'il n'aurait pu l'imaginer. À mesure qu'il approchait du sommet, il découvrait de nouveaux pavillons et même une aile allongée qui devait contenir une dizaine de suites côte à côte. Après quelques marches, l'allée déboucha sur une vaste clairière dallée. D'un côté, elle était bordée de lauriers et d'hibiscus. De l'autre, une balustrade la séparait du précipice rocheux qui rejoignait la mer. Le centre de l'espace était occupé par une piscine. Arrondie, elle avait vaguement une forme de haricot.

L'aube tropicale se lève vite. Le temps qu'Aurel traverse l'hôtel, il faisait déjà grand jour. L'haleine humide des plantes commençait à se disperser et la chaleur reprenait sa place. La piscine, en pleine lumière, révélait le bleu intense de son carrelage. Aurel tira vers le bord une chaise longue en bois, saisit un des matelas qui étaient empilés sous un auvent et le plaça dessus. Puis il ôta sa chemise et s'allongea. Toute sa vie, il était resté sanglé dans son pardessus sur des plages et dans des déserts. Sa rencontre avec Tarzan et le retour de ses rêves de jeunesse lui faisaient enfin comprendre pourquoi il prenait autant de plaisir à s'exposer ainsi. La chaleur augmenta vite. Aucun nuage ne se montrait dans le ciel. Quelques barques griffaient de leur sillage l'étendue indigo du Pacifique. Il resta couché là jusqu'à ce que la faim le pousse à se mettre en quête d'un petit-déjeuner.

Le restaurant de l'hôtel était une sorte de paillote encombrée de plantes et décorée de flamants roses en bois. Aurel alla s'asseoir près d'une des baies vitrées qui était ouverte pour faire courant d'air.

Un serveur au visage ridé vint recueillir la commande. Il avait vieilli dans la maison et aucun baragouin de touriste ne le décourageait. Il revint avec un café au lait et des tartines de beurre qu'Aurel engloutit avec une énergie toute neuve d'homme-singe en début de carrière. Si le vieux maître d'hôtel ne l'avait pas surveillé de ses yeux charbonneux derrière le passe-plat qui menait aux cuisines, il aurait volontiers exprimé son contentement en se frappant la poitrine avec les poings.

La révélation qu'il avait eue la veille lui avait fait quitter ses vieux oripeaux. Pour autant, le bermuda ne lui suffisait pas. Il n'était pas dans la jungle. Il lui fallait se procurer quelques vêtements adaptés au climat et conformes à sa nouvelle liberté.

À côté de la réception se trouvait une petite boutique de souvenirs. Les touristes étrangers avaient déserté la ville depuis longtemps et les articles prenaient la poussière. Une Mexicaine sans âge lisait le journal entre deux présentoirs à moitié vides. Elle laissa Aurel farfouiller, résignée à ce qu'il ressorte les mains vides. Mais il avait repéré, sur une étagère basse, une pile de chemises mexicaines traditionnelles. D'après l'étiquette, on appelait ces vêtements des *guayaberas*. Il s'agissait de tuniques courtes en coton blanc sur lesquelles étaient cousues des bandes colorées. Le voyant en déplier une, la femme fit l'effort de se lever et vint l'aider à choisir. Elles étaient généralement taillées pour des hommes à forte carrure, au ventre proéminent. La femme avait l'air un peu désespérée de les poser sur le torse grêle et les épaules étroites de son client. Cependant, elle ne voulait pas manquer la chance de fourguer une de ces reliques. Elle émit des sons approbateurs, presque enthousiastes. Aurel repartit avec un T-shirt et une *guayabera* trop large pour lui. Il dénicha aussi des tongs en plastique. Les lunettes de soleil le firent hésiter longtemps. Il finit par se décider pour une paire à monture papillon en plastique moutarde. Il les jugeait plutôt faites pour une femme. Mais la vendeuse qui espérait conclure sa matinée par un grand chelem poussa des cris si admiratifs qu'il se laissa convaincre.

En remarquant la couleur écrevisse que la peau d'Aurel avait acquise sur le visage, elle lui fit cadeau d'un petit flacon d'huile solaire. De retour dans sa chambre, il s'en enduisit tout le corps. La femme avait raison. Il avait brûlé sans s'en rendre compte. Il s'allongea, un peu groggy par son bain de soleil.

Comme toujours, Aurel avait fait savoir à l'ambassade dès son arrivée qu'il n'avait pas de portable. Cette précaution était indispensable dans tous les postes où il devait déployer des efforts considérables pour ne rien faire. Elle était inutile à Acapulco où ne rien faire était précisément sa mission. Il ne le savait pas encore lorsqu'il avait présenté au service du personnel le certificat médical qui le déclarait allergique aux ondes électromagnétiques.

Il chercha un appareil fixe dans la chambre et composa le numéro du Consul honoraire. Une jeune femme décrocha et lui répondit dans un français parfumé. M. Fernandez-Laval était averti de son appel et le recevrait avec plaisir chez lui ce soir pour un apéritif, s'il en était d'accord. Elle lui transmit une adresse qu'il nota, faute de trouver un papier, sur la manchette de sa chemise.

Le rendez-vous était fixé à dix-sept heures. Il pouvait déjeuner, faire une sieste et en profiter pour se promener en ville. Vers quinze heures, il sortit de l'hôtel dans sa nouvelle tenue. Il descendit la colline et rejoignit la côte sans rencontrer grand monde. Il déboucha sur la plage de Boca Chica. Elle était encombrée par une foule de touristes exclusivement mexicains. Des familles avaient sorti le pique-nique des glacières et s'abritaient sous une forêt de parasols. Les radios étaient allumées à fond. Au bord de l'eau, des troupes de gamins hurlaient en essayant de grimper à califourchon sur une longue chenille de caoutchouc gonflable. À faible distance du rivage, des bateaux recouverts de bâches bleues se balançaient, en attendant d'embarquer les touristes pour une visite commentée dans la baie.

Ce qui frappait le plus Aurel, c'était la violence de la lumière et des couleurs. Son accoutrement faisait merveille sur cette plage fréquentée par des gens modestes. Il était presque trop habillé car sa *guayabera* neuve portait encore ses plis de rangement.

Aux abords de la plage, un désordre de boutiques vendaient des accessoires de loisirs et des chapeaux. Aurel choisit un modèle en paille assez classique qu'il aurait appelé un Panama mais que le vendeur insistait pour présenter comme un sombrero.

Un peu plus tard, il poursuivit sa route et rejoignit, de l'autre côté de la presqu'île, l'extrémité de la Costera. Cette partie côtière donnait, par rapport au quartier de la Caleta qu'il venait de traverser, une impression d'ordre et de sécurité. Des joggeurs et des vélos se croisaient en contrebas sur une piste cyclable verte toute neuve. Au loin, le long des pontons d'un port de plaisance, étaient amarrés des yachts à moteur et des voiliers. Leurs coques rutilantes réverbéraient le soleil.

Aurel, en marchant sur cette corniche à l'ombre de son sombrero, ressentait pour la première fois la volupté de ne pas résister à la chaleur mais d'accepter d'y flotter. Il sentait l'air se glisser sous la toile de sa chemise, et même, sans qu'il y vît une indiscrétion, caresser son entrejambe. Il en éprouvait un plaisir inattendu.

Pendant sa promenade, il repensa à la réputation de la ville et aux mises en garde qu'il avait reçues. Certains lieux sont protégés par leur mauvaise renommée. Délivré du fléau du tourisme international, Acapulco gardait pour elle seule ses charmes incomparables. Aurel avait l'impression d'être initié à un secret qu'il ne fallait surtout pas divulguer. Acapulco, se dit-il, est un endroit merveilleux, où il est tout simplement agréable de flâner.

La plupart des personnes qu'Aurel avait croisées étaient habillées à peu près comme lui. Certaines portaient des jeans et des baskets mais, dans l'ensemble, tout le monde semblait avoir adopté un style décontracté. Il ne repassa donc pas à Los Flamingos pour se changer et se rendit tel qu'il était chez le Consul honoraire. Il héla un taxi et lui donna l'adresse.

La voiture emprunta la Costera et la suivit jusqu'à son autre extrémité. Le nombre d'hôtels construits sur le front de mer était impressionnant. Aurel nota que beaucoup d'entre eux étaient soit déjà fermés soit pas encore ouverts. Leur entrée était en travaux ou barricadée et gardée par des vigiles.

La baie était interminable, beaucoup plus longue qu'un simple coup d'œil ne le laissait imaginer. Ils passèrent devant des sentinelles militaires lourdement armées qui protégeaient une vaste caserne. Puis ils entamèrent la montée de la colline qui bordait la baie vers le sud.

— *Las Brisas*, annonça le chauffeur.

Le quartier où logeait Aurel se trouvait maintenant très loin, presque invisible dans une brume de chaleur et d'embruns.

Las Brisas offrait l'apparence d'une zone privilégiée. Les jardins qu'on apercevait étaient bien entretenus. Lorsqu'ils prirent de la hauteur, ils découvrirent en contrebas de vastes propriétés dotées d'immenses piscines et même de DZ pour la pose d'hélicoptères. Ce n'était plus l'univers vétuste et presque modeste d'Hollywood dans les années 50, mais, au contraire, le décor de la jet-set moderne et des films récents. D'ailleurs, comme s'il avait deviné ses réflexions, le chauffeur lança, dans un virage, le doigt pointé vers la côte :

— Villa James Bond.

Ils s'éloignèrent encore un peu puis bifurquèrent dans une rue en pente bien asphaltée. Ils n'y rencontrèrent pas âme qui vive en la remontant. De chaque côté, elle était bordée de hauts murs percés de portes de garage qui pouvaient laisser passer deux voitures de front. Sur le côté, des postes de garde étaient protégés par des vitres teintées et des barreaux. Le taxi stationna devant l'une d'elles et klaxonna. Un vigile sortit.

Aurel déclina son identité. Il vit l'homme reporter son regard vers une feuille qu'il tenait à la main. Il fit un signe et la porte en bois du garage commença à coulisser lentement. Elle s'ouvrit tout juste assez pour laisser passer un piéton. Aurel régla le taxi puis sortit et pénétra dans la maison. Un autre garde lui fit écarter les bras et le fouilla. Il le conduisit ensuite par un escalier extérieur jusqu'au rez-de-chaussée. Le Consul honoraire l'y attendait, entre les colonnes monumentales de l'entrée.

Aurel fut saisi de panique. Il prit subitement conscience de son bermuda fatigué, de ses pieds nus dans les tongs et de sa *guayabera* trempée de sueur. Faute de pouvoir s'enfuir, il eut le réflexe d'ôter son chapeau de paille et de le tenir devant lui à la main comme un paysan devant son seigneur.

Le Consul honoraire était un homme d'une soixantaine d'années qui portait beau. Ses cheveux d'un noir brillant étaient coiffés en arrière et ondulaient sur les côtés en vagues aristocratiques. Il était vêtu d'un complet blanc en lin, impeccablement repassé, d'une chemise à col boutonné et d'une cravate en soie bleu ciel. Il toisa Aurel de haut en bas.

— Fernandez-Laval, dit-il avec un grand sourire, en tendant à Aurel une main fine, manucurée et ornée à l'annulaire d'une chevalière en or.

VI

Malgré son étonnement, le Consul honoraire eut la charité de ne pas faire de commentaire sur la tenue d'Aurel.

— Soyez le bienvenu, dit-il, dans un français sans accent.

Il conduisit son hôte à travers un vaste salon meublé avec raffinement. En entendant claquer ses tongs sur le sol dallé de marbre, Aurel était à la torture. Ils ressortirent par une grande ouverture et débouchèrent sur une terrasse qui dominait toute la baie d'Acapulco. Ils s'assirent dans des fauteuils recouverts de coussins en toile à ramages.

— C'est votre premier séjour dans notre ville, je crois ?

— Le premier, en effet.

— Où avez-vous choisi de résider ?

— À l'hôtel Los Flamingos.

Le Consul honoraire parut un peu surpris.

— Ce n'est pas courant. Je vous aurais peut-être conseillé l'hôtel Las Brisas, non loin d'ici. Mais

Los Flamingos est intéressant aussi. C'est un établissement mythique, le vestige d'une époque...

À cet instant, une servante en robe noire avec un petit tablier en dentelle s'approcha.

— Que pouvons-nous vous offrir à boire ? demanda le Consul honoraire. Avez-vous déjà goûté notre margarita ?

— Pas encore.

— Vous connaissez la recette, bien sûr. Tequila, jus de citron et triple sec. En tout cas, c'est ainsi que nous la faisons ici.

— Alors, avec plaisir, fit Aurel, un peu déçu malgré tout de ne pas avoir droit à du vin blanc.

— Vous êtes venu à la bonne heure. La nuit va tomber. Il n'y a rien de plus beau que le crépuscule sur cette baie. Vous allez me trouver un peu chauvin...

— Non, je comprends. C'est magnifique. Vous êtes né ici ?

— Oui. Ma mère était française. Elle a rejoint mon père qui était issu d'une vieille famille de l'État de Guerrero.

C'était une façon élégante de dire qu'ils devaient posséder de grandes propriétés dans l'intérieur.

— Si je puis vous conseiller d'enlever vos lunettes de soleil... Vous verriez mieux les couleurs quand le soleil se couche.

Aurel les fit prestement disparaître dans une poche.

— Je suis venu vous expliquer les raisons de ma présence ici, commença-t-il sur un ton grave, pour faire oublier l'incident et reprendre contenance.

— J'apprécie. Mais c'est inutile. Je sais exactement ce qu'il en est. Madame la Consule générale m'a adressé un message à propos de cette jeune femme disparue. La fille d'un ministre, je crois... Surtout, sentez-vous à l'aise. Je suis très heureux de ne pas avoir à m'occuper de cette affaire.

Aurel fut sur le point de répondre qu'il n'avait pas l'intention de s'en occuper non plus mais la servante revint à cet instant en apportant les cocktails. Le Consul honoraire saisit son verre à bord décoré de sel et trinqua.

— Mon rôle, en tant que Consul honoraire, se limite à venir en aide aux Français en difficulté dans cette région. Ils ne sont plus, hélas, très nombreux. Rien de ce qui les concerne ne m'est tout à fait étranger. Mais quand les affaires deviennent trop sensibles, ce qui semble être le cas, je préfère ne pas m'en mêler.

Le Consul honoraire pointa un doigt vers la baie.

— Regardez. Ça y est. Le ciel s'embrase du côté de Las Playas. Les lumières vont s'allumer d'un coup.

Ils restèrent un moment silencieux, à contempler le spectacle du couchant. Sur la mer déjà violette s'étalaient de larges bandes rouges et dorées, tandis qu'à l'horizon, au pourtour des îles et de la côte rocheuse, un liseré de lumière blanche vibrait dans le ciel indigo. La terrasse était maintenant plongée dans l'obscurité. De petits projecteurs éclairaient les plantes par en dessous, alentour de la maison.

— Vous savez, monsieur Timescu, commença le Consul honoraire en se calant dans son fauteuil, lorsque l'on réside ici, il y a ce que l'on sait et il y a ce que l'on peut dire. Ce n'est pas la même chose.

Aurel ne voyait pas bien où il voulait en venir. Il le laissa continuer.

— Je suis très fier que la France m'ait confié cette charge consulaire. Mais, voyez-vous, c'est une responsabilité morale, pas un métier. Je dirige plusieurs entreprises d'import-export, je représente des marques internationales et même un établissement bancaire américain. Sans parler des activités agricoles que je supervise dans les terres que nous possédons. J'emploie beaucoup de monde. Cela me met en relation avec toutes sortes de gens. La discrétion est essentielle dans ces activités.

Son regard s'était fait plus lourd. Il fixait Aurel, qui n'en menait pas large dans son bermuda. Heureusement, le Consul honoraire relâcha aussitôt sa pression et posa son verre.

— J'espère que vous appréciez notre breuvage national. La tequila est le seul miracle que Dieu renouvelle ici tous les jours.

Aurel opina et but sa margarita d'un trait.

— Croyez-moi, monsieur Timescu, mieux vaut que nous nous en tenions chacun à notre mission. La mienne sera d'abord de vous protéger. Pour cela, il vous faut connaître un peu cette ville. Je vous enverrai quelqu'un en qui vous pourrez avoir toute confiance.

Aurel se pencha en avant pour marquer sa reconnaissance.

— Vous pourrez aussi poser à cette personne toutes les questions que vous voudrez. Ce n'est pas quelqu'un qui a comme moi une position à tenir. Il vous répondra sur tout. Y compris sur l'affaire qui vous occupe.

Comment faire comprendre à cet homme aimable qu'il n'avait pas la moindre intention de s'occuper des aventures d'une gosse de riche égarée sous les tropiques ? Cette déclaration aurait enchanté l'Ambassadeur mais elle ne pouvait que paraître suspecte aux yeux du Consul honoraire. Il fallait lui laisser ses illusions. L'idée qu'un diplomate de carrière pût être employé à ne rien faire aurait certainement choqué cet homme d'autant plus respectueux du personnel diplomatique qu'il n'en faisait pas partie.

Aurel prit l'air entendu de celui qui porte un lourd secret et se résout courageusement à le garder pour lui seul.

La conversation suivit ensuite un tour plus futile. Le Consul honoraire entretint Aurel de considérations sur le climat de la région, toujours chaud et ensoleillé mais parfois sujet à de brefs cyclones. Il lui raconta maintes anecdotes sur l'histoire du port d'Acapulco depuis le XVIIIe siècle. Il lui parla du festival du film qui avait fait de cette ville dans les années 60 la rivale de Cannes et de Venise.

— Resterez-vous dîner avec nous, monsieur Timescu ? Mon épouse serait heureuse…

— Merci, une autre fois, avec plaisir, bredouilla Aurel, épouvanté à l'idée de passer à table dans cette tenue devant toute la famille.

— Comme vous voudrez. En ce cas, je vais demander à mon chauffeur de vous raccompagner.

Aurel protesta pour la forme. Puis il se laissa conduire jusqu'au sous-sol où le Consul honoraire l'installa à l'arrière d'une énorme Range Rover noire.

Fernandez-Laval saisit le bras d'Aurel. Il le tint serré et s'approcha pour lui parler.

— Acapulco est une ville dangereuse, dit-il à voix basse. Ne l'oubliez jamais.

Il lâcha le bras d'Aurel, referma la portière et la voiture démarra.

Ils rejoignirent la corniche et la traversèrent de bout en bout. Elle était presque déserte, quoiqu'il ne fût encore que dix-neuf heures. Dans la montée vers l'hôtel Los Flamingos, des chiens errants semblaient avoir pris possession des rues mal éclairées.

Le chauffeur s'arrêta sur le parking sans avoir prononcé un seul mot.

Aurel avait faim. Il gagna aussitôt le restaurant de l'hôtel. Il se fit servir une salade et se surprit lui-même en commandant une autre margarita. Elle était plus corsée que celle du Consul honoraire et présentée de façon moins sophistiquée. La glace était pilée grossièrement ; elle lui parut plus authentique et, pour tout dire, meilleure. Pour s'en assurer, il en commanda une deuxième. Il avait à peine entamé sa salade que la tête lui tournait déjà. Il fit signe au garçon de mettre la note sur sa chambre et se leva en se tenant à la table. Les flamants roses en bois lui semblaient prêts à s'envoler. Il gagna la coursive en titubant et retrouva sa porte avec difficulté.

Une minute n'avait pas passé qu'il ronflait déjà à plat dos sur le lit.

Il se leva vers neuf heures, la tête brouillée. Sans prendre le temps de se changer, il retourna au restaurant pour se faire servir un double expresso.

En regagnant sa chambre, il s'arrêta de nouveau devant les photos accrochées aux murs de la galerie. Il essayait de reconnaître les visages sans y parvenir toujours. Nombre de visiteurs devaient être des acteurs, des musiciens, des producteurs célèbres en leur temps mais qui n'étaient pas passés à la postérité. Aurel, tout imprégné de nostalgie, observa surtout leur coiffure, leur attitude, leurs vêtements.

D'ailleurs, sa visite chez le Consul honoraire l'avait convaincu de compléter sa garde-robe. Ne connaissant pas la ville et incapable de s'exprimer en espagnol, il se dit que le mieux était de faire son choix en ligne et de se faire livrer à l'hôtel. Le wi-fi était le seul apport de la modernité dans ce lieu. Il s'installa sur le balcon pour surfer sur Internet. Inspiré par ses modèles hollywoodiens, il passa commande de plusieurs chemises, de costumes et de chaussures.

Ensuite, par association d'idées, en repensant à la réunion à l'ambassade et aux paroles du Consul honoraire, il se mit à songer à cette Martha Laborne et à sa mystérieuse disparition. Il avait décidément du mal à s'intéresser à cette affaire. Il avait toujours besoin d'une image pour démarrer. Or, cette fille n'était pour lui qu'un nom. Elle n'avait aucune consistance. Il ne connaissait ni son visage ni son histoire. Plus par désœuvrement que par intérêt, il lança le moteur de recherche sur elle.

Son nom de famille faisait apparaître quantité de références sur Albéric Laborne, son illustre père. Des dizaines de photos le représentaient dans ses fonctions officielles. C'était un homme de très petite taille au visage rond. Il ne souriait jamais mais arborait toujours la même expression carnassière, les lèvres retroussées, découvrant des dents mal plantées et un peu jaunes. On le voyait inaugurer diverses installations dans la ville de province dont il était maire. Il apparaissait aussi prononçant des discours sous la bannière d'un parti de droite. On trouvait beaucoup de pages consacrées à sa femme, riche héritière d'un empire industriel, qui soutenait de nombreuses œuvres de charité. Ils apparaissaient souvent ensemble, plus rarement avec leurs filles et, fait remarquable, jamais en compagnie de Martha, qui était pourtant l'aînée. Aurel, sans chercher très activement, trouva seulement deux photos d'elle. Sur la première, en jupe plissée bleue, les cheveux retenus par un serre-tête, elle figurait au palmarès de l'école catholique qu'avait mentionnée l'Ambassadeur. On la voyait mieux sur l'autre photo. Elle occupait la deuxième place sur le podium d'un concours hippique. Elle devait avoir seize ou dix-sept ans à l'époque.

Machinalement, Aurel sauvegarda ce portrait d'une jeune femme aux yeux clairs et à la peau mate, les cheveux noirs bouclés, qui fixait l'objectif avec une étrange expression de défi. Mais il s'efforça aussitôt de chasser de son esprit ce visage énigmatique. Il n'était décidément pas là pour s'occuper d'elle.

Quand il eut terminé, il était l'heure de déjeuner. Il retourna au restaurant de l'hôtel. À la lumière du jour, la salle prenait un autre aspect. Construite sur plusieurs niveaux, elle réservait un coin pour le bar, un autre, en contrebas, pour les tables. Entre les deux, cerné par des plantes vertes qui poussaient dans des jarres de terre vernissées, s'ouvrait un espace arrondi qui avait dû être jadis une piste de danse. Poussé sur un côté, Aurel remarqua une sorte de coffre recouvert par une toile rouge à motifs indiens. Un appel intérieur lui commanda de s'approcher. Après avoir vérifié que les serveurs étaient occupés à la cuisine, il souleva un coin de la toile. Son pressentiment n'était pas vain : c'était un vieux piano droit. Il ouvrit le clavier. Les touches en ivoire avaient jauni. Quand il en pressa une, un son clair retentit, preuve que l'instrument fonctionnait encore.

Un maître d'hôtel passa la tête par le passe-plat. Aurel eut le réflexe de refermer le couvercle. L'homme lui sourit, sans avoir l'air contrarié. Alors, tentant le tout pour le tout, il demanda par gestes s'il pouvait jouer. L'employé acquiesça, retira la toile avec empressement et approcha un tabouret. Il lui fit comprendre que l'instrument était à sa disposition.

Aurel se crut obligé de montrer qu'il était digne de cette confiance en jouant quelques mesures d'un prélude de Chopin. Le piano protesta en défigurant le morceau par sa sonorité de bastringue. Alors, retrouvant son ancienne vocation de pianiste de bar, métier par lequel il avait pu gagner sa vie au début de son exil, Aurel enchaîna quelques airs de café-concert. Tous les serveurs, et même les cuisiniers, se placèrent autour de lui. Ils arboraient de grands sourires et applaudissaient entre les morceaux. Aurel sentit qu'il avait passé l'examen avec succès.

Les uns après les autres, ils retournèrent à leur service. Il continua à jouer pour lui seul. La volupté qu'il en ressentait lui montrait à quel point la musique lui avait manqué ces dernières semaines. Il se mit à improviser, laissant le piano le guider vers ce qui lui convenait. Imprégné par l'esprit du lieu, il joua des airs de jazz, des rags, et peu à peu dériva vers les chansons de Sinatra et d'autres chanteurs de son époque.

Les serveurs lui apportèrent des bières qu'il sirotait d'une main en continuant à jouer. Une bonne partie de l'après-midi passa ainsi, sans qu'il pense même à déjeuner. À un moment, le jeune homme qui l'avait accueilli à la réception se plaça près du piano pour l'écouter. Il revint ensuite avec un couple de Mexicains âgés. À la déférence soudaine des serveurs, Aurel comprit qu'il devait s'agir des propriétaires. Ils restèrent un bon quart d'heure. À plusieurs reprises, ils se regardèrent en hochant la tête d'un air approbateur.

Puis il resta seul et continua jusqu'à ce que la fatigue s'abatte sur lui. Il referma le piano et, rêvant déjà, regagna sa chambre. Il s'endormit profondément, comme s'il avait eu l'intuition de tous les bouleversements qu'allait connaître sa vie le lendemain.

VII

Il se réveilla à la pointe de l'aube. Une femme de ménage lavait le sol du restaurant à grande eau. Un serveur en train d'enfiler sa veste blanche lui fit signe qu'il pouvait entrer.

Installé près de la baie, Aurel observa le lever du jour sur l'océan. Quelques bateaux de pêcheurs rentraient, une lampe allumée en haut du mât, et se dirigeaient vers le port. Les cocotiers, en contrebas, balançaient dans l'air frais leur tête hirsute. Il était presque neuf heures et il était encore là, assis à rêver, hypnotisé par le mouvement des vagues sur les brisants. Il ne remarqua pas tout de suite l'étrange personnage arrêté sur le seuil du restaurant et qui parcourait la salle du regard.

L'homme était de haute taille, ses cheveux d'un noir d'ébène étaient tirés en arrière et réunis en queue-de-cheval. Par-dessus un T-shirt qui laissait nus ses bras basanés, il avait enfilé un gilet kaki encombré de poches, à la manière des reporters de guerre. Sur chaque épaule, il portait en bandoulière un appareil photo muni d'un long téléobjectif. Quand il repéra Aurel, il fonça droit sur lui et s'installa à sa table.

— Bonjour. Monsieur Aurel ?

— Lui-même.

— Guillermo.

L'homme tendit le bras et serra vigoureusement la main d'Aurel. Il avait la peau cuivrée, le nez busqué des Amérindiens et des yeux noirs un peu bridés. Un léger strabisme donnait à son regard une puissance troublante. Il posa sur la table ses appareils qui semblaient peser très lourd.

— Un ami commun m'envoie.

Aurel réfléchit un instant. Il ne connaissait personne à Acapulco hormis le Consul honoraire.

— Monsieur Fernandez-Lav…

L'homme leva la main pour l'interrompre avec la majesté d'un chef de tribu. Il jeta des coups d'œil autour de lui comme pour s'assurer que personne n'avait entendu, puis il fit un signe de tête affirmatif.

— Oui, mais pas de nom. Il m'a demandé de vous faire visiter la ville.

— C'est très aimable à vous, bredouilla Aurel, mais c'est inutile. J'ai déjà fait un grand tour moi-même…

Guillermo héla le serveur et commanda un café.

— Il le faut, pourtant, dit-il sur un ton qui n'appelait aucune objection.

Son français était très correct, mais il parlait lentement et avec un fort accent espagnol.

— Vous maîtrisez parfaitement notre langue, souffla Aurel sur un ton de courtisan.

Il se demanda si l'autre avait noté son accent roumain et perçu l'ironie dans ce « notre ».

— J'ai passé deux ans en France. À Perpignan et à Nantes.

Il lâcha ces noms avec la fierté d'un grognard qui aurait dit « Iéna et Austerlitz ». Mais il gardait la même mimique étrange : le visage figé et les yeux en alerte.

— Si vous êtes prêt, nous pouvons partir. Il fait moins chaud le matin et les rues sont plus tranquilles.

Aurel ne chercha pas à résister. Il se demanda s'il devait se changer. Par-dessus son bermuda, il avait enfilé un T-shirt acheté à la boutique de l'hôtel en même temps que la *guayabera*. Il représentait un perroquet rouge et jaune sur un fond noir. En cercle autour de l'animal était écrit « *Viva Mexico* ».

— Vous croyez que je…, hasarda-t-il en pinçant son maillot.

— Vous êtes très bien comme ça.

L'homme était déjà debout. Aurel le suivit jusqu'au parking. Au milieu des véhicules stationnés, de marque japonaise pour la plupart, une Coccinelle Volkswagen jaune faisait tache. C'était un modèle particulièrement ancien, sans poignée sur la portière du passager. La carrosserie avait subi de nombreux chocs et avait été repeinte à plusieurs reprises.

— C'est ma voiture, annonça Guillermo sans que son expression permît de saisir s'il en avait honte ou s'il en était fier.

Il ouvrit à Aurel par l'intérieur et débarrassa le siège avant sur lequel étaient entassés une pile de journaux, des chargeurs d'appareils photo et des cannettes de soda vides. Aurel prit place. Il eut l'impression de s'asseoir par terre. Le tableau de bord lui arrivait au niveau du nez. Il se sentait comme un chasseur à l'affût dans une de ces huttes qui servent à tirer le canard dans les marais de Transylvanie.

Il comprit vite que cette position camouflée n'avait pas que des inconvénients : le pare-brise, fendu en deux, portait un impact de balle sur le côté droit.

La voiture démarra avec un bruit rauque et métallique. Ils sortirent de l'hôtel et s'engagèrent dans la rue qui descendait vers la mer.

— Je suis allé de ce côté-là hier. Il doit y avoir de grandes maisons derrière ces murs.

— Très grandes. Vous voyez cette entrée, à gauche ?

Une grille en fer forgé, entre deux pilastres monumentaux en pierre de taille, barrait un chemin pavé qui montait raide et se perdait dans les arbres.

— Le jardin n'a plus l'air tellement entretenu.

— Il l'a été jusqu'à l'année dernière. Et, à l'époque, devant cette grille, il y avait des gardes armés, avec des mitraillettes.

— Des gardes ?

— La propriété servait de siège à un des cartels de narcos. Au mois de juin de l'an passé, la police et l'armée l'ont prise d'assaut. La fusillade a duré trois heures. Il y a eu une dizaine de morts.

Aurel regarda autrement le talus de pierre qui servait d'enceinte au jardin. Ce qu'il avait considéré comme une villa prit tout à coup des allures de forteresse.

— Il y en a d'autres, dans le quartier, des repaires de narcos ?

— Allez savoir ce qui se passe derrière ces murs… Personne ne parle. On ne se rend compte de quelque chose que quand ça pète. Tenez, regardez celle-là.

Guillermo ralentit. Ils longèrent une villa de plain-pied sur la rue. Elle avait été entièrement pillée. Ne restait que le gros-œuvre. Des pièces immenses ouvraient sur des terrasses avec vue sur la mer. Des escaliers intérieurs, des comptoirs de bar en béton et quelques reliquats de stuc sur les plafonds donnaient une idée du luxe de l'endroit avant qu'il soit abandonné.

— Elle est comme ça depuis une dizaine d'années, celle-ci. Je crois qu'elle appartenait à des Colombiens.

Ils revinrent vers la rue principale et atteignirent la plage de la Caleta.

— Tiens, c'est ici que j'ai acheté mon chapeau hier. Je l'ai oublié à l'hôtel.

— Ce n'est pas grave. On ne va pas sortir. La Caleta est le coin le plus dangereux du bord de mer.

— Mais regardez, il y a plein de familles, les gosses qui jouent…

— On vit comme ça, ici. Il faut bien emmener les gamins à la plage.

— Mais pourquoi est-ce que l'on s'en prendrait à ces gens qui viennent seulement se baigner ?

— Personne ne s'en prend à eux. Mais quand ça tire, ils peuvent se faire tuer quand même.

— Quand ça tire ! Mais qui ? Pourquoi ?

— Déjà c'est un point de deal important. Vous voyez le vieux, torse nu, derrière son étal de poissons ?

— Il dort, on dirait.

— Il ne dort pas du tout. Il attend le client pour lui vendre sa came.

— Son poisson ?

— Pas seulement. Si vous lui donnez ce qu'il faut, il vous fournira tout ce que vous voulez : coke, MET, champignons hallucinogènes… Tiens, il se lève, regardez : vous voyez le flingue glissé dans son short à l'arrière ?

Aurel n'avait pas d'assez bons yeux pour voir si loin mais il croyait Guillermo sur parole.

— La semaine dernière, il y a eu une grosse bagarre, à l'autre bout de la plage. Quatre morts. Un règlement de comptes, comme vous dites en français. Je suis arrivé à peine dix minutes plus tard et j'ai toutes les photos, si ça vous intéresse.

— Vous passiez là par hasard ?

— Non, on m'a appelé et il se trouve que je n'étais pas loin. C'est mon métier.

— Vous êtes photographe de presse ?

— Je travaille pour des journaux et des agences. Ma spécialité, c'est la violence.

Aurel jeta un coup d'œil vers le trou du pare-brise.

— Et il arrive qu'ils s'en prennent à vous ?

— Être journaliste ici est très dangereux. J'ai reçu des menaces. Notre ami commun m'a permis de me mettre à l'abri pendant deux ans en France.

— Et vous êtes revenu…

Ils avaient redémarré. Aurel avait l'impression qu'à tout moment un des passants qui marchaient sur les trottoirs allait se tourner vers eux et les arroser de balles. Il se demandait si, en lui envoyant Guillermo, le Consul honoraire avait vraiment voulu le protéger comme il l'affirmait.

— C'est ma ville. Qu'est-ce que je deviendrais ailleurs ?

Ils débouchèrent sur la Costera.

— Vous voyez toutes ces boutiques fermées ?

— Oui, j'ai remarqué hier. J'ai pensé que les commerçants se la coulaient douce…

Guillermo jeta un coup d'œil vers lui pour voir s'il était sérieux.

— Ils ont fermé leurs magasins à cause du racket et de la violence. Si c'est ça que vous appelez se la couler douce.

Aurel se sentit piteux et se crut obligé de se disculper.

— Oui, j'avais pensé cela aussi, mais à ce point-là ? Il n'y a pratiquement plus rien d'ouvert !

— C'est comme ça. Les gangs ont tout tué ici. Même les grands hôtels, vous voyez ?

Ils longeaient la barre d'hôtels construite le long de la mer.

— On dirait qu'ils sont en construction…

— Non. Ils ont ouvert. Et quelques mois après, ils ont été abandonnés. Certains n'étaient que des opérations de blanchiment. D'autres ont été ruinés par le racket. De toute façon, avec la violence qu'il y a dans la ville, on a du mal à trouver des touristes étrangers pour les remplir.

— Je croyais que la violence régnait surtout dans les quartiers populaires. D'après le site d'informations de l'ambassade, la zone touristique le long de la côte serait assez sûre.

— Je ne sais pas d'où votre ambassade tient ça, la violence est partout. Regardez cette galerie marchande, à gauche. Vous voyez les impacts de balles sur les piliers ? Trois morts. La semaine dernière.

Ils tournèrent vers la vieille ville, la zone centrale dont le Consul honoraire lui avait raconté l'histoire. L'endroit était sinistre. Presque toutes les devantures étaient fermées. Des corps de toxicomanes agonisaient, allongés sur des trottoirs. Autour du Zocalo, la place centrale, des hôtels borgnes alignaient leurs prostituées misérables. Les plus jeunes regardaient vers la rue mais la plupart, déformées par la drogue et l'alcool, n'offraient au passant que leur dos nu.

Ils tournèrent encore dans quelques quartiers du centre, rejoignirent la Costera à son extrémité, là où la corniche montait vers le quartier du Consul honoraire.

— Là-haut, c'est Las Brisas. Le coin des riches. Le gouvernement a placé une caserne ici pour le protéger. Bon, je pense que vous en avez assez vu pour aujourd'hui. Nous rentrons ?

Ils roulèrent en silence et par des rues tortueuses qu'Aurel ne voyait plus de la même manière désormais. Il méditait la leçon que Guillermo lui avait administrée.

Acapulco était un monstre, un fantôme. La ville conservait une apparence de grâce, de volupté, de beauté, comme une revenante qui aurait pris, pour tromper les humains, l'enveloppe de chair du temps où elle était de ce monde. Mais à l'intérieur, il y avait le vide et la mort. Comment pouvait-on habiter dans un tel endroit ?

— Vous êtes né ici, Guillermo ?

— Je suis arrivé à l'âge de deux ans. Ma famille est originaire de l'État de Sonora. Nous sommes des Indiens pauvres. Ma mère a décidé de quitter la région parce que tous les hommes de la famille avaient été assassinés.

— Assassinés !

— Des luttes de clans. Des histoires de terres qui remontent loin.

— Et… vous trouvez que c'est mieux à Acapulco ?

— C'est différent. Ici, le problème, ce sont les gangs qui se battent pour contrôler leur territoire. Si vous ne faites pas partie d'un gang, on vous laisse tranquille.

Par sa vitre ouverte, le photographe faisait de petits saluts de la main en direction de gens qu'il reconnaissait dans la rue.

— Mais vous, vous vous en mêlez, en prenant des photos ?

Guillermo se tourna vers Aurel et, pour la première fois, lui sourit. Il avait une denture magnifique.

— Oui. C'est drôle, n'est-ce pas ?

Malgré la chaleur de plus en plus étouffante car il était plus de midi, Aurel frissonnait dans son short. La peur s'était installée en lui. Il ne comprenait pas comment Guillermo pouvait conserver ce calme alors que la mort était partout autour de lui et qu'il était peut-être la prochaine cible d'un nouveau crime.

— Au départ, j'ai fait des petits boulots mal payés. Un jour, j'ai rencontré un photographe américain qui m'a demandé de l'accompagner, comme je fais avec vous aujourd'hui. Pour me remercier, en partant, il m'a laissé un de ses appareils. J'ai appris le métier tout seul.

— Vous auriez pu vous spécialiser dans des sujets moins dangereux. Je ne sais pas, moi, les mariages…

— C'est dangereux, les mariages, ici !

Guillermo jeta vers son passager un coup d'œil amusé.

— Les gangs profitent souvent des mariages pour régler leurs comptes… Rien à voir mais regardez, à droite. Vous voyez ces rochers qui plongent dans la mer. ? On appelle ça la Quebrada.

Le photographe arrêta la voiture. Ils descendirent et marchèrent jusqu'à un petit promontoire. Tout en bas, on apercevait l'eau presque noire ourlée d'écume. Elle se précipitait dans une sorte de gorge étroite ouverte entre les falaises.

— Il est trop tôt pour voir les plongeurs. Ils n'arrivent qu'au coucher du soleil.

Ils allèrent s'asseoir sur un banc à l'ombre. La chaleur était suffocante. Une bise marine brassait l'air sans le rafraîchir.

— Parlez-moi de la fille que vous recherchez.

Aurel avait déjà oublié l'affaire de Martha. Après ce qu'il venait de voir, il avait moins que jamais envie de s'en mêler.

— Je ne cherche personne… Je suis juste là.

Comment expliquer à Guillermo la gesticulation diplomatique, le double jeu de l'Ambassadeur, sa mission qui consistait à ne rien faire…

— Ne me racontez pas d'histoire. Je sais pourquoi on vous a envoyé. Je ne demande qu'à vous aider.

— Mais…

— Vous avez une photo de la fille ?

Aurel allait avouer qu'on s'était bien gardé, à Mexico comme à Paris, de lui en donner une. Mais il pensait aux clichés qu'il avait trouvés sur Internet. Le regard brillant que Guillermo pointait dans sa direction lui donnait l'impression qu'il lisait jusqu'au plus profond de ses pensées. Il était impossible de mentir.

— J'en ai une, oui. Mais elle est très ancienne et je ne suis pas sûr…

— Donnez-la-moi. Je connais beaucoup de monde ici, et dans tous les milieux…

Aurel hésita. Il se dit finalement que cela n'engageait à rien. Il pouvait laisser Guillermo faire son enquête, lui-même n'en serait pas responsable. De toute façon, les yeux du Mexicain ne lui offraient pas le choix.

Ils reprirent la voiture et retournèrent à l'hôtel qui n'était pas loin de la Quebrada. Aurel alla chercher son ordinateur dans la chambre. Il fit imprimer à la réception la photo qu'il avait sauvegardée la veille. Guillermo prit le cliché et tendit la main.

— À bientôt. Je vous donnerai des nouvelles. En attendant, si vous sortez d'ici, prenez un taxi. Rien à pied et ne vous promenez pas n'importe où.

Une fois Guillermo parti, Aurel se précipita au restaurant et commanda une Pacifico bien fraîche. Il voyait désormais Los Flamingos comme un refuge dont il n'avait plus aucune envie de sortir. Il resta là, à boire sa bière au goulot, et même une deuxième tant il avait transpiré pendant la virée en ville.

Le calme fut cependant de courte durée. Il observa une certaine agitation parmi les serveurs, puis vit entrer en procession trois hommes et une femme qui se dirigèrent vers lui. Il reconnut l'homme âgé qui était venu l'écouter la veille quand il jouait. La femme aux cheveux gris qui l'accompagnait gardait une expression sévère. Elle semblait exercer son autorité aussi bien sur le personnel que sur l'homme qui devait être son mari. Marchant derrière eux, deux garçons plus jeunes avaient un air de ressemblance avec ce couple d'âge mûr. Aurel se dit qu'il devait s'agir des deux fils des patrons. Il reconnut l'un d'entre eux, celui qui l'avait accueilli à la réception et parlait bien anglais. C'était un grand gaillard aux cheveux plantés bas.

Quand la délégation s'arrêta devant Aurel, le colosse se plaça à la droite de son père, pour servir d'interprète.

— Monsieur Timescu ?

— Lui-même, dit Aurel qui s'efforça de prendre une expression grave, adaptée à cette interpellation solennelle.

Il aurait eu l'impression d'être mieux protégé s'il n'avait pas arboré cet absurde perroquet rouge sur la poitrine.

— M. et Mme Alvarez, mes parents, annonça le jeune homme, en désignant le couple âgé. Je suis Ramón et voici mon frère Pedro.

Les quatre membres de la famille s'inclinèrent devant Aurel comme au passage du Saint Sacrement.

— M. Wayne et M. Weissmuller ont vendu cet hôtel en 1960 à mon grand-père, le papa de Mme Alvarez.

Aurel salua la femme avec tout le respect que l'on doit à une personne ayant rencontré l'homme-singe dans son enfance. Il se demandait toujours ce qui lui valait l'honneur de cette visite. M. Alvarez avança d'un pas et prit la parole en espagnol. Son fils traduisit.

— Mon papa voulait vous exprimer son admiration, dit Ramón.

M. Alvarez continua, en haussant le ton. Aurel comprit qu'il en venait au fait.

— Vous jouez très bien du piano.

Le fils traduisit cette phrase avec la même solennité qu'il aurait mise pour asséner : « Nous savons que vous avez attaqué la diligence. »

— Notre établissement, reprit le traducteur à la suite de son père, ne reçoit plus beaucoup de touristes car il en passe peu, de nos jours, à Acapulco. Cependant, le soir, surtout les fins de semaine, il est fréquenté par des Mexicains qui viennent dîner en couple. Le lieu a toujours été beaucoup apprécié par les amoureux.

Aurel salua cette tendre proclamation en s'inclinant à son tour. Alors, la famille avança d'un pas, encadrant le patriarche pour son ultime requête.

— Nous voudrions savoir si vous accepteriez de jouer ici tous les soirs le week-end. Cela ajouterait au renom de notre établissement.

Ils attendaient la réponse avec une expression suppliante.

— Mais… avec plaisir, bredouilla Aurel, à la fois soulagé et heureux.

Tout le monde se détendit.

— M. Alvarez vous remercie chaleureusement. Vous serez libre d'interpréter ce que vous voudrez. Même si nous avons, en général, nous autres Mexicains, une préférence pour les mélodies qui permettent de danser.

Aurel consentit à tout avec enthousiasme.

— Je vois J'ai fait cela pendant plusieurs années dans des bars à Pigalle.

Il eut une pensée nostalgique pour cette époque où, après avoir quitté la Roumanie communiste, il avait écumé les cafés-concerts, et même certains établissements moins bien fréquentés, pour y gagner sa vie en jouant dans des salles enfumées.

— M. Alvarez propose en échange de prendre à sa charge tous vos frais. Vous n'aurez à payer ni votre chambre ni vos consommations.

C'était une proposition inutile car, maintenant qu'il était diplomate, Aurel pouvait se livrer à cette activité gratuitement. Ses hôtes auraient cependant été offensés s'il n'avait pas accepté d'être rémunéré. Il donna son accord et leur annonça qu'il commencerait le vendredi suivant. Cela lui donnait deux jours pour se préparer.

VIII

Aurel était excité par la perspective de reprendre ce nouvel emploi de pianiste de bar. Il lui avait apporté jadis beaucoup de satisfactions. La liberté d'abord. Ensuite des rencontres inattendues et parfois très belles. Il avait finalement quitté ce monde de la nuit parce qu'il ne s'y voyait aucun avenir. À l'époque, il avait encore des idées assez arrêtées sur ce qu'était un « travail sérieux ». Depuis qu'il était entré dans la diplomatie, il avait perdu toutes ses illusions sur ce sujet.

Donner du plaisir le temps d'un soir à des inconnus, leur faire le cadeau d'une musique qui les rendait heureux était maintenant à ses yeux une tâche tout à fait noble.

Il s'amusait de plus à penser qu'il serait sans doute le premier pianiste de bar salarié pour cette activité par le ministère des Affaires étrangères. Il imaginait la tête de Prache, s'il l'apprenait. Le DRH aurait pourtant dû se réjouir. S'il avait prolongé son oisiveté forcée, Aurel aurait fini par s'en lasser.

La tentation aurait alors été grande de transgresser les ordres et de se lancer à la recherche de la jeune Martha. Au lieu de cela, il se mit à préparer son retour à la scène.

Quelle tenue allait-il porter ? Il pouvait rester dans le goût local, *guayabera* ou même T-shirt à perroquets. Personne ne lui en tiendrait rigueur. Mais il avait une autre ambition. Il voulait produire un véritable spectacle en hommage à cet hôtel, à son histoire, à son âge d'or.

En fouillant dans ses valises, il finit par retrouver un vêtement adapté au style qu'il voulait imposer : une veste de smoking qui avait appartenu à l'un de ses grands-pères. Il avait été le directeur d'une petite banque de Braşov. Aurel ne l'avait pas connu. Au hasard des successions, il avait hérité de cette veste confectionnée avant la guerre. Il ne l'avait jamais portée. Il l'essaya. Elle était à peu près à sa taille sur le torse. Mais les épaules étaient trop larges et les manches un peu longues. Il jugea qu'elle lui donnait malgré tout un petit air de Humphrey Bogart. Du moins de loin et s'il n'y avait pas trop de lumière…

Il la déposa à la réception pour la donner à repasser. Dans la galerie, il tomba sur le fils des patrons. Le colosse le traitait maintenant en star du show-biz. Aurel en profita pour lui demander de mettre des noms sur les photographies d'époque accrochées aux murs. Ramón avait été biberonné à la légende de l'hôtel. Il fut très fier de réciter sa leçon. Il désigna, à côté de John Wayne et de ceux qu'Aurel avait déjà reconnus, Ava Gardner, Clark Gable, Errol Flynn et Spencer Tracy. Sur un cliché à peu près illisible tant les contrastes avaient été délavés par le soleil, il soutint qu'on pouvait distinguer Howard Hughes, de dos, caché derrière des lunettes noires. Il tenait par la queue un grand poisson que Weissmuller, brandissant un fusil de chasse, prétendait avoir tué.

— Quand Wayne et Weissmuller ont racheté l'hôtel, en 1940, ils l'ont fermé au public. Ils l'ont réservé pour eux-mêmes et leurs amis, ceux que l'on appelait « Le gang de Hollywood ».

— Ils y vivaient ?

— John Wayne venait de temps en temps. Mais Weissmuller y était beaucoup plus. Il s'y était fait construire une maison. Vous ne l'avez pas vue ?

Il alla chercher la clef et conduisit Aurel jusqu'à la piscine. Là, il ouvrit une grille fermée d'un cadenas et ils entrèrent dans un jardin privé que rien ne distinguait du reste de l'hôtel.

En quelques pas, ils atteignirent une maison circulaire construite en ciment mais couverte d'un toit de paille dont le bord effrangé se dessinait sur le ciel. Au flanc d'une des colonnes carrées qui entouraient l'édifice était écrit, en lettres peintes maladroitement sur une planche : « Casa Tarzan ».

— Vous voulez voir l'intérieur ?

Sans attendre la réponse, il fouilla dans son jeu de clefs et ouvrit une porte en lattes de bois.

Aurel osait à peine entrer. Il était étonné qu'on ne lui demandât pas de se déchausser ou de se couvrir la tête pour pénétrer dans ce sanctuaire.

En vérité, c'était une chambre assez modeste. En dehors de deux grandes photos de Tarzan au mur et de quelques chaises, le principal élément de décor était un lit. Il consistait en un matelas posé sur un socle carrelé. Aurel fut frappé par la dimension ridiculement petite de ce lit. Rien à voir avec les monuments king size des palaces. Quand Weissmuller, avec sa taille et sa carrure, s'y allongeait, il ne devait plus y avoir de place pour grand monde. La seule majesté dans cette pièce était la vue qu'on découvrait à travers des fenêtres à montant d'acier qui ne descendaient pas jusqu'au sol.

Aurel était ému aux larmes. Ainsi, pendant qu'il rêvait, enfant, à son idole et l'imaginait dans le monde luxueux de Hollywood, Weissmuller était couché là, dans cette paillote à la vue imprenable, sur cette petite paillasse de pensionnat ou de prison.

Il ressortit bouleversé de cette visite. Pour se réconforter, il fit station au bar et avala une margarita. Il était là, à faire tourner la glace dans le verre, quand un serveur vint lui annoncer qu'il avait un coup de fil à la réception. Apparemment, cela venait de loin. Il se dépêcha. Dans le combiné en Bakélite, il entendit rugir une voix au fort accent du Sud-Ouest.

— Aaaah ! Enfin. Dites donc, tout le budget du Sénat va y passer. Quelle idée de ne pas avoir de portable. Vous savez vous servir de Skype, au moins ?

— Oui.

— Alors donnez-moi votre adresse et je vous rappelle sur Skype.

— D'accord, mais qui êtes-vous ?

— Comment ça ? Vous ne me reconnaissez pas… Ingrat. Je suis le sénateur Gauvinier. Vous avez déjà oublié nos virées à Bakou ? Allez, branchez-vous sur Skype. Je vous rappelle tout de suite.

Aurel rejoignit sa chambre en maugréant. Gauvinier maintenant ! Décidément, ils s'étaient tous ligués pour l'empêcher de préparer son retour à la scène. Et que pouvait-il bien lui vouloir ?

Il ouvrit l'ordinateur et établit la liaison Skype. Le visage rubicond du sénateur apparut sur l'écran.

— Ha ! Ha ! Ha ! Qu'est-ce que c'est que cette tenue ? Des lunettes noires et un perroquet sur le ventre… vous êtes en vacances ou en opération de camouflage ?

— Bonjour, monsieur le Sénateur.

— J'ai eu du mal à vous trouver, croyez-moi. À l'ambassade, ils ont été incapables de me dire où vous étiez descendu. Heureusement, je suis tombé sur un policier très aimable qui a fini par me renseigner.

— Je suis désolé.

— Vous n'avez pas l'air. Bon, vous vous doutez pourquoi je vous appelle…

— Pas du tout.

— Allez, ça suffit. Je sais que votre mission est secrète mais ne faites pas l'imbécile avec moi. Martha.

— Martha ?

Aurel était encore si plein de sa visite à la Casa Tarzan qu'il ne vit pas tout de suite de qui parlait Gauvinier.

— Ah ! Oui. Pardon. Martha Laborne, se reprit-il.

— C'est la fille d'un de mes collègues et néanmoins ami, comme on dit. Un très bon ami, même. Il est maire d'une commune voisine de la mienne et sa circonscription comme député est en plein dans ma paroisse aussi.

— Je ne savais pas.

— Pardi, vous ne pouvez pas tout savoir : la diplomatie, le piano, les langues… Bon, peu importe. Quand il m'a dit que sa fille avait disparu, j'étais bien triste pour lui. La famille, c'est sa vie. Il en a fait son cheval de bataille politique, d'ailleurs. Les valeurs familiales, le combat contre le mariage des… je ne sais plus comment on a le droit de dire, aujourd'hui, mais vous voyez…

— Je vois.

— Bon. Enfin, passons, c'est un type de valeur et qui a de l'avenir. En attendant, il est effondré. Il n'en dort plus. Entre nous, il n'a pas tellement confiance dans ces types du Quai d'Orsay. Ce sont tous plus ou moins des… enfin, vous voyez ?

— Je vois.

— En toute honnêteté, je ne pouvais pas trop le rassurer, mais quand il m'a confié qu'on vous avait envoyé à Acapulco pour vous occuper de l'affaire, je lui ai dit : « Tu es sauvé. »

— On m'a envoyé à Acapulco, mais pas pour m'occuper de cette affaire.

— À d'autres ! Je sais que c'est secret. Vous pouvez me l'avouer.

— C'est-à-dire…

— Inutile. J'ai bien compris. Alors, vous avez des pistes ?

— Vous savez, monsieur le Sénateur, c'est une ville compliquée…

— Je vous crois. J'ai vu James Bond. Beaucoup de soleil, beaucoup de filles. Vous vous en sortez quand même ?

— Je fais de mon mieux.

Aurel sentait que Gauvinier n'allait pas arrêter ses questions. Quoi qu'il pût lui dire, il ne le croirait pas. Mieux valait inverser la vapeur et l'interroger.

— Vous la connaissez, vous, cette jeune femme ?

— Pas elle. Laborne m'a présenté ses deux autres filles. Des beautés, et intelligentes, malgré tout. Elles ont fait des études. Une architecte, l'autre avocate, je crois. Mais Martha, je ne l'ai jamais vue.

— Elle était brouillée avec son père ?

— Pensez-vous ! Pas du tout. Il l'adore. Je vous dis qu'il est effondré de la savoir en danger.

— Pourquoi croit-il qu'elle est en danger ?

— Comment cela ? Seule, sans donner de nouvelles, dans un pays comme le Mexique ! Vous croyez qu'il n'y a pas de quoi s'inquiéter ?

Aurel ne voyait plus trop quoi demander d'autre, tant il était peu concentré sur cette enquête.

— Bon, je vous appelais juste pour vous dire que tout le monde compte sur vous. J'ai juré au père que vous alliez faire l'impossible.

— L'impossible, oui, c'est le mot…

— Ha ! Ha ! Ha ! Je reconnais votre modestie. Bon, j'ai un mariage à célébrer en mairie. Il faut que je vous laisse. En tout cas, vous êtes un drôle de veinard. Ça me plairait bien de vous rendre une petite visite là-bas. On se ferait de belles virées, comme à Bakou.

En fait de virée, Aurel avait envie de lui parler de sa tournée des scènes de crime avec Guillermo.

— Tenez-moi au courant dès que vous avez du nouveau. À bientôt.

Gauvinier disparu de l'écran, Aurel haussa les épaules puis alla s'ébrouer sur son balcon. Maintenant, il devait s'occuper de l'essentiel : choisir le répertoire qu'il allait jouer le lendemain. Il rentra, s'assit à la table et fit une liste de morceaux. Ensuite, il commença à réécouter tous les standards de Sinatra sur YouTube. Il en était à *Singing in the Rain*, qu'il adorait mais ne pouvait jouer sans provocation dans ce pays où il ne pleuvait jamais, quand il reçut un nouvel appel Skype. C'était Dalloz.

— Comment ça se passe à Acapulco ?

Aurel fut sur le point de répondre qu'il hésitait pour les slows entre…

— Tout va bien. Merci.

— J'ai pensé que tu aimerais avoir des nouvelles de l'affaire dont tu ne dois pas t'occuper…

Décidément, c'était un véritable complot pour l'empêcher de se concentrer sur son spectacle.

— L'Ambassadeur s'agite comme un damné. Tu le verrais. Il se prend pour Talleyrand. Tout le monde l'appelle. La cellule de crise dix fois par jour, le cabinet… Et hier, il a même été en communication avec le Ministre en personne. J'ai cru qu'il allait faire une attaque.

Aurel se sentit obligé d'émettre un ricanement.

— Il communique avec toutes les ambassades de la région. Washington pour savoir si quelque chose aurait été signalé à la frontière mexicaine. Belize et tous les postes diplomatiques des Caraïbes. Caracas parce qu'il est persuadé que le régime vénézuélien est en contact avec le cartel de Sinaloa… Il nous inflige de grandes leçons de géopolitique en réunion de service…

— Ça a donné quelque chose ? demanda Aurel sans conviction.

— Que des fausses pistes. On lui rapporte des histoires de touristes égarés. Ça ne manque pas dans la région. Mais chaque fois, vérification faite, rien à voir avec Martha.

Aurel écoutait à peine. Il regardait, par la porte-fenêtre, le ciel et la mer se préparer au grand coucher du roi soleil. Le vent était tombé et les cocotiers se tenaient immobiles, au garde-à-vous. L'air et l'eau avaient pris des couleurs bleu et or, comme si la nature avait revêtu, pour célébrer l'instant, son uniforme de parade.

Dalloz continuait à monologuer. Aurel pensait avec émotion que le lendemain, à la même heure, il serait sur le point d'entrer en scène.

— Bon, conclut le policier. Restons-en là. Je file prendre un verre avec un de mes correspondants à la police fédérale. Je suis sûr qu'il va me dire qu'il n'a rien de nouveau. Puisqu'on n'a toujours pas saisi officiellement les Mexicains de cette disparition, ils n'ont pas de raison de se bouger. Et de ton côté ?

— Rien.

— Parfait. Tiens-toi tranquille comme ils te l'ont demandé. De toute façon, tu n'as que des coups à prendre.

Débarrassé de Dalloz, Aurel se rendit au restaurant pour faire quelques essais sur le piano. Il dîna rapidement puis retourna dans sa chambre en emportant deux bières. Il se força à dormir tôt, comme devait le faire Johnny Weissmuller dans sa jeunesse, quand il avait une importante compétition de natation le lendemain.

Il se réveilla tard, car il avait pris soin de tirer le rideau sur la baie vitrée. La matinée fut studieuse et calme. Son répertoire était maintenant bien au point. Il alla se détendre à la piscine.

Au milieu de l'après-midi, alors qu'il commençait à se sentir cuit à point, il vit apparaître Guillermo. Toujours avec son harnachement de reporter-photographe, il courait presque. Il se planta devant Aurel.

— J'ai du nouveau, annonça-t-il avec autorité. Venez avec moi.

Il emmena Aurel jusqu'à une terrasse proche. Elle donnait sur des chambres vides aux volets clos. Ils s'assirent face à face, sur des chaises blanches couvertes de coussins délavés.

— Nous ne sommes pas nombreux à faire ce métier ici. On se connaît tous. j'ai montré la photo de la fille à tous mes confrères.

« Lui aussi ! » pensa Aurel.

Tout le monde s'obstinait décidément à le ramener à cette affaire.

— Il y en a un, Rogelio, qui couvre plutôt les événements sociaux, les réceptions, les fêtes privées, les anniversaires chez les riches. Je le fais, moi aussi, de temps en temps. C'est comme ça que j'ai connu notre ami franco-mexicain commun.

Rogelio, lui, il a une gamine handicapée et il ne veut plus prendre de risques. Il ne fait que ça.

Guillermo fouilla dans une des poches de son battle-dress et en sortit une feuille pliée en quatre. Aurel voulu prendre le papier mais l'autre recula la main.

— Écoutez-moi d'abord. Quand je lui ai montré votre photo de la gamine, il l'a tout de suite reconnue. Il est très physionomiste. C'est un photographe, il a l'œil. Et ici, c'est vital parfois, de savoir à qui on a affaire.

Une femme de chambre traversa la terrasse, un seau à la main. Guillermo attendit qu'elle eût disparu et reprit.

— C'était il y a environ quinze jours, à une soirée organisée sur la Costera Diamante. La vie sociale est assez réduite, maintenant. Une fête comme ça, il ne s'en produit pas souvent, et Rogelio s'en souvient parfaitement. La famille qui recevait est bien connue dans la ville. Une très grosse fortune. Mais quand on prononce leur nom, Baltram, on ne sait jamais trop de qui on parle.

— Pourquoi, c'est une grande famille ? demanda Aurel sans marquer beaucoup d'intérêt.

— Ce sont des gens de l'intérieur. Au départ, des paysans très durs. Ils ont trempé dans toutes sortes d'affaires, certaines propres et d'autres criminelles. Ils ont été les premiers à passer des accords avec les Colombiens dans les années 80 pour faire transiter la coca vers les États-Unis. Quand le père s'est retiré, au début des années 2000, il a scindé les activités en deux. D'un côté, tout ce qui est légal, et de l'autre… le reste.

— Et cette fête, c'était quoi ?

— Le business est séparé, mais entre les deux branches, ils se voient. Il peut leur arriver de s'inviter. Rien n'est tout blanc ou tout noir. En tout cas, ça se passait dans un night-club en bordure de mer. Deux cents invités. Et Rogelio était payé pour immortaliser tout ça.

Aurel rêva un instant. S'il réussissait son retour au piano à l'hôtel, il serait peut-être engagé un jour pour animer une de ces fêtes privées. Il chassa vite cette pensée, craignant toujours que Guillermo, avec son regard d'aigle, ait pu la saisir au vol.

— Parmi les invités ce soir-là, Rogelio est formel, il y avait la fille que vous cherchez.

— Comment a-t-il pu la reconnaître elle, précisément, au milieu de deux cents personnes ?

— Je vous l'ai dit : il est physionomiste. Mais surtout, il y a eu un incident. Il a voulu la photographier, comme tous les autres invités. C'est son travail. Il s'est approché pendant qu'elle dansait et l'a cadrée. À ce moment-là, un type a bondi sur Rogelio et lui a demandé d'effacer la photo.

— Il l'a fait ?

— Bien obligé. L'autre lui a pris l'appareil des mains et a fait défiler les clichés. Il a mis à la corbeille tous ceux où on la voyait.

— Alors, qu'est-ce que vous avez là ?

— Justement. C'est pour cela que je ne voulais pas vous montrer tout de suite.

Guillermo déplia la feuille. On y voyait un groupe de gens élégants qui dansaient devant un orchestre de mariachis avec leur grand sombrero. Au premier plan, dans une robe rouge moulante, on distinguait une fille de dos, les cheveux noirs mi-longs, des bracelets en or aux bras.

— C'est le seul cliché qu'il ait pu conserver parce qu'on ne voit pas son visage.

— Impossible de vérifier, alors…

— Je vous dis qu'on peut croire Rogelio. Il va m'en dire plus dans les jours qui viennent, notamment sur le type qui est intervenu. On a échangé par mails et il ne voulait pas donner de nom par écrit.

En lançant malgré lui Guillermo sur cette affaire, Aurel se rendit compte qu'il avait mis en branle une machine infernale qu'il lui serait impossible d'arrêter.

— Quoi qu'il en soit, une chose est sûre : cette fille était encore à Acapulco il y a moins d'une quinzaine, c'est-à-dire peu de temps avant votre arrivée.

IX

Une heure avant la représentation, Aurel tournait en rond dans sa chambre. De temps en temps, il s'arrêtait devant un miroir pour vérifier son nœud de cravate. Il avait cherché la plus étroite et la plus neutre, ce qui lui laissait un grand choix dans sa collection. Côté chemises blanches années 60, il n'en manquait pas non plus dans ses bagages.

Il attendit que le soleil ait complètement disparu de l'horizon et surveilla la mer jusqu'à ce que la dernière goutte de sang à sa surface ait été nettoyée. Il n'avait jamais été aussi ému depuis le jour où il avait guetté l'instant où le douanier roumain lèverait la barrière pour le laisser passer à l'Ouest.

Enfin, il sortit et gagna le restaurant. Il avait travaillé sa démarche chaloupée, les épaules trop larges du smoking roulant d'un côté et de l'autre. Comme il avait gardé ses lunettes noires, il manqua s'étaler dans l'escalier qui menait au bar.

La salle de restaurant était plus remplie que d'habitude car on était vendredi. Ce n'était pas encore l'affluence du samedi soir. À la première table, juste devant le piano, était assise la famille Alvarez au grand complet, labrador compris. Pour Aurel, l'affaire était claire : il s'agissait de la répétition générale. En passant devant le bar, il demanda à Luis une tequila pure qu'il but cul sec. Puis il s'installa au piano.

Il commença par tromper son monde. Pour se présenter, lui, l'homme d'Europe centrale, il joua *La Complainte de Mackie* de Kurt Weill. Les Alvarez se regardèrent avec inquiétude. Après ce coup de froid, Aurel balança, comme dans une omelette norvégienne, la mélodie bouillante d'un morceau cubain, une création de Ruben Fonseca, le pianiste du Buena Vista Social Club.

Tout le monde fut rassuré. Les serveurs commencèrent à apporter les consommations. Les conversations reprirent. Aurel accompagna le dîner avec des morceaux de jazz, des airs de chansons françaises, l'increvable Aznavour, l'indémodable Piaf, le tout assaisonné d'intermèdes de rag et de be-bop.

Anesthésiés par la boisson, la nourriture et cette musique d'ambiance, les dîneurs commencèrent à s'alanguir. Les conversations se firent moins bruyantes, les bruits de couverts plus rares. C'est le moment qu'attendait Aurel pour frapper fort. Il avait fait tous les réglages la veille avec Luis, le barman. Il approcha sa bouche du micro et commença à chanter.

Les Alvarez, qui étaient repus et contents de leur recrue, sursautèrent. Il n'était pas prévu au programme qu'Aurel fasse autre chose que jouer du piano. Il n'avait pas chanté devant eux et ne les avait pas prévenus de ses intentions. Lui-même, il est vrai, ne s'était pas décidé tout de suite.

Il ne chantait que quand il était seul, en accompagnant ses improvisations et à un stade avancé d'ébriété. Depuis des années, il n'avait plus chanté sur une scène. Au Los Flamingos, c'était plus fort que lui. Le lieu l'inspirait tellement qu'il ressentait une envie irrépressible de se mesurer au répertoire américain des années 50.

Pour mettre toutes les chances de son côté, il commença par le succès inoxydable de Sinatra : *Strangers in the Night*.

Lorsqu'il parlait, Aurel avait plutôt une voix mal placée. L'émotion le faisait souvent dérailler un peu plus vers les aigus. Mais il chantait dans un registre étonnant de baryton. D'où lui venaient ces tonalités caverneuses, qui contrastaient avec son corps malingre ? Il l'ignorait lui-même et se demandait si le public allait apprécier.

Un grand silence se fit dans la salle quand il attaqua les premières mesures. On entendait seulement le tintement des baies vitrées qu'agitait une brise de mer montée avec la pleine lune. La troisième tequila qu'il avait bue lui avait heureusement fait perdre la conscience qu'il avait un public. Il chantait pour Sinatra lui-même, qu'il voyait accoudé au bar, pour John Wayne qui enlaçait Ava Gardner près des cuisines, et surtout pour Weissmuller en smoking blanc qui descendait à cet instant de la Casa Tarzan. Il reprit deux fois les derniers couplets, envoûté par la musique et tout à fait hors de lui-même.

Quand le morceau prit fin, un long moment passa. Les dîneurs revenaient à eux. Soudain, les applaudissements éclatèrent. Les Alvarez se mirent debout et tous les clients les imitèrent. Aurel se tourna vers la salle et salua sans avoir la force de se lever. Il voyait le vieux barman pleurer.

Pour reprendre une contenance, il se retourna vers le piano et entama *New York, New York*. Plusieurs personnes, dont Ramón, vinrent le prendre en photo. Un serveur lui déposa une autre tequila.

Il chanta sans s'arrêter pendant plus de deux heures. Les dîneurs avaient terminé leur repas depuis longtemps mais personne ne partait. Quand enfin, ivre de fatigue et d'alcool d'agave, Aurel sentit qu'il allait s'effondrer sur le clavier, il s'arrêta.

Il avait un peu oublié la suite quand il se réveilla le lendemain, couché dans son smoking. Il se souvenait vaguement qu'on avait dû le porter et peut-être qu'il avait vomi. Il resta longtemps sous le filet d'eau tiédasse qui sortait de la douche et se remit en tenue de bain.

Sur le chemin qui le menait au restaurant, tous les employés qu'il rencontra vinrent le féliciter. Il prit un double café puis se traîna jusqu'à la piscine et se rendormit sur une chaise longue.

Quand Guillermo le réveilla, il vit que le soleil était déjà haut dans le ciel. Il était une heure de l'après-midi.

Le Mexicain le secoua.

— Vous vous sentez mal ?

— Non, non ! Je faisais une sieste. Et vous, comment allez-vous ?

— Dure journée. J'ai été réveillé à l'aube pour une affaire dans un quartier du centre. Quatre morts. Une famille entière. Ils avaient été capturés la veille. On les a écorchés avant de les assassiner.

— Avant d'être assassinés ! Vous voulez dire écorchés vifs !

— C'est comme ça, ici, soupira Guillermo. Il faut s'estimer heureux si on finit simplement avec une balle dans la peau. La plupart du temps, les victimes sont torturées avant d'être exécutées. Et les gangs adorent les mises en scène macabres.

— Mais pour quoi faire ?

— C'est la compétition de la terreur. Si on veut s'imposer sur un territoire, il faut faire peur. Le plus cruel gagne la partie.

Tout en parlant, Guillermo tripotait un de ses appareils photo. Il le tourna pour qu'Aurel puisse voir sur l'écran.

— Un exemple, tenez. Je l'ai pris ce matin.

Sur un trottoir s'empilaient des amas de chairs sanguinolentes. Des jambes, des bras, des têtes coupées, jetés pêle-mêle. Les torses des victimes étaient encore couverts de leurs vêtements.

Aurel détourna le regard.

— Ne me montrez pas ça !

— Acapulco… soupira le photographe en éteignant l'appareil.

La gueule de bois d'Aurel s'ajoutait au haut-le-cœur qu'avait provoqué la photo.

— Vous avez relayé l'information que je vous ai apportée hier ?

— Relayée ? Ah ! Vous voulez dire à l'ambassade. Oui, oui.

Guillermo fixa sur lui un œil noir suspicieux.

— Et qu'est-ce qu'ils en ont dit ?

— Ça les a beaucoup intéressés.

Aurel s'en voulait de mentir mais comment aurait-il pu expliquer à ce journaliste passionné qu'il n'avait pensé qu'à son spectacle ?

— J'en sais un peu plus. Le type qui a interdit à Rogelio de photographier la fille s'appelle Buitre.

— C'est un prénom, ça ?

— Ici, oui. Ce Buitre est un homme de confiance d'Antonio Baltram, le chef de la branche criminelle. C'était un petit gars d'ici à l'origine, mais il a fait des études aux États-Unis, aux frais de la famille, bien sûr. Ensuite, il a vécu cinq ans en Colombie. Il est revenu il n'y a pas longtemps, c'est pour ça que Rogelio ne l'a pas reconnu tout de suite.

— D'après vous, Martha serait la copine de ce Buitre ? demanda Aurel sans conviction.

Il sentait bien qu'il devait faire au moins semblant de s'intéresser.

— Je ne pense pas. Dans ces familles, tout est assez cloisonné. Un homme de main, même haut placé, ne règle pas ses affaires intimes en public.

— En somme, on ne sait pas pourquoi elle était là, ni avec qui…

— Non.

— Ah ! Ah ! fit Aurel en hochant la tête, ce qui réveilla son mal de crâne.

— Tout ce qu'on peut affirmer, c'est qu'elle a des fréquentations dangereuses. Quant à savoir si elle est là de son propre gré ou si elle est contrainte par quelqu'un, c'est trop tôt pour le dire. Mais à mon avis, cette fille n'est pas aussi innocente que vous me l'avez présentée.

— Peut-être est-elle simplement amoureuse ?

Ce terme faisait toujours rougir Aurel, comme si les sentiments, plus encore que le sexe, appartenaient à un domaine tabou.

— En tout cas, elle ne se pose pas beaucoup de questions. Les gardes armés autour de la propriété, la cocaïne en libre-service pendant la fête, le pistolet que tous les hommes de la famille portent à la ceinture, ça n'a pas l'air de la gêner.

— L'amour rend aveugle…

— Admettons. Mais puisque nous ne sommes pas amoureux, essayons de ne pas être plus aveugles qu'elle.

— C'est-à-dire ?

— À mon avis, il faut demander à votre ambassade de fouiller un peu plus dans le passé de cette fille. Ce ne sera pas du temps perdu.

Aurel n'avait qu'une envie, descendre au bar et boire une bière bien fraîche. Il se sentait moins que jamais en état de tenir tête à Guillermo. Il se leva péniblement.

— Promis, je me renseigne. On se revoit demain ?

— Demain, c'est dimanche. Je m'occupe de la famille.

Que le photographe pût avoir une famille n'avait pas traversé l'esprit d'Aurel, tant il paraissait se dédier complètement à son travail, au point d'accepter d'en mourir.

— Vous êtes marié ?

— Oui. Et j'ai une fille.

— De quel âge ?

— Cinq ans. Et vous ?

— J'ai été marié. Il y a longtemps, à vrai dire, et ça n'a pas duré. Je n'ai pas d'enfant.

Guillermo hocha la tête. Il avait l'air de prendre cet aveu avec pitié.

Quand Aurel fut seul devant sa Pacifico, il se sentit tout à coup au bord des larmes. Cela lui faisait toujours ça quand il revenait à lui après avoir bu. Il traita le mal par le mal et commanda une margarita.

L'après-midi passa en une succession de siestes. Instruit par la séance de la veille, Aurel opéra quelques modifications dans son répertoire. À dix-huit heures, fin prêt, il remonta vers le bar pour son show.

Il ne devait pas y avoir beaucoup d'endroits pour sortir dans la ville, et encore moins de nouveautés. La salle était comble. Certes, le samedi soir était toujours chargé. Cette fois, cependant, il avait fallu ajouter des tables. Les Alvarez avaient laissé la leur pour des convives payants.

À la différence de la veille, Aurel fut applaudi dès son entrée, preuve que la plupart des gens venaient pour lui. Il écourta les morceaux instrumentaux et passa plus vite à la chanson. Ce fut un nouveau triomphe. Il en profita davantage car il avait pris soin de moins boire au début. Plus tard dans la soirée, en voyant tous ces regards de femmes énamourés braqués sur lui, il fut sur le point de perdre ses moyens. Il arrangea ça avec quelques tequilas.

À une heure du matin, après avoir raccompagné les derniers clients, Ramón Alvarez vint le féliciter.

— Bravo. Les clients sont ravis. Cela ne vous dérangerait pas qu'on fasse un peu de publicité dans la ville pour votre spectacle ?

Aurel était honoré.

Il fit des rêves plus sereins. Le dimanche passa tranquillement et lui donna le temps de réfléchir. L'histoire de cette fille était décidément bien embêtante. Le zèle de Guillermo le mettait dans une situation impossible. S'il avouait la présence de Martha à Acapulco, l'Ambassadeur serait furieux ; il était capable de le faire rappeler en France. De surcroît, il n'avait comme seule preuve qu'une photo où on voyait une silhouette de dos. Mais s'il n'en parlait pas, il commettait une faute professionnelle qui pourrait fournir à Prache l'occasion rêvée de le faire mettre à pied et passer en conseil de discipline. Ce dilemme lui donnait mal à la tête. Il décida de remettre la décision au lendemain. On était dimanche et il était de toute façon impossible de joindre quelqu'un à Mexico.

Il se rendormit et arriva frais à sa représentation du soir. Le restaurant était un peu moins plein mais il y avait tout de même beaucoup plus de monde que pour un dimanche ordinaire. Il était maintenant habitué à l'exercice. Le public n'était plus la masse indistincte et vaguement hostile qu'il avait confusément aperçue les deux premières fois. Il s'amusait à détailler les couples. Tel vieux moustachu ventripotent et la sublime jeune femme brune à qui il tenait la main par-dessus la table. Tel couple, vraisemblablement légitime, âgé et prospère, qui ne se regardait plus. Tels jeunes gens beaux, racés, habitués au luxe, dont on ne savait lequel avait épousé la fortune de l'autre. Rien ne les distinguait des grands bourgeois de Madrid ou de New York. Pourtant, ils vivaient dans une ville de violence et de crime.

Il marqua une pause dans son spectacle. Quand il reprit, il découvrit, assise seule à une table proche de lui, une femme qui tenait ses yeux bleus braqués sur lui. Il évita de la fixer, tant sa beauté le frappait d'une façon presque douloureuse. Mais son regard, où qu'il le portât, revenait toujours vers elle. Il lui semblait l'avoir déjà aperçue la veille, noyée dans la foule des dîneurs.

Elle était exactement le genre de femme qui d'habitude lui faisait perdre tous ses moyens. Cette fois cependant, il avait l'impression rassurante que ce n'était pas lui qu'elle observait, mais le double de Sinatra qu'il s'efforçait d'être. Caché derrière ce personnage, il se sentait moins vulnérable.

Quand il attaqua *Fly Me to the Moon*, il oublia toutes ces pensées et la regarda en chantant :

Let me play among the stars
In other words, hold my hands
In other words, baby, kiss me.

Elle avait le regard clair de Lauren Bacall, sa compatriote juive roumaine qu'il vénérait depuis l'enfance. Ses cheveux blonds étaient peignés en arrière, et sur le décolleté de sa robe en soie brillait un solitaire.

Plus il enchaînait les morceaux et plus il devenait évident pour toute l'assistance qu'il ne chantait que pour elle.

Une fois terminé le dernier couplet, tout se mêla dans un brouhaha d'applaudissements et de chaises bousculées. Aurel se replia vers le bar et s'assit sur un des hauts tabourets. Luis, le barman avec lequel il était maintenant très copain, lui servit d'autorité une margarita. Il en avait bu la moitié lorsqu'il perçut une présence à ses côtés. C'était Lauren Bacall.

Il se sentit tout à coup redevenu Aurel, bafouillant et maladroit. En voulant commander un cocktail pour elle, il renversa le sien sur sa robe. Il s'empressa pour la nettoyer.

— Laissez, dit-elle en français. Ce n'est rien.

Elle avait une voix profonde et un accent germanique à la Marlene Dietrich.

Aurel remonta sur sa chaise en s'agrippant au bar.

— Vous avez chaud, ajouta-t-elle.

En vérité, il était liquide.

— Si nous allions plutôt faire un tour ?

Il obéit comme un patient sous hypnose. Si elle lui avait demandé de se mettre à quatre pattes et d'aboyer, il se serait exécuté séance tenante.

Ils sortirent et montèrent en direction de la piscine. Elle semblait très bien connaître les lieux. Comme il trébuchait sur une marche dans l'obscurité, elle lui prit la main. Il sentit autour de ses doigts soyeux le contact tranchant d'une bague de prix.

Ils arrivèrent sur l'espace dégagé de la piscine. La mer, au loin, était éclairée par une lune presque pleine. Le jardin alentour était complètement noir, agité par le souffle d'un vent tiède. Aurel se rappelait avoir vu Errol Flynn, sur le pont d'un navire dans les mers du Sud, enlacer une actrice blonde. Malheureusement, il ne se souvenait plus comment il s'y était pris.

Il n'eut pas trop à s'en soucier car déjà elle était contre lui. Il tomba sur sa bouche comme dans un puits.

Tout ce qui se passa ensuite resta flou dans sa mémoire. Ils durent aller jusqu'à sa chambre car il se souvenait d'une peau infiniment douce, de soupirs et d'une tendresse qu'il n'avait plus connue depuis longtemps.

Au petit matin, quand il s'éveilla, elle avait disparu. Il crut d'abord qu'il avait rêvé mais une carte de visite était posée sur la table. Ingrid Waldström-Martinez, lut-il. Il huma le bristol : c'était bien elle.

X

Aurel resta plusieurs heures à contempler, stupide, son café du matin. Il avait enfilé la *guayabera* que la femme de chambre avait lavée. La chemise avait rétréci de deux tailles. Elle lui arrivait au milieu du ventre et laissait voir son nombril poilu.

Vers onze heures, il reprit conscience et se leva. Il avait envie d'un remède bien fort et bien amer qui lui fît quitter cet état mélancolique. Il retourna dans sa chambre, fouilla dans sa trousse de toilette mais ne trouva aucun médicament contre la gueule de bois. En laissant traîner son regard hébété dans la pièce, il tomba sur son ordinateur et eut soudain l'idée de ce qu'il lui fallait.

Il appela Dalloz sur Skype. Rien de tel que d'entendre quelqu'un parler de l'ambassade pour le dégriser.

Le policier apparut sur l'écran.

— Ouh la la ! Les nuits d'Acapulco doivent être chaudes. Tu as une de ces têtes, ce matin.

— Ça se voit tant que ça ?

— Tu t'es lancé dans la contrebande ?

— Quoi ?

— Tu as des valises sous les yeux. Ha ! Ha !

Aurel se dit qu'il avait fait le bon choix : l'humour flic guérit de tout.

— Il faut que je te raconte quelque chose. Je devais déjà te le dire hier mais... Bref, c'est à propos de Martha, la fille que l'on recherche. Elle est ici, à Acapulco.

Il décrivit en détail la trouvaille de Guillermo.

— Tu as bien fait de m'appeler. Il vaut mieux que tu n'annonces pas cette nouvelle toi-même à l'Ambassadeur. Il ne croirait jamais que tu as découvert ça par hasard. Il a encore demandé trois fois hier si tu te tenais tranquille.

Comment faire comprendre à l'Ambassadeur à quel point il se désintéressait de l'affaire ? Il aurait fallu lui avouer le tour de chant, sa rencontre de la veille, bref des choses que ce Talleyrand tropical ne pouvait ni connaître ni même imaginer.

— Et d'où sort-il, ce Guillermo ?

— C'est un reporter photographe.

— Ça non plus, il ne faut pas le dire à l'Ambassadeur. Il en conclurait que la presse est sur le coup. Or il fait tout pour que l'affaire ne s'ébruite pas. Tu es bien sûr que ton photographe ne va pas aller vendre ces informations à un journal ?

— Absolument sûr. Il fait ça pour moi.

Aurel, en disant cette phrase, fut lui-même saisi d'un doute. En vérité, la recommandation du

Consul honoraire n'expliquait pas tout. Il ne savait pas lui-même pourquoi Guillermo mettait tant de zèle à élucider cette affaire.

— Nous avons la conférence de sécurité dans une heure, reprit Dalloz. Je vais remonter ton info à l'Ambassadeur mais en prenant tout sur moi. Je dirai que cela vient d'un de mes contacts à la DEA. Ne me contredis pas s'il t'appelle. Je te tiens au courant de sa réaction. Ciao.

Cette conversation avait dégrisé Aurel. Il se sentait parfaitement lucide et le regretta aussitôt. Car, en refermant l'ordinateur, ses yeux tombèrent sur la carte de visite. Il comprit qu'il devait maintenant appeler Ingrid Waldström-Martinez et cette idée le terrifia.

Il ne pouvait pas la joindre par Skype, faute d'avoir une adresse pour cela. Tant mieux. Il n'aurait pas à montrer son visage ravagé ni surtout à soutenir le regard bleu dont il gardait le souvenir. La carte comportait seulement un numéro d'appel local.

Aurel se souvint qu'un téléphone fixe était posé sur une des tables de nuit. Il le découvrit par terre, sans doute victime des affrontements de la nuit dont témoignaient aussi les draps en grand désordre et les oreillers qui jonchaient le sol. Aurel ramassa l'appareil et, assis sur le lit, le posa sur ses genoux. Il récita une prière en yiddish et, pour se placer aussi sous la protection de sa famille maternelle, un Notre Père en slavon. Puis il composa le numéro.

Pendant qu'il entendait le grelot de la sonnerie, il s'affola. Comment s'en sortirait-il si une employée répondait en espagnol ? Ou, pire, un homme ? Il pensa avec terreur que cette inconnue pouvait aussi bien être mariée. Il voyait déjà un énorme M. Waldström-Martinez braquer sur lui un Colt 45… Quelqu'un décrocha. C'était elle. Sa voix rauque, ses yeux bleus, ses lèvres humides, Aurel reconnut tout et se troubla.

— Allô, répéta-t-elle.

— C'est moi, finit-il par répondre. Aurel. Le chanteur.

— Vous avez dormi tard. C'est bien. Quand je vous ai quitté, vous sembliez épuisé.

— Oui. Oui.

Elle rit doucement. Sa confusion semblait l'amuser.

— Voilà, j'ai pensé…

Il hésita et elle n'eut pas la charité de finir la phrase à sa place.

— J'ai pensé… que nous pourrions nous revoir.

— Cela me ferait un grand plaisir.

Enhardi par cette réponse encourageante, Aurel se mit à parler très vite.

— Nous pourrions nous promener sur une plage, par exemple cet après-midi. Ou prendre un verre où vous voudrez. Un café…

— Et ce soir ?

— Ce soir, c'est possible aussi, je ne travaille pas à l'hôtel.

Il fut étonné lui-même d'employer le mot « travail ». Il n'avait pas encore considéré cette activité comme un véritable emploi.

— Je suis assez occupée dans la journée. À partir de dix-huit heures, en revanche, nous pouvons nous rejoindre quelque part.

En fait de « quelque part », Aurel ne connaissait que l'hôtel et il jugeait un peu trop direct de la faire revenir dans sa chambre.

— Avez-vous déjà vu les plongeurs de la Quebrada ? demanda-t-elle.

— Pas encore, mais on m'a montré l'endroit.

— Ils arrivent au coucher du soleil. Retrouvons-nous là-bas vers dix-huit heures. Cela vous convient-il ?

— Bien sûr.

— Alors à tout à l'heure.

Elle raccrocha. Aurel avait l'impression de s'être lui aussi jeté à l'eau du dernier plongeoir et d'avoir miraculeusement survécu.

Il resta là, à rêver, le téléphone sur les genoux. Il regardait l'appareil d'où, quelques instants plus tôt, comme d'une lampe d'Aladin, était sorti non pas un mauvais génie, mais une elfe.

Une employée qui venait faire la chambre rompit le charme et Aurel dut sortir. En passant près de la réception, il fut traversé par une idée.

— Ramón Alvarez est-il disponible ? demanda-t-il à une jeune étudiante qui s'occupait de temps en temps de l'accueil et qui parlait français.

Elle disparut dans une autre pièce et revint avec Ramón.

— Ah ! Monsieur Timescu… Vous avez encore fait un triomphe hier soir. Nous n'arrêtons pas de recevoir des réservations pour le week-end prochain.

Rien n'attire la reconnaissance d'un commerçant comme de lui apporter des clients. Aurel sentit qu'il pouvait pousser son avantage.

— Eh bien, si vous êtes contents, tant mieux. Vous n'allez pas me refuser une petite faveur.

Une ombre passa soudain dans le regard du jeune Mexicain. Sans doute avait-il cru qu'Aurel allait lui demander de l'argent. Aussi fut-il très soulagé quand il l'entendit dire :

— Je souhaiterais changer de chambre.

— C'est très facile. Laquelle vous ferait plaisir ?

— La Casa Tarzan.

Ramón hésita.

— C'est que nous ne la louons pas d'habitude. La famille de Mr Weissmuller a demandé qu'on la laisse en l'état.

— J'y tiens, insista Aurel. Vous pouvez me faire confiance, je ne vais rien dégrader.

— Je n'en doute pas. Écoutez, laissez-moi en parler à mes parents. Vous aurez une réponse dans la journée. Nous allons faire tout ce qui est possible pour vous satisfaire.

Sur ces nouvelles encourageantes, Aurel repassa dans sa chambre et emporta son ordinateur au restaurant. Il s'installa dans un coin à l'écart et, pendant qu'il déjeunait, il regarda sur Internet les nouvelles du monde. On ne parlait que de pandémie, de variants, de vaccins. Il était bien réjouissant de regarder tous ces gens cachés derrière leur masque. Acapulco semblait décidément appartenir à une autre planète.

Il attaquait une cuisse de poulet grillé quand un signal Skype retentit. Dalloz le rappelait.

— Heureusement que tu n'as pas parlé toi-même à l'Ambassadeur, dit le policier tout à trac. Il a piqué une de ces colères !

— Une colère ? Mais pourquoi serait-il fâché qu'on ait localisé la fille ?

— Il n'y croit pas. Il affirme qu'on ne voit rien de net sur la photo (ce qui n'est pas faux). Comme je lui ai dit que l'information venait d'une source policière, il s'est mis à ironiser sur les « chaussettes à clous », comme il nous appelle. Des ragots, des rumeurs, des tuyaux crevés. Il a dit que nous ferions mieux de chercher des informations sérieuses plutôt que d'échafauder des scénarios ridicules.

— Tu m'as dit toi-même qu'il t'avait demandé une note sur les cartels. On lui montre la fille danser chez les plus gros narcos de la région et ça ne l'intéresse pas ?

— Son hypothèse, c'est que Martha Laborne est *victime* des cartels. Victime, tu saisis ce que ça veut dire ? Il n'est pas question qu'il admette qu'elle puisse fréquenter *de son plein gré* des milieux louches. Il s'accroche à l'opinion du père qui lui a vendu sa fille comme une personne de haute moralité.

— Je ne comprends pas. Il n'a aucune piste, il pourrait au moins suivre celle-là.

— Il joue sa carrière sur ce coup, ne l'oublie pas. Il ne va pas contredire le père, étant donné ce qu'il représente politiquement. Surtout pour une information aussi peu solide, reconnaissons-le. À supposer que ce soit bien elle, on ne sait ni ce qu'elle faisait là, ni dans quelles circonstances elle y était arrivée.

— Donc, on laisse tomber ? On ne fait rien ?

Dalloz se trompa sur l'intonation d'Aurel et crut y entendre de la déception.

— Pas du tout. Il y a quelque chose à faire et, d'ailleurs, on aurait dû commencer par ça. Avec ou sans l'accord de l'Ambassadeur, il nous faut creuser un peu le passé de cette jeune Martha et voir si l'on découvre quelque chose qui écorne un peu l'image d'Épinal.

— Comment vas-tu t'y prendre ?

— Pour commencer, on a localisé le dénommé Damien, le copain français qu'elle a largué à Cancún. J'ai réussi à trouver ses coordonnées. Je lui ai envoyé un mail. J'attends de voir s'il est d'accord pour une rencontre en visio. On ne peut pas le faire de nouveau convoquer ; il n'y a rien contre lui et nous ne menons pas une enquête officielle.

Aurel venait d'apercevoir Guillermo qui le cherchait du regard dans le restaurant.

— Excuse-moi, coupa-t-il, soulagé de se débarrasser du policier, j'ai un rendez-vous qui vient d'arriver.

— Quoi qu'il en soit, j'avais fini. Continue à creuser la piste Acapulco discrètement. On se reparle vite.

Il referma l'ordinateur et fit signe à Guillermo. Le photographe vint s'asseoir à sa table.

— Qu'est-ce que c'est que cette histoire ? Vous vous appelez John ?

Il avait l'air furieux et fixait Aurel avec des yeux de calibre 9 mm.

— John ! Je ne comprends pas ce que vous voulez dire…

— Et ça, fit le photographe en brandissant un papier. Des gamins en distribuent partout sur la Costera.

Aurel saisit la feuille. On y voyait une photo de lui en smoking, le micro à la main, pendant qu'il chantait. En caractères gras était écrit en travers de la page : « John Timescu chante tous les week-ends au bar de l'hôtel Los Flamingos. »

— Eh bien… c'est une publicité.

Heureusement, pensa-t-il, il portait des lunettes noires sur la photo, ce qui ne le rendait pas très reconnaissable.

— Les patrons ont su que je jouais du piano. Ils m'ont demandé si je pouvais me produire certains soirs ici. Le week-end, uniquement.

Guillermo avait un tel respect pour les diplomates qu'il resta ahuri. On lui aurait annoncé que la reine d'Angleterre dansait en string à Soho le samedi soir qu'il n'aurait pas été plus étonné.

— Et… John ?

— Je ne savais pas. Une idée des patrons… Sans doute pour faire plus américain.

Le photographe poussa un soupir d'accablement. Aurel crut qu'il allait s'en aller.

— Vous buvez quelque chose ? demanda-t-il pour le retenir.

Guillermo parut se calmer un peu.

— Un mezcal. Double.

— Je n'ai pas encore compris la différence avec la tequila…

— C'est pareil sauf que le mezcal est le vrai alcool d'agave traditionnel, celui que boivent les paysans.

— On m'a dit qu'ils mettaient un ver de terre dans la bouteille…

— Ça donne du goût.

Aurel avait été tenté, en signe de fraternité, de demander deux mezcals. Mais quand le serveur arriva, à cause du ver de terre, il resta sur la tequila.

— Des nouvelles de l'ambassade ?

— J'ai transmis l'info mais ils refusent d'y croire. Ils pensent que ce sont des rumeurs sans fondement. La photo n'est pas concluante.

— C'était à craindre. À Mexico, ils ne connaissent rien de ce qui se passe ici.

Guillermo était contrarié.

— Je vais m'en occuper moi-même. Et je vous jure que je vais vous ramener une photo qui va les convaincre.

Il se passa une main sur les yeux et émit un bâillement.

— Il va falloir que je trouve du temps pour ça. En ce moment, je ne sais pas ce qui se passe, j'ai un boulot fou. Hier, comme on était dimanche, je voulais emmener le petit se baigner mais j'ai dû couvrir trois affaires.

— Trois affaires ?

— Trois assassinats, je veux dire, ou plutôt quatre : deux jeunes, du côté du quartier Chinameca, une femme au Zocalo, sans doute une prostituée. Et une tête…

— Une tête !

— Oui, c'est un type qui avait disparu la semaine dernière. On a retrouvé la tête hier, posée sur le capot d'une voiture, près du Jardin botanique. Regardez !

Il saisissait son appareil mais Aurel bondit pour l'en empêcher.

— Vous ne voulez pas voir ? Je comprends. Ce n'est pas très joli. Ils l'ont sculptée complètement. On dirait une boule rouge avec la ligne des dents et deux yeux sans paupières.

Aurel avala sa tequila d'un trait et secoua la tête.

— En tout cas, reprit Guillermo, on sent qu'il se passe quelque chose. Les gangs sont nerveux. Il n'y a pas eu autant de meurtres depuis plusieurs années.

— Pour quelle raison, selon vous ?

— Je ne sais pas. On dit qu'il y a seize gangs qui opèrent ici. En fait, c'est plus compliqué. Il y a des alliances entre eux. Quand ça se tend, c'est qu'un bloc est en train de peser sur un autre et de remettre en cause le statu quo.

— On arrive à trouver une explication ?

— Pas toujours. Cette fois, je crois, il faut chercher du côté du changement de gouverneur. Il a eu lieu il y a à peine six mois.

— Quel est le rapport ?

— Le gouverneur de l'État donne ses ordres à la police locale. Les gangs ne peuvent pas opérer sans avoir des policiers dans leur poche.

— Vous voulez dire que la police peut recevoir l'ordre de protéger tel groupe plutôt que tel autre ?

— Ce n'est jamais aussi simple que cela. Mais, en effet, il y a des équilibres qui peuvent changer en fonction du pouvoir politique.

Aurel en aurait presque regretté le système communiste de sa Roumanie natale. Au moins, à cette époque, il n'y avait qu'un seul gang. Et il était au pouvoir.

Guillermo regarda sa montre, finit son verre et se leva.

— Je vous tiens au courant.

Aurel retourna dans sa chambre pour préparer son rendez-vous du soir. Un papier glissé sous sa porte l'avisait qu'il avait reçu un colis.

C'était la livraison de ses achats de vêtements. Leur arrivée ne pouvait pas mieux tomber. Il ouvrit les paquets fébrilement. Il déballa les chemises sans s'y attarder. La grande affaire était les costumes. Il retira à la hâte celui en lin blanc et se déshabilla pour l'enfiler. La veste tombait parfaitement. Le pantalon, hélas, était coupé pour un homme plus gros et plus petit. Les jambes arrivaient au-dessus des chevilles et il fallait mettre une ceinture bien serrée. Heureusement, le style du vêtement tolérait assez bien ces quelques fantaisies.

Aurel fouilla tous les paquets et ne trouva pas les chaussures. Il les avait achetées sur un autre site. Elles arriveraient sûrement les jours suivants.

Que mettre en attendant ? Il essaya avec ses chaussures de ville. Elles étaient très usées. Cela pouvait passer quand ses pantalons tire-bouchonnés habituels les dissimulaient, mais pas avec ce costume flambant neuf aux jambes trop courtes. Il dénicha bien une paire moins fatiguée, mais elles étaient noires. Il jugea qu'il avait l'air d'aller à une noce. Finalement, il opta pour les tongs. Après tout, il s'agissait de se promener en bord de mer.

C'est ainsi chaussé qu'il sortit pour rejoindre son rendez-vous.

XI

Les plongeurs de la Quebrada sont des héros. Ils s'avancent en file indienne sous les applaudissements. À l'heure où le soleil décline, ils semblent vouloir prendre sa relève et dompter les eaux qui rugissent dans la gorge de pierre.

Aurel s'était placé sur la corniche équipée de bancs où il s'était arrêté un instant avec Guillermo. Il les observait qui, en contrebas, saluaient le public en levant un bras, comme des gladiateurs. Mais en même temps, il jetait des coups d'œil alentour pour voir s'il apercevait Ingrid. Elle ne se montrait pas.

Les garçons en maillot de bain, leur peau mate ornée de tatouages, grimpaient le mur rocheux en face pour rejoindre les points d'où ils sauteraient. On aurait dit l'assaut d'une forteresse par des soldats miniatures. Le premier, sur son promontoire à cent mètres des flots, écarta les bras et s'élança la tête en avant sous les hourras. Aurel ferma les yeux. Il les rouvrit quand il fut certain que le garçon avait disparu dans l'eau sans cogner le moindre obstacle. Mais d'autres se mirent à plonger les uns après les autres. Aurel fut obligé de tourner le dos à ce spectacle tant il lui donnait le vertige.

Le soleil, sur l'horizon, était en train d'entrer dans l'eau orangée. Il ressentit un vague regret de ne pas assister à cette exhibition à côté d'Ingrid. Mais il fallait se rendre à l'évidence : après la scène au clair de lune, il ne pouvait espérer que tout se déroulât en Technicolor.

La nuit tomba. De grands phares s'allumèrent pour illuminer la falaise en face et guider les plongeurs. Le côté où se trouvait Aurel restait dans la pénombre.

Il avait perdu tout espoir de distinguer Ingrid dans l'obscurité quand il sentit une main se poser doucement sur son cou. Il se retourna. Elle était derrière lui et souriait. La lueur des phares, réverbérée par les falaises, éclairait ses cheveux blonds mais laissait son visage dans l'ombre.

Aurel gardait un souvenir confus de ce qui s'était passé la veille entre eux. Il ne savait trop jusqu'où ils étaient allés et par où reprendre leur relation. Fallait-il se jeter sur elle, la serrer dans ses bras, prendre sa bouche, à supposer qu'il la trouvât du premier coup dans l'obscurité, ou déposer un baiser un peu au hasard sur sa joue ? Il était encore en train d'y réfléchir quand il sentit qu'Ingrid saisissait ses deux mains et s'écartait pour mieux le regarder.

— Vous êtes beau avec ce costume blanc.

Elle eut le tact de ne faire aucun commentaire sur les tongs.

Elle se plaça à son côté, enlaça son bras autour du sien et commença à marcher en l'entraînant avec elle. Ne plus apercevoir ses yeux clairs braqués sur lui détendit Aurel.

— Ils sont magnifiques, ces plongeurs, vous ne trouvez pas ?

Il opina en évitant de se tourner dans la direction de la falaise. Comme des phalènes qui traversent à toute vitesse le faisceau d'une lampe, les jeunes athlètes, minuscules vus de là, sortaient de la nuit du ciel pour rejoindre, bras tendus, la nuit de la mer.

— Si vous en avez vu assez en m'attendant, nous pouvons peut-être aller nous asseoir là-bas ? Il y a un bar au fond de la crique. C'est assez simple. Cela vous ira ?

Aurel mâchonna une approbation. Voilà qu'il était repris par sa timidité. Il pouvait jouer au copain avec des filles simples, comme il le faisait jadis dans les music-halls. Mais dès qu'il se retrouvait devant une femme qu'il admirait – et Dieu sait si Ingrid était admirable –, il perdait tous ses moyens. Il avait fallu que la veille il fût un autre pour qu'il ait pu se laisser aller aussi facilement.

— Vous vous appelez vraiment John ?

— John ?

— Il y a des publicités pour votre spectacle dans toute la ville sous ce nom-là. Ne me dites pas que vous ne le savez pas.

— Ah ! Oui. La publicité… En réalité, voyez-vous, je m'appelle simplement Aurel.

— Aurel, s'écria-t-elle en se figeant et en se tournant vers lui. Mais ce n'est pas plus simple que John ! D'où cela vient-il ?

— Je suis roumain. Enfin, je l'étais.

— Et maintenant ?

Elle avait une diction germanique qui lui faisait entrecouper les syllabes et placer des accents toniques un peu au hasard sur les mots.

— Je suis français, avoua-t-il. Comme vous ?

C'était une coquetterie un peu ridicule de lui demander cela. Elle fut assez charitable pour en rire.

— Non, je suis mexicaine.

— Seulement ?

Il se sentait maladroit à ce genre de flirt. De surcroît ses orteils nus butaient sans cesse dans les cailloux du chemin et il était contrarié d'y penser.

— Ne me taquinez pas. Vous avez vu mon nom. Je suis suédoise.

Ils étaient arrivés au petit bistrot. Il se réduisait à une cuisine abritée sous une sorte de dais brillant en plastique et à quelques tables dehors. Elle s'assit en tournant le dos à la lumière blafarde qui tombait d'une guirlande d'ampoules nues. Aurel prit place. Il la voyait dans un halo blanc. Il s'en réjouit d'abord avant de comprendre qu'il était, lui, éclairé de face, et que tous ses défauts devaient être bien visibles.

Un serveur barbu, les poignets couverts de tatouages, vint prendre la commande.

— Vous me laissez faire ?

Aurel accepta d'autant plus volontiers qu'il ne connaissait aucun des plats inscrits sur la carte.

Elle donna des ordres directs au serveur, dans un espagnol fluide. Il en profita pour regarder autre chose que ses yeux. Son chemisier de toile bleu marine était très simple mais devait provenir d'une grande marque. Ses mains aux ongles peints et longs étaient ornées de plusieurs bagues dont un gros solitaire. Il se rappelait en avoir serré la veille les bords aigus. Quand elle vit qu'il regardait ses mains, elle les retira. Il avait eu le temps d'apercevoir des taches brunes sur leur dos et elle avait une phalange déformée.

— Vous ne pouvez pas savoir le plaisir que j'ai eu hier soir à écouter vos chansons.

Il aurait donné n'importe quoi pour pouvoir remettre son smoking noir et retrouver un piano. Il entendait distinctement la mélodie qu'il aurait jouée en cet instant. Hélas, en paroles, il ne put rien trouver de mieux qu'un « Ah ! Bon » misérable.

— J'adore toute cette époque. Sinatra, le gang de Hollywood... mais où avez-vous appris votre métier ?

— Quel métier ?

— Chanteur, pianiste, musicien. Comment doit-on appeler ça ?

— Ce n'est pas mon métier.

— Encore mieux : un hobby. Vous le poussez à la perfection. Mais quel est votre vrai métier, alors ?

— Je suis Consul de France, articula-t-il, sans pouvoir éviter que l'accent roumain ne vienne ruiner son effet.

— Mais il y a *déjà* un Consul de France ici. Je le connais bien.

— Le Consul que vous connaissez est un Consul *honoraire*. Moi, je suis un *vrai* diplomate.

Il avait repris le même terme que l'Ambassadeur et se souvenait de l'ironie que celui-ci y avait mise.

— Vous allez le remplacer ?

— Le Consul honoraire ? Non, non.

— Vous êtes en vacances, donc ?

— Non plus.

— Expliquez-moi.

Elle avait ressorti ses mains et saisissait celles d'Aurel.

— Parlons de vous, plutôt, riposta-t-il.

Il ne voulait rien lui cacher, mais il sentait sa position si ridicule qu'il préféra s'entourer de mystère. Elle n'insista pas.

— Moi, c'est plus simple. J'ai eu un seul métier dans ma vie et il m'a conduite jusqu'ici. J'étais comédienne.

Aurel fut sur le point de s'écrier « Lauren Bacall », avant de se souvenir qu'elle était morte depuis bien longtemps.

— J'ai commencé en Suède, au théâtre. Très jeune. J'avais fait des études de langues, anglais et français. J'adorais Molière et Shakespeare. Mais un metteur en scène de cinéma m'a remarquée et j'ai tourné dans quelques longs-métrages. Des seconds rôles. L'un d'eux a eu un peu de succès. Le producteur m'a emmenée avec toute l'équipe à Acapulco pour présenter le film au festival. Et je ne suis plus repartie.

— Vous avez rencontré un Mexicain ?

— Il n'est pas difficile de rencontrer des Mexicains. Surtout quand on est jeune… et blonde.

— Vous êtes mariée ?

Elle retira ses mains et laissa passer un temps. D'ailleurs, le serveur déposait les assiettes et les verres sur la table branlante.

— Vous aimez la tequila ? demanda-t-elle.

Elle trinqua et Aurel but son verre d'un trait.

— J'étais mariée. Je ne le suis plus.

D'un coup d'œil, elle fit signe au patron de rapporter un autre verre pour Aurel.

— Alors, maintenant que j'ai tout dit, reprit-elle avec entrain, racontez-moi un peu votre vie.

Aurel sentit que l'alcool l'avait animé et aussi la dernière réponse qu'Ingrid lui avait faite. Il se mit de bon cœur à raconter son histoire. Elle l'écoutait en marquant naïvement ses émotions. Les épisodes tragiques de la vie sous Ceausescu la faisaient gémir et presque pleurer. Aux moments comiques, elle riait aux éclats. Aurel avait beau se dire qu'elle était comédienne, il ne pouvait s'empêcher de mettre ces succès sur le compte de ses talents de narrateur.

La soirée passait. Les projecteurs s'éteignirent sur la falaise des plongeurs. Il enchaînait les verres de tequila mais n'avait pas touché son assiette, elle non plus. Il finit par s'arrêter, un peu étourdi et parce qu'il ne voyait plus quoi dire.

— Et maintenant ? Que faites-vous à Acapulco ?

C'était la question du début. Aurel s'était trop confié pour éluder encore la réponse.

— Je suis ici parce qu'une jeune Française a disparu. C'est la fille d'un homme politique important. Mais ce que je dis là est confidentiel.

— Une mission secrète ? Et le tour de chant est une couverture ? C'est merveilleux. Vous devez retrouver cette jeune fille ? Elle est dans cette ville, vous en êtes sûr ?

— Écoutez, je vous ai dit ça, mais en vérité, je n'ai rien à faire là-dedans et je ne veux surtout pas m'en mêler.

— Ne dites pas de bêtises. C'est passionnant. Vous m'avez raconté quelques-unes de vos enquêtes. C'est certainement pour vos talents qu'on vous a envoyé ici.

— Au contraire, je…

Le serveur s'approcha en tapant sur sa montre. Ingrid demanda l'addition et paya.

— Excusez-moi, j'ai laissé mon portefeuille à l'hôtel.

— Et vous avez bien fait. Il vaut mieux que vous ne vous promeniez pas dans la rue avec de l'argent.

Elle vit qu'Aurel jetait un coup d'œil étonné vers ses bagues.

— Moi, c'est différent. Je suis d'ici, et depuis le temps…

Ils se levèrent. Aurel, assommé par l'alcool, tenait à peine debout.

— Ça vous dit que nous marchions jusqu'à votre hôtel ?

L'angoisse le reprit. Il approchait du moment où il allait falloir savoir quoi dire et quoi faire.

Ils s'engagèrent sur la corniche éclairée par des réverbères orangés. Ils marchaient sans rien dire. La corniche déboucha sur une rue qui montait entre de hauts murs de pierre. Il n'y avait pas de trottoirs et la chaussée était mal éclairée. La nuit tiède était parfumée par les fleurs d'invisibles jardins.

— Vous êtes quelqu'un de merveilleux, chuchota-t-elle.

Aurel eut vaguement conscience qu'il aurait dû prononcer cette phrase le premier. Elle saisit sa main. Un peu avant l'entrée de l'hôtel, la rue dessinait un virage qui restait dans l'obscurité. Il prit subitement conscience qu'il faisait des embardées en marchant. Il avait beaucoup trop bu pour ne pas tomber. Elle resserra la pression de sa main. Ce n'était pas seulement un geste tendre, plutôt un appui secourable.

— Il me semble, dit-elle doucement, qu'il vous faut reprendre des forces… Vous êtes arrivé. Vous allez pouvoir vous coucher.

Le charme était rompu. Elle le laissa entrer dans l'hôtel et resta sur le seuil.

— Vous n'allez pas rentrer seule à pied, bredouilla Aurel, en regrettant de ne pas réussir à prononcer la phrase qu'il avait en tête et qui était : « Accompagnez-moi dans ma chambre. »

— Ne vous en faites pas pour moi. Bonne chance pour votre mission. À très bientôt.

Elle lui fit un signe de la main et disparut dans la rue.

Il ne se décidait pas à monter les marches jusqu'à la réception et restait les yeux fixés sur l'endroit où elle s'était tenue.

Un instant plus tard, une portière claqua. Il tituba jusqu'à l'entrée, à temps pour voir disparaître les feux arrière d'une voiture.

La rue était vide.

*

Aurel se réveilla de belle humeur. Au fond, la soirée de la veille s'était déroulée au mieux. Il avait trop bu et s'était couvert de ridicule. Mais n'était-ce pas mieux ainsi ? Il aurait été bien embarrassé de devoir aller plus vite et plus loin.

Au jeu du mystère, Ingrid avait gagné haut la main. Le peu qu'elle avait dit sur elle-même n'avait fait que rendre plus excitant tout ce qu'elle n'avait pas avoué. Tandis que lui, pauvre idiot, avait déballé sa vie, fait le coq. Pour finir, il lui avait confié la disparition de Martha. Qui pouvait savoir l'usage qu'elle en ferait ?

Curieusement, ce risque n'ôtait rien à sa bonne humeur et ne suscitait en lui aucun regret. Au contraire, il sentait qu'Ingrid l'avait en quelque sorte libéré. Par ses paroles enthousiastes, elle avait, sans doute à son insu, redonné de l'intérêt à l'affaire de la disparition de Martha. Jusque-là, il s'était contraint à ne pas s'investir dans cette recherche. Il avait résisté aux sollicitations de Guillermo, de Gauvinier et de Dalloz. L'instinct de chasseur qui était en lui, il l'avait étouffé d'une façon qui ne lui était pas naturelle. Ingrid, quelles que fussent ses raisons, l'avait réconcilié avec lui-même. Une motivation nouvelle le poussait maintenant à s'intéresser à cette enquête : la perspective de briller à ses yeux et d'accomplir ce qu'elle attendait de lui.

Il passa la matinée à surfer sur Internet. Dalloz avait raison : ils ne savaient pas encore qui était cette Martha. Tout le monde avait pris pour argent comptant les déclarations du père qui la décrivait comme une Immaculée Conception. Mais qu'y avait-il derrière l'image pieuse ?

Aurel avait toujours aimé fouiller sur la Toile, même s'il prétendait, pour que ses supérieurs le laissent tranquille, qu'il ne savait pas se servir d'un ordinateur. En vérité, c'était un virtuose. Il tapait sur le petit clavier de son portable avec la même jouissance que sur les touches en ivoire d'un piano.

À midi, Martha Laborne n'était plus pour lui la fille de famille rangée sur la piste de laquelle il s'était lancé trois heures plus tôt.

Il était parti des deux clichés qu'il avait trouvés lors de sa première recherche : une photo de classe et une épreuve d'équitation. Un détail lui avait échappé sur ce dernier document. La légende indiquant : 2e place Martha Laborne, mais dans le court texte qui figurait au-dessous, elle était désignée sous le double nom de Laborne-Obrador. Aurel poursuivit les recherches avec les deux noms.

Il découvrit qu'elle avait pratiqué un nombre considérable de sports. Par chance, elle semblait briller dans tout ce qu'elle entreprenait et on la trouvait donc souvent en photo sur des podiums. Fait remarquable, ces activités avaient toutes en commun d'être sinon extrêmes, du moins engagées, violentes parfois. Elle ne pratiquait pas le golf, le tennis ou la natation. Son choix allait vers le football américain, la boxe française, le full-contact, le parachutisme, le concours complet à cheval, la moto et même le tir au pistolet. Aurel éplucha des centaines de listes de membres des clubs les plus divers en région parisienne. Il finit par tomber sur des photos qui n'avaient plus grand-chose à voir avec la petite fille en serre-tête de son école de bonnes sœurs. Il la trouva casquée, bottée, crottée, blessée même dans la pratique de ses diverses activités. En comparant les dates, il se rendit compte qu'au fil du temps elle s'était orientée vers des activités dangereuses. Elle semblait avoir cherché à faire monter l'adrénaline et à s'exposer à des dangers de plus en plus grands. À la date du 13 juillet 2017, il trouva même, dans un article du *Dauphiné libéré*, mention d'un accident de parapente en montagne où elle avait été grièvement blessée.

En avait-elle conservé des séquelles ? Rien ne laissait penser qu'elle eût été amoindrie physiquement. En tout cas, après cette date, elle avait complètement disparu des actualités sportives. Il fallait chercher ailleurs pour entendre à nouveau parler d'elle. C'est sur un site associatif qu'Aurel y parvint. Elle figurait au deuxième rang dans la photo d'une équipe des Restos du Cœur, au moment du démarrage de leur campagne d'hiver. Comme pour le sport, elle paraissait avoir varié les engagements. Elle avait pris part à une opération de soutien aux migrants dans le camp de Grande-Synthe. C'était une opération pacifique de ravitaillement des réfugiés mais elle s'accompagnait du déploiement de banderoles hostiles à l'évacuation. Il ne semblait pas y avoir eu d'affrontement avec la police ni aucune interpellation.

Malgré ses efforts, Aurel ne découvrit rien d'autre. C'était suffisant néanmoins pour rendre le personnage de Martha plus complexe et plus intéressant.

Aurel referma l'ordinateur et resta songeur. Il avait envie de marcher pour réfléchir à tout cela. Pour la première fois, il en avait un peu assez du confinement du Los Flamingos. Les conseils de prudence de Guillermo étaient utiles mais il exagérait un peu. La petite virée avec Ingrid la veille avait été agréable. Elle connaissait bien la ville et ne paraissait pas si terrorisée. Le photographe était certainement déformé par sa fréquentation permanente des scènes de crime. Aurel se souvint d'ailleurs que, lors de son arrivée, il avait fait une longue promenade sans incident. Il prit un taxi et se fit conduire sur la Costera.

XII

Le taxi Toyota, placé sous la protection de la Vierge de Guadalupe, déposa Aurel sur la Costera, à la hauteur de la Playa Malibu.

Il décida de descendre sur la plage et de longer le bord de l'eau. De gros rouleaux arrivaient du large et s'effondraient majestueusement, couronnés de gerbes blanches. Des surfers pagayaient avec les bras pour gagner le large. Ils revenaient en se dressant sur les vagues, comme s'ils chevauchaient la mer.

Aurel retira ses tongs et marcha à l'extrémité des ondes marines qui venaient régulièrement dessiner sur le sable un ourlet sombre, cousu d'une bordure d'écume.

La plage à cet endroit n'avait rien à voir avec Boca Chica, la crique étroite et populeuse qu'il avait visitée le jour de son arrivée. Elle s'étendait à perte de vue de chaque côté. La baie, de là où il était, paraissait rectiligne et infinie. Les immeubles construits le long de la route côtière ouvraient sur l'océan Pacifique de larges balcons au parapet de verre et des terrasses panoramiques. Sur une armée de mâts, à leur pied, étaient hissés des drapeaux colorés qui claquaient au vent. Des palmiers bien alignés montaient la garde sur les trottoirs. Bien qu'on fût en pleine semaine, un grand nombre de familles étaient allongées sur des serviettes ou des transats, à l'abri de parasols bleus. Des jeunes jouaient au volley et des gamins se poursuivaient en piaillant.

Pour l'immense majorité des gens qui, en cet instant, travaillaient dans des bureaux inhumains, ou arpentaient des rues grises et froides, en Europe et dans bien d'autres villes du monde, le spectacle que contemplait Aurel serait apparu comme l'image même du Paradis. Il en voulait presque à Guillermo de lui avoir trop brutalement montré la face sombre de la ville. Pour un peu, il aurait fini par oublier complètement son aspect lumineux et sensuel. Sans éprouver ce plaisir, sans se laisser envahir par la beauté et la force de ce lieu, comment comprendre pourquoi certaines personnes, Ingrid par exemple, avaient choisi d'y passer leur vie ?

À un moment de sa promenade, Aurel aperçut au pied des immeubles une rangée de boutiques qui offraient sous des auvents de toile un étalage bigarré de vêtements et d'accessoires de plage. Il se dirigea de ce côté. Il n'avait jamais pratiqué le tourisme et s'imaginait que les vendeurs allaient lui sauter dessus. En réalité, ils somnolaient au fond de leurs échoppes et le laissaient tripoter tout ce qu'il voulait.

Il ne trouva pas grand-chose d'intéressant dans cet empilement de bouées d'enfant, de crèmes solaires et de sièges pliants. L'éventaire qui le retint le plus était sans doute celui qui avait désormais le moins de succès, celui des souvenirs mexicains. Les bourses colorées, les petits sacs en cuir et autres ceinturons ornés de clous n'avaient rien de palpitant. En revanche, il resta fasciné par les têtes de mort. Il s'en trouvait de toutes sortes : en porte-clés, en impression sur des T-shirts, en bagues et en colliers, et fabriquées dans toutes les matières : métal, bois, incrustations de perles de couleur. Une version le retint particulièrement. C'était le crâne entouré d'une couronne de fleurs. Il le saisit et l'examina de tous les côtés.

Soudain, il comprit. Il avait sous les yeux le symbole même de cette ville. Les roses éclatantes, les fleurs d'hibiscus, les lis et les pervenches aux larges pétales représentaient cette baie lumineuse avec ses couleurs paradisiaques et les collines verdoyantes qui l'entouraient. Dessous, les orbites noires de la mort et cette horrible denture de plastique entre des mâchoires d'or venaient rappeler tous ceux qu'on retrouvait chaque jour suppliciés.

Pendant qu'il contemplait l'objet, un homme s'était approché de lui.

— Américain ?

Aurel sursauta.

— Non. Français.

Le visage de l'inconnu s'éclaira d'un grand sourire.

— J'adore votre pays, dit l'homme en français.

Il avait la cinquantaine. Massif, court sur pattes, il portait un pantalon de toile blanc et une chemise légère à manches courtes. Ses joues étaient déjà bleuies par une barbe qu'il venait pourtant de raser.

— Enrique, lança-t-il en tendant une main carrée dont les phalanges épaisses étaient couvertes de poils noirs.

Aurel, par réflexe, lui confia la sienne. Quand il la récupéra, il eut l'impression d'y avoir laissé quelques doigts.

— J'ai de la chance, s'exclama le dénommé Enrique. Je viens ici une fois par semaine pour surveiller mes boutiques et je trouve un Français ! Il n'en passe plus beaucoup, de nos jours.

Tout en parlant, il dévisageait Aurel. Soudain, il haussa les sourcils et son visage s'éclaira.

— Mais j'y suis ! C'est bien vous qui donnez un spectacle le week-end au Los Flamingos ?

— Oui, reconnut Aurel de mauvaise grâce.

Cette soudaine célébrité le flattait. Mais il aurait préféré garder l'anonymat.

L'homme avait couru jusqu'à une des boutiques et il rapporta un papier.

— On nous a demandé de distribuer ça.

Il regarda la photo puis Aurel.

— John Timescu ! C'est bien vous, alors ?

— Oui.

Enrique lui reprit la main et la serra encore plus fort.

— Quel honneur. Faites-moi plaisir. Venez boire un mezcal pour fêter ça.

Aurel le suivit. Sous une des baraques était installé un comptoir couvert de toile cirée. Il servait de bar. Derrière, dans ce qui faisait office de cuisine, des beignets à la composition inconnue grésillaient au creux de bacs à friture. D'un geste autoritaire, le patron se fit servir deux verres et une bouteille de soda à moitié pleine d'un liquide transparent.

Il invita Aurel à s'asseoir sur une des chaises posées à même le sable et plaça la bouteille sur une petite table en plastique.

— Vous savez comment on reconnaît un bon mezcal ?

Il secoua la bouteille énergiquement puis la posa.

— Regardez ces petites bulles. À la surface, tout autour, elles se forment là où le liquide est en contact avec la bouteille. On dirait un collier de perles. C'est le signe du meilleur mezcal.

Il versa l'alcool dans les verres et trinqua.

— Vive la France.

Le breuvage était raide et Aurel ne put réprimer une grimace.

— Vous savez que je vais chez vous presque tous les ans ? Tenez, voyez cela.

Il sortit son portable, chercha dans les applications et afficha une photo qu'il montra à Aurel. C'était lui devant un monument funéraire.

— Vous reconnaissez ?

Aurel regarda plus attentivement. Le cimetière ne lui disait rien, mais, au-dessus des arbres, on voyait dépasser une tour qui lui rappelait quelque chose.

— On dirait… la tour Montparnasse ?

— Gagné !

— Et la tombe ?

— C'est celle de Porfirio Díaz. Notre grand homme.

Voyant qu'Aurel n'avait pas l'air de connaître, il énonça avec emphase :

— Président du Mexique. Le plus fameux. Né en 1830. C'est lui qui a battu les armées de Napoléon III qui avaient envahi notre pays. Il a battu les Français mais il aimait tellement la France qu'il y a fini sa vie et y est enterré.

Enrique porta un toast à l'amitié franco-mexicaine et ils trinquèrent à nouveau. Satisfait d'avoir pu placer cette petite leçon d'histoire, il continua à raconter sa vie. Il vivait dans une grande propriété à l'intérieur de l'État. La ferme produisait du bétail. Mais à côté, il faisait travailler tout un village d'artisans. C'était de là que venaient la plupart des articles vendus dans ses boutiques. Il parla à Aurel de sa famille, lui montra des photos de ses enfants et lui confia sa passion de collectionneur pour les poupées anciennes. Il avait été jusqu'à créer un petit musée privé dans sa propriété. Chaque fois qu'il se rendait à Paris, il allait chiner au marché aux Puces de Saint-Ouen.

Il était si heureux de parler français qu'on ne l'arrêtait plus. Aurel l'écoutait d'une oreille de plus en plus distraite. Il regardait vers le large où passait maintenant un yacht à moteur. Soudain, une idée lui vint. Il avait fait faire des tirages des nouvelles photos de Martha, trouvées sur Internet. Ramón les lui avait remises au moment où il quittait l'hôtel et il les avait fourrées dans la grande poche de son bermuda. Il les en sortit et les déplia.

— Puisqu'il n'y a pas beaucoup de Français ici, peut-être avez-vous remarqué cette jeune femme ?

Enrique prit les feuilles et les regarda attentivement. Il sembla à Aurel que son visage changeait. Il prit une expression glaciale, replia les clichés et les lui rendit.

— Non, fit Enrique sèchement. Qui est-ce ?

— Une amie. Enfin, une personne que je connais. Ou plutôt je connais son père.

Enrique haussa les épaules et changea de sujet.

— Vous aimez les *guayaberas* ?

Il avait vu Aurel s'attarder sur les chemises quand il était passé devant les boutiques.

— Nous en fabriquons de très belles, venez voir.

Aurel eut toutes les peines du monde à se libérer. Il en acheta deux, promit de venir visiter la propriété dont Enrique lui avait donné la carte. Il partit après s'être résigné à une puissante embrassade qui, au moins, lui évitait les contusions d'une nouvelle poignée de main.

Il rentra en longeant la plage d'un pas rapide et attrapa un taxi sur la Costera.

Un beau cadeau l'attendait à l'hôtel. M. Alvarez père le guettait en personne et lui fit signe de le suivre. Le vieux Mexicain monta vers la piscine avec un pas de bedeau, comme s'il conduisait Aurel à recevoir un sacrement. Ils passèrent devant le bassin autour duquel était étendu un vieux couple de Québécois arrivé la veille. Aurel avait compris ce qui l'attendait. Il resta concentré comme un preux sur le point d'être fait chevalier.

L'hôtelier avait déverrouillé la grille sacrée et ils arrivaient maintenant devant le modeste et célébrissime panneau indiquant « Casa Tarzan ». Aurel faillit s'évanouir en voyant ses valises posées près du lit, son costume blanc et sa veste de smoking pendus à une tringle, le tout sous le regard de Weissmuller, en photo sur le mur. Le sourire énigmatique de l'acteur prenait un sens nouveau : il était content d'avoir de la compagnie dans sa jungle.

Mais Alvarez ne laissa pas de temps à Aurel pour des effusions. Avec les gestes de son métier, l'hôtelier lui fit visiter les lieux et découvrir les commodités. À l'époque de Weissmuller, la salle de bains et la kitchenette avec frigo avaient dû paraître luxueuses. Rien n'avait changé en un demi-siècle et l'ensemble était aujourd'hui plus que spartiate. L'hôtelier entraîna ensuite Aurel vers la galerie circulaire qui entourait la case. Du côté de la mer, un sentier s'ouvrait dans les massifs d'aloes et de cactus. En quelques mètres, il descendait jusqu'à un petit promontoire entouré d'un muret en pierre sèche.

— *El belvedere del señor Weissmuller !*

Son fils Ramón, qui les rejoignit à cet instant, compléta en anglais.

— C'est là que M. Weissmuller se faisait servir son petit-déjeuner. Il aimait bien boire ici la nuit aussi.

Aurel avait posé les mains sur le muret et regardait vers le large. Sur ce point avancé de la côte, il se sentait comme une vigie en haut d'un mât, embrassant l'horizon infini.

— Des personnes sont venues pour vous, interrompit Ramón.

Aurel revint à lui. Alvarez père était déjà en train de remonter le sentier en soufflant. Ramón et lui suivirent.

— Qui cela ?

— D'abord Guillermo, le photographe. Il a demandé où vous étiez.

— Vous lui avez dit ?

— Je vous avais entendu dire « la Costera » au taxi…

— Qui d'autre ?

— La vieille dame.

Aurel s'arrêta net.

— De qui parlez-vous ?

— Eh bien, de la dame… Au concert… Je crois vous avoir aperçu assis avec elle à la Quebrada…

Ingrid ! Une vieille dame ? Pas un instant cette idée n'avait traversé l'esprit d'Aurel. Il était indigné et préféra penser qu'il s'agissait d'un malentendu de traduction.

— Vous la connaissez ? demanda-t-il l'air sévère.

Ramón semblait un peu gêné. Il continua à monter en fixant les marches irrégulières.

— Elle est très connue dans cette ville. Son mari avait beaucoup d'influence. Beaucoup de pouvoir.

— Alors, pourquoi n'appelez-vous pas cette femme par son nom ? s'indigna Aurel.

Ils étaient parvenus à la galerie.

— Vous savez, ici, on n'aime pas trop prononcer les noms. Surtout dans notre métier.

— Bref, coupa Aurel en détournant son regard des yeux ironiques de Ramón. Que voulait-elle ?

— Elle a laissé un mot. Je l'ai posé dans votre chambre.

À peine les hôteliers s'étaient-ils éloignés qu'Aurel se jeta sur l'enveloppe. Elle contenait un bristol blanc au nom d'Ingrid, du même modèle que le premier. Mais, cette fois, quelques lignes étaient tracées à la plume, d'une écriture fine et régulière, marquant les pleins et les déliés à la manière d'une calligraphie.

« Cher artiste, l'accordeur m'a rendu mon piano comme neuf. Viendriez-vous l'essayer demain soir ? Si cela vous convient, soyez à vingt heures devant votre hôtel. »

Aurel passa la soirée à relire cette lettre, en effleurant le relief de l'encre sur le bristol. Il essayait d'imaginer à quoi pouvait ressembler la maison d'Ingrid et n'y parvenait pas. On pouvait la situer dans tous les décors. Elle s'adaptait à la simplicité comme au luxe. Il dut s'avouer qu'il ne la connaissait pas.

Il rêvassa ainsi jusqu'à la tombée de la nuit. Quelqu'un tambourina à sa porte à dix-huit heures. Il alla ouvrir, tout ensommeillé. C'était Guillermo.

— Où étiez-vous ? Je suis passé tout à l'heure.

— Je me suis promené, dit Aurel avec humeur.

Il commençait à trouver ces Mexicains bien autoritaires. Il s'en prenait à Guillermo, mais la convocation abrupte d'Ingrid, si elle lui faisait plaisir, lui donnait un peu le sentiment d'un coup de chicotte.

Le photographe jeta un coup d'œil vers l'intérieur de la chambre.

— Vous habitez ici, maintenant ?

— Oui. Et alors ?

— Rien, dit Guillermo en haussant les épaules. Ce sera plus tranquille pour parler.

Il marcha jusqu'aux fauteuils en bois qui entouraient une table dans la galerie circulaire. Il posa ses appareils photo et s'assit.

— Vous étiez à la Costera ?

— Qu'est-ce que ça peut vous faire ?

Guillermo se pencha vers Aurel et lui parla dans le nez.

— N'oubliez pas que mon premier devoir est de vous protéger.

Aurel prit l'air vexé.

— S'il vous arrivait quelque chose, j'aurais des ennuis.

Apparemment, Fernandez-Laval prenait son rôle d'ange gardien très au sérieux. Sans doute avait-il aussi reçu des consignes pour s'assurer qu'Aurel ne provoque aucun scandale.

— Qui avez-vous rencontré sur la Costera ?

— Mais enfin, ça suffit ! Je suis libre, il me semble…

— Qui ? Avec qui avez-vous parlé ?

Quand Guillermo s'énervait, il avait les yeux brillants. Tous les crimes dont ils avaient été les témoins semblaient y déverser leur noirceur.

— J'ai discuté avec une seule personne, avoua Aurel.

— Qui ?

— Un monsieur qui tient des boutiques sur Playa Malibu.

— Enrique ?

Acapulco avait beau se donner des airs de capitale, c'était décidément une toute petite ville. Aurel opina.

— Vous ne lui avez pas parlé de Martha, j'espère ?

Aurel regarda ses pieds.

— Il sait qui vous êtes ?

Comme il n'obtenait pas de réponse, Guillermo frappa sur la table.

— Bien sûr, il sait qui vous êtes ! Avec vos tracts dans toute la ville.

— Écoutez, il a l'air d'un brave homme et je ne vois pas…

Guillermo se leva d'un bond et se mit à déambuler dans la galerie. Puis il se rassit en face d'Aurel et, en faisant un effort surhumain pour garder son calme, il commença à parler sur le ton d'un professeur découragé.

— Je vous ai fait visiter la ville. Vous avez vu toutes les boutiques fermées. Ceux qui partent ou sont tués sont victimes du racket. Vous avez compris ?

Aurel renifla et hocha la tête.

— Donc, ceux qui restent ouverts, ceux qui occupent les meilleurs espaces, par exemple sur Playa Malibu, qu'est-ce qu'ils ont fait, à votre avis ?

— Ils ont payé.

— Exact. Ou alors ils font eux-mêmes partie d'un gang et ce sont eux qui rackettent les autres.

Guillermo insista le temps nécessaire pour que la leçon pénètre bien profondément dans l'esprit d'Aurel. Puis il relâcha la pression et se tourna vers la mer.

— En l'occurrence, cet Enrique serait plutôt du genre à payer. Et pour être bien avec tout le monde, il n'hésite pas à livrer des renseignements. Je suis sûr qu'il fera bon usage de ce que vous lui avez dit.

Aurel n'arrivait pas à se convaincre qu'il courait un danger à cause de ce bavardage anodin, mais il était sincèrement désolé d'avoir contrarié Guillermo.

— Qu'est-ce qu'il faut que je fasse ?

— Rien. Ne sortez plus seul d'ici. Soyez prudent.

— Entendu. À part cela, vous étiez venu pour me dire quelque chose ?

— Oui, j'ai besoin d'une information. À quel hôtel Martha et son copain étaient-ils logés à Cancún, avant de se séparer ?

— Je l'ignore, mais je vais me renseigner.

— Merci.

Le photographe se leva et repartit comme il était venu. Aurel, à la manière d'un lionceau, se gratta le dos sur un des poteaux de la galerie puis il alla déjeuner. En rentrant à la Casa Tarzan, il trouva un appel en absence de Dalloz. Il le relança sur Skype et le policier apparut sur l'écran, de très bonne humeur. Aurel était torse nu et Dalloz ricana.

— Ho ! Ho ! Quelle musculature ! Tarzan n'a plus qu'à bien se tenir.

Décidément, la veine Weissmuller ne lui réussissait pas. Il avait hâte de renouer dès ce soir pour Ingrid avec le style Sinatra qui, à tout prendre, lui valait moins de sarcasmes.

— Quand on cherche, on trouve ! Devise de Scotland Yard. Je n'ai pas eu à me décarcasser beaucoup.

Dalloz, en même temps qu'il parlait, remuait des papiers sur sa table.

— Comme prévu, d'abord, on a trouvé pas mal de choses sur cette sainte Martha. Trois gardes à vue prolongées pour participation à toutes sortes de manifs. Elle n'a pas l'air très regardante sur les causes qui la mobilisent : défense de l'environnement avec les zadistes de Bure, régularisation des sans-papiers à Marseille, opérations de soutien aux migrants à Calais. Toujours à l'extrême gauche. Jamais de poursuites. Je ne sais pas si c'est le père qui est intervenu ou si elle a été considérée comme inoffensive… En tout cas, aucune action violente ne lui a été attribuée…

— Vers quoi cela t'oriente ? Tu penses qu'elle aurait pu rejoindre un groupe militant ici ?

— Ce n'est pas ça qui manque. Pourquoi pas ? En tout cas, l'image de la petite fille bien sage est un peu écornée. On va en savoir plus tout à l'heure. Damien, son ex, a accepté la visioconférence et on a fixé le rendez-vous dans une heure. Je vais te mettre en participant audio anonyme. Comme ça, tu pourras te faire une idée sur le bonhomme. À tout à l'heure.

Le temps d'aller boire un café et d'enfiler une chemise, il était temps pour Aurel de se joindre à la réunion virtuelle.

Damien avait cinq minutes de retard. Devant la fenêtre noire où il devait apparaître, Aurel s'essayait à deviner quel visage pouvait avoir l'ancien ami de Martha. À partir de ce qu'il savait d'elle, il s'orientait vers des stéréotypes d'écolos barbus ou d'idéologues d'extrême gauche à la Trotski, cheveux bouclés, lunettes rondes. En même temps, il travaillait à la Défense, d'après Dalloz, et ce n'était pas exactement un repaire de gauchistes...

Soudain, la fenêtre s'alluma et Damien apparut. Démentant les premières hypothèses d'Aurel, il avait plutôt l'apparence d'un cadre supérieur : costume sombre, cravate bleue et cheveux courts. Il n'avait pas flouté l'arrière-plan. On y apercevait par une fenêtre la ligne des toits de Paris, vue d'un des étages les plus élevés d'une tour de bureaux.

— Je suis désolé pour ce retard.

— Nous vous remercions de nous consacrer ce temps.

— C'est normal. Vous avez des nouvelles de Martha ?

Damien semblait impatient de poser cette question. Peut-être était-ce même le seul motif qui l'avait poussé à accepter cet interrogatoire. Il s'affaissa un peu sur sa chaise quand Dalloz affirma, sur le ton du plus parfait naturel, qu'ils n'avaient rien de nouveau.

— Pouvez-vous commencer par vous présenter, s'il vous plaît ?

— Je suis Damien de Raubach. J'ai vingt-neuf ans. Je travaille comme chargé de clientèle dans une agence d'immobilier de bureaux.

Puis il ajouta : une très grosse agence. Son sourire cherchait à excuser ce manque de modestie, mais il fallait bien faire comprendre de quoi il s'agissait : l'entreprise de Damien était le leader mondial de la location et de la gestion de centres commerciaux.

Malgré tous ses efforts pour se composer un air professionnel et sérieux, Damien donnait l'impression d'un garçon à peine sorti de l'adolescence. Il avait un visage étroit, un nez long, des cheveux noirs épais et drus, impeccablement coupés. Mais ce qu'il pouvait y avoir d'aigu dans ces traits était atténué et presque démenti par des joues roses, une bouche aux lèvres charnues et des yeux grands ouverts, toujours un peu inquiets de voir ce que leur réservait le monde.

— Vous connaissez Martha Laborne depuis longtemps ?

— Un peu plus d'un an. Mais nous ne vivions pas ensemble. Et elle voyait d'autres hommes.

L'aveu était fait avec naturel et sans gêne.

— Comment l'avez-vous rencontrée ?

— En vacances, chez mon cousin germain. Il pratique le parachutisme et il avait loué une maison pour l'été, près du terrain d'aviation de Fumel. Martha participait aux mêmes compétitions et, un soir, mon cousin l'a invitée.

— C'est vous qui…

Damien eut un rire amer.

— Je n'ai rien fait. Je n'ai pas résisté, c'est tout. Personne ne résiste à Martha, de toute manière. Et c'est toujours elle qui décide.

— Vous voulez dire qu'elle a pris les devants ?

— Elle m'a dragué, disons le mot.

Il parut hésiter.

— Quoique je ne sache pas si c'est le mot juste. Après le dîner, à la tombée de la nuit, elle s'est plantée devant moi, un verre à la main. Elle m'a interrogé sur ce que je faisais dans la vie, comme travail, comme sport. Je lui ai parlé de l'entreprise et j'ai dit deux ou trois mots du genre tennis, golf, randonnée à skis. Elle m'a regardé de ses yeux bleus… vous ne les avez jamais vus ?

— Non.

— Quand vous la retrouverez, vous comprendrez.

Malgré la mauvaise qualité de l'image, il sembla à Aurel que la lèvre inférieure de Damien tremblait.

— Elle m'a regardé et m'a dit : en somme, tu es tout ce que je déteste. Elle est sortie dans le jardin et je l'ai suivie. Elle s'est tournée vers moi et m'a embrassé. Elle a poussé violemment sur mes lèvres, comme si elle avait voulu pénétrer tout entière dans ma bouche et je suis tombé à la renverse dans le parterre de fleurs. Elle est restée sur moi à me dévorer de baisers.

Il marqua un temps, battit un peu trop lentement des paupières.

— Franchement, quand j'y pense, je préférerais que ce moment ne soit jamais arrivé.

— Qu'est-ce qu'il y a à regretter ?

La question de Dalloz n'était pas très subtile. Sa maladresse n'expliquait pourtant pas que Damien se mette tout à coup en rage.

— Vous ne connaissez pas Martha, ça se voit ! Cette fille m'a rendu dingue. Elle rendrait dingue n'importe qui, d'ailleurs. Je n'ai jamais vu quelqu'un comme elle : géniale et totalement insupportable. Capable de tout. Tout le temps. Avec n'importe qui. Comment pourrais-je décrire ça ? Une machine. Une machine de désir. Je veux, je prends. J'aime, je dévore. Je n'aime plus, je jette. Elle ne connaît pas les barrières sociales. Ou plutôt si, elle les connaît tellement bien qu'elle peut se permettre de les ignorer. Vous savez, elle est comme ces attaquants au foot qui ont l'air d'avancer tout droit avec la balle alors que dix types essaient de se jeter dans leurs pieds.

— Où vivait-elle ?

— Partout. Elle avait un studio quelque part dans Paris. Je ne sais pas où. Mais elle n'y était jamais. Elle trimballait une espèce de gros sac de marin. Il devait y avoir là-dedans tout ce qui lui était nécessaire. En tout cas, c'était suffisant pour s'installer chez quelqu'un.

— Des hommes ?

— Des hommes, oui. Des femmes aussi. Elle a une sexualité complètement libre. Si quelqu'un lui plaît, elle désire tout.

— Il semble qu'elle ait eu pas mal d'engagements militants. Elle s'intéresse à la politique ? Quel genre de livres lit-elle ?

— Elle est très intelligente, mais ce n'est pas une intellectuelle. Comment vous expliquer ? Les idées, les livres, les théories, cela ne veut rien dire pour elle. Il faut qu'elle voie, qu'elle touche, qu'elle jouisse ou qu'elle souffre. C'est vrai avec les gens comme en politique. Quand elle veut connaître quelqu'un, elle ne va pas discuter toute une nuit autour d'une table de bistrot. Elle va s'installer chez lui ou chez elle, sentir sa peau, son odeur, faire l'amour. Ensuite, elle pourra discuter.

— Mais vous, elle vous a dit d'emblée que vous étiez tout ce qu'elle détestait… C'est un jugement politique.

— Oui, parce qu'elle se sent du côté des opprimés et qu'elle a tout un discours sur le capitalisme, la finance, l'agrobusiness, etc. En fait, elle avait envie de moi et elle a dit ça pour me provoquer et m'avoir.

— Vous connaissez son père ?

— Je sais qui il est. Tout le monde le connaît. C'est un homme public. Mais je ne l'ai pas rencontré. Elle en parlait souvent, mais de façon indirecte. Quand elle critiquait le capitalisme et les bourgeois, elle pensait évidemment à lui. J'avais la vague impression qu'il y avait des choses lourdes, là-dessous, de l'amour déçu... Mais je ne me suis pas risqué à essayer d'en savoir plus.

Depuis qu'il parlait de Martha, Damien avait changé de physionomie. Il avait dénoué sa cravate, décoiffé ses cheveux, il transpirait.

— Cette fille m'a rendu fou, répéta-t-il lugubrement.

Dalloz sentait que le jeune homme aurait pu développer ce sujet pendant des heures. Mais il voulait en venir à la situation présente.

— Comment vous êtes-vous retrouvés au Mexique ? Vous aviez fait d'autres voyages tous les deux avant ?

— Jamais. Un soir, elle est venue me voir. Nous avons passé la nuit ensemble et le matin, j'ai reçu un coup de fil du bureau. Mon N+2 me proposait une mission au Mexique, à l'occasion de l'inauguration d'un nouveau mall de notre groupe à Mexico City. J'ai accepté. Elle avait entendu la conversation et elle m'a fait jurer de l'emmener. J'étais fou d'elle à cette époque-là. Je n'ai vu qu'une chose : pendant tout le temps où nous serions au Mexique, j'allais l'avoir avec moi, pour moi.

— Comment s'est déroulé le voyage ?

— Au début, bien. Elle était émue de découvrir le continent d'où venait sa mère.

— De sa mère ?

— Comment, vous ne saviez pas ? Sa mère était péruvienne. Elle ne l'a pas connue, je crois. C'est sa belle-mère qui l'a élevée, avec ses demi-sœurs.

Aurel sentait Dalloz atterré. L'Ambassadeur avait pris à ce point pour argent comptant les déclarations du père qu'il s'en était tenu à la formule « M. et Mme Laborne et leurs trois filles »... Personne n'était allé vérifier leur état civil. Aurel se souvint des photos qu'il avait vues et qui étaient légendées « Martha Laborne-Obrador ». Il n'avait pas compris d'où sortait ce nom hispanique.

— La pauvreté du pays la bouleversait, poursuivit Damien sans se rendre compte du trouble de son interlocuteur. Elle allait se promener à pied dans des quartiers misérables. J'essayais de la retenir à cause du danger. Elle n'écoutait rien.

— Où logiez-vous ?

— À Mexico, l'entreprise m'avait loué une suite dans un très bel hôtel sur le Paseo de la Reforma. Martha se moquait de moi. Elle me servait toute la journée son laïus anticapitaliste.

Quand elle revenait de ses virées dans les bidonvilles, ses invectives prenaient un tour plus grinçant. Je sentais que j'incarnais à ses yeux toute l'injustice du monde, les riches incroyablement riches, les États-Unis qui exploitaient le pays. Ça ne l'empêchait pas d'être contente de prendre une douche dans une salle de bains panoramique, avec une robinetterie en or. D'ailleurs, quand nous avons commencé à voyager dans le pays, ce n'était plus le bureau qui faisait les réservations des hôtels, mais moi. J'ai continué à choisir des quatre-étoiles et elle n'avait pas l'air de s'en plaindre. À chaque étape, je louais une voiture pour visiter la région. Elle me demandait de ne pas la prendre trop petite, pour pouvoir allonger ses jambes.

— À Cancún, dans quel hôtel êtes-vous descendus ?

— Le Palacio del Mar.

Aurel nota bien le nom, pour le transmettre à Guillermo.

— Elle a beaucoup aimé. Le luxe ne lui posait aucun problème. Un soir, elle m'a fait une surprise. Elle s'était habillée pour me rejoindre au restaurant. Je ne sais pas comment elle avait fait. Il n'y avait presque rien dans ses bagages. Elle avait dû acheter une petite robe noire en ville, à moins qu'elle ne l'ait trouvée au fond de son sac. D'habitude, elle ne mettait rien sur son visage et gardait les cheveux en pétard. Pour la première fois, je la voyais coiffée et maquillée. Rien de compliqué, un chignon et des frisottis, je ne sais pas comment on appelle ça, sur les côtés. Un rouge à lèvres brillant de gloss et les paupières légèrement ombrées. Elle était superbe. Je ne l'avais jamais vue aussi belle. Même, je n'avais jamais pensé qu'elle puisse l'être.

Damien avait les yeux brillants. Puis la vision disparut et son visage retomba.

— C'est la dernière fois. Le lendemain, elle a disparu.

La tristesse du jeune homme envahissait à ce point l'écran que Dalloz n'osait pas tout de suite rompre le silence. Il s'éclaircit la voix pour reprendre contenance.

— Et… quand elle est partie, que vous a-t-elle dit ?

— Rien. Je ne l'ai pas trouvée en rentrant de la plage.

Cette évocation était très pénible et Damien ne souhaitait visiblement pas s'étendre sur ce moment douloureux.

— Vous êtes rentré tout de suite en France après sa disparition ?

— Que vouliez-vous que je fasse d'autre ? Je ne parle pas espagnol et je n'ai pas un goût très prononcé pour le tourisme. Surtout seul. J'étais là pour être avec elle.

Aurel espérait que Dalloz serait assez charitable pour ne pas faire revivre plus longtemps à ce pauvre garçon cette humiliation et cette douleur. Damien prit les devants.

— Si vous n'avez pas d'autres questions... Il faut que je me rende à une réunion...

Dalloz le remercia et le jeune homme quitta la visio. Aurel brancha sa caméra et continua la conversation en tête à tête avec le policier. Il lui raconta sa trouvaille des photos « Laborne-Obrador ».

— Il semblerait qu'à partir d'un certain âge elle ait ressorti ce nom qui lui venait de sa mère. Peut-être comme une forme de révolte ?

— Sacrée fille ! fit Dalloz. Quelle idée a pu lui passer par la tête ? Qui a-t-elle rencontré ? Tout est possible avec quelqu'un comme elle.

Ils se quittèrent sur cette banalité.

Avant de refermer son ordinateur, Aurel envoya un mail à Guillermo. Il tenait en cinq mots : hôtel Palacio del Mar. Cancún.

XIII

Parmi les bonnes nouvelles du jour, il y avait pour Aurel l'arrivée de ses chaussures. Les Richelieu à plastron noir et blanc étaient superbes. Elles iraient bien avec son smoking et lui permettraient même de s'essayer à quelques pas de claquettes. Mais il pouvait aussi les mettre avec son costume en lin, ce qu'il avait l'intention de faire pour se rendre chez Ingrid. Il prit une douche, se rasa, enfila une chemise neuve et son costume pardessus. Il termina par les Richelieu et les laça soigneusement. Il fallait que tout soit parfait, ce soir. Fini les approximations, les pieds à l'air, les gaffes et surtout les excès de boisson. Il se jura de passer la soirée au jus d'orange. S'il cédait pour un cocktail, promis, il le ferait durer toute la nuit.

Cinq minutes avant l'heure, il jeta un dernier coup d'œil à sa tenue dans le miroir. Il décida finalement de mettre ses lunettes de soleil, celles qu'il utilisait pour chanter. C'était un vieux modèle italien très élégant qu'il avait retrouvé dans ses valises. Elles lui donnaient ce petit air de crooner qu'Ingrid semblait tant apprécier. En sortant de sa chambre, il passa devant le bouquet d'hibiscus de la piscine, cueillit une fleur et la plaça à sa boutonnière. Il était assez satisfait de lui en descendant les escaliers. Quand il le voulait, il savait atteindre la perfection.

Il passa devant la réception et les mots du fils Alvarez lui revinrent. « La vieille dame. » Comment osait-il parler ainsi de cette femme sublime ? Aurel aurait pu détailler longuement son charme, son élégance, son tact, ses yeux, sa voix, son parfum. Pas un instant il ne s'était préoccupé de son âge. La vieille… Quelle bassesse ! Il haussa les épaules et n'eut pas un regard pour les tôliers dans leur horrible aquarium. Il traversa le parking et attendit comme prévu dans la rue. Une minute avant l'heure dite, il vit s'avancer la grosse voiture noire aperçue de loin l'autre soir. Ingrid était décidément restée d'une ponctualité nordique.

Aurel avait eu le temps, en s'habillant, de préparer son entrée. Il était parvenu à la conclusion qu'il devait reprendre la situation en main dès le premier instant. Après tout, ils s'étaient connus dans un assaut charnel sans pudeur. Or, depuis, ils ne cessaient de s'éloigner. Plus il en avait appris sur elle, plus sa timidité était revenue. Il fallait briser cette spirale infernale.

Là, tout de suite, dès qu'il allait monter dans la voiture, il devait effacer toutes ces pensées négatives et, dans le feu du premier instant, en revenir au désir brut.

La Range Rover s'arrêta. Aurel ouvrit la portière passager. L'habitacle était sombre et, à travers ses verres teintés, il voyait à peine briller les mille petites lumières rouges et bleues du tableau de bord.

À peine assis, sans avoir dit un mot, Aurel se jeta, bras en avant, yeux fermés, en donnant à cet assaut vers Ingrid un seul objectif : prendre sa bouche.

Il lui sembla d'abord que l'effet de surprise jouait à plein. Il ne rencontra aucune résistance. Tout, ensuite, bascula très vite. Il sentit contre ses lèvres une barrière de poils, perçut une âcre odeur de tabac et ressentit une douleur sur le nez. Repoussé violemment contre la portière, il vit ses lunettes voler et aussitôt entendit une forte voix s'écrier :

— *Que es eso, cabrón !*

Aurel avait tout prévu, sauf qu'elle enverrait son chauffeur.

L'incident se termina de manière protocolaire. Ravalant ses injures et reprenant un air déférent, le Mexicain descendit, fit le tour de la voiture, ouvrit la portière d'Aurel et le pria de bien vouloir s'asseoir à l'arrière.

Celui-ci trouva une boîte de Kleenex sur l'accoudoir et se tamponna le nez. Le trajet lui parut long. Il le fut suffisamment pour que la morsure sur la narine gauche ait le temps d'arrêter de saigner.

La voiture parcourut la Costera dans toute sa longueur. Une fois passé la caserne et avant de monter vers Las Brisas, elle tourna à droite en direction de la mer. Pour autant qu'Aurel s'en souvînt, ce quartier était celui que Guillermo lui avait montré d'en haut, en lui disant que c'était le plus cher de la ville. La fameuse villa Arabesque, qui avait servi de décor aux exploits de James Bond, était située là.

Aurel était partagé entre l'excitation de découvrir où on l'emmenait et l'accablement d'avoir commencé la soirée d'une manière aussi catastrophique. Enfin, la voiture s'immobilisa. Un immense portail ouvrit lentement sa gueule noire. Après ce premier barrage, ils attendirent qu'une deuxième barrière s'efface en laissant place cette fois aux fortes lumières d'un jardin. À côté, la maison du Consul honoraire était presque modeste. Finalement, la voiture déposa Aurel sous un porche qui paraissait obscur en comparaison du jardin. La moiteur habituelle de la ville était tempérée par le souffle de la mer toute proche. Aurel avança jusqu'à une entrée monumentale où trônait un guéridon d'une taille démesurée. On apercevait à peine le plafond dans la pénombre. L'enfilade des pièces successives se terminait au loin par une baie grande ouverte, devant laquelle flottaient de fins voilages. Aurel avança encore.

Partout, des lampes sourdes lançaient sur les murs des gerbes de lumière fanée. À mesure qu'il approchait de la terrasse, il voyait peu à peu se peindre la surface blafarde de la mer où se reflétait la lune. La maison était construite presque au ras de l'eau. Acapulco apparaissait au loin, comme une guirlande lumineuse.

Un frôlement le fit se retourner. Ingrid était devant lui, surgie de nulle part, vêtue d'une robe longue. Elle moulait ses hanches et laissait libres ses bras et sa gorge. Un collier de saphir tirait comme par miracle son éclat de l'obscurité et répondait au bleu de ses yeux.

— Mon Dieu ! s'écria-t-elle en s'approchant d'Aurel et en effleurant de ses longs doigts la plaie qu'il avait sur le nez. Que vous est-il arrivé ?

Il n'allait tout de même pas lui dire que son chauffeur l'avait mordu. Ni pourquoi.

— Ce n'est rien… Une écorchure… En me rasant.

Il fallait imaginer qu'il avait, comme les chiens, de la barbe autour du nez, pour croire qu'une plaie à cet endroit pût avoir une telle cause. Aurel ne laissa pas à son hôtesse le temps de faire ce raisonnement. Il esquissa deux pas chassés et écarta les bras.

— Quelle maison ! Quel somptueux palais !

— Merci, répondit Ingrid sans s'appesantir sur le compliment.

Elle saisit Aurel par la main et l'entraîna vers l'intérieur. Ils traversèrent un salon de vastes proportions. Il paraissait d'autant plus immense que tout autour l'œil ne butait sur aucun mur. Des surfaces vitrées donnaient sur l'extérieur et semblaient prolonger l'espace par le jardin d'un côté et par la mer de l'autre.

— Ne restons pas là, dit-elle de sa voix rauque. On se sent perdu dans ces grandes pièces, vous ne trouvez pas ?

Aurel n'était pas perdu puisqu'elle le tenait toujours par la main. Mais son regard ne savait où se poser tant étaient accumulés les meubles, les tableaux et les objets rares. La tonalité générale était le style des années 60, date à laquelle avait probablement été construite la maison. Le mobilier rassemblait le meilleur de cette époque : fauteuil Charles Eames, tables Knoll en marbre, Ball Chair de Eero Aarnio. Et partout, poussées comme des champignons dans ce sous-bois obscur et chaud, surgissaient des sculptures de Brancusi et de Henry Moore, plusieurs œuvres de Giacometti, une toile de Dalí.

Ils passèrent dans une autre pièce qui, à en juger par les reflets sur le plateau verni d'une longue table, devait être une salle à manger. Plus loin, ils empruntèrent un interminable corridor totalement obscur. Sur ses murs étaient présentés des objets précolombiens, masques aztèques évoquant des suppliciés, têtes menaçantes de dieux toltèques, troublantes divinités mayas. Chacun surgissait du néant dans l'étroit faisceau d'un spot lumineux. Ce couloir sombre rappelait à Aurel le train fantôme de la fête foraine de Iaşi. Des squelettes, des sorcières apparaissaient tout à coup dans le noir. Tous les enfants criaient. Lui n'avait rien dit mais il était resté prostré trois jours, au point que son grand-père avait fini par l'emmener voir le rabbin. Il se demanda un instant s'il y avait un rabbin à Acapulco. Dans le doute, il préféra suivre Ingrid en fermant les yeux.

Enfin, elle poussa une porte et ils entrèrent dans une pièce rassurante. Déjà, elle était à taille humaine, même si elle aurait pu contenir quatre fois l'espace entier de la Casa Tarzan. Surtout, elle était close. Les fenêtres étroites comme des meurtrières tenaient à distance le grouillement tropical du jardin et la draperie funèbre de la mer. Tout, dans ce salon, était clair, quoiqu'il ne fût guère plus éclairé que le reste de la maison. Les bibliothèques en bois blond qui tapissaient les murs, le tableau qui représentait une forêt de bouleaux sous la neige, les meubles fonctionnels aux tons naturels rappelaient la simplicité et le confort décontracté des pays scandinaves.

— C'est mon refuge ! souffla Ingrid en s'asseyant sur un large sofa encombré de petits coussins rouges.

Elle se déchaussa et replia les jambes sous ses cuisses. Aurel se plaça sur le même sofa mais à distance et en n'y posant qu'un bout de fesse.

— Je vous dois quelques explications, mon ami. Vous devez vous demander où vous êtes tombé. Un drink ?

Elle s'était relevée et avait approché d'une desserte couverte de bouteilles.

— Pas d'alcool ! s'écria Aurel.

Ingrid sourit sans faire de commentaires.

— Jus d'orange ?

— Très bien. Merci.

Elle se rassit, grimpa cette fois au fond du canapé et se cala dans les coussins.

— Mon mari était un homme très riche. Une des plus grandes fortunes du Mexique à son époque, avant que Carlos Slim ne le détrône.

Pendant qu'elle parlait, Aurel l'observait attentivement, bien décidé à tirer au clair cette histoire d'âge.

— Il venait d'une famille de grands propriétaires terriens qui a donné au pays plusieurs ministres et même un président de la République, au XIXe siècle.

Pendant qu'elle parlait, détendue, dans son décor familier, elle laissait aller ses mains. Aurel se forçait à détailler les taches brunes sur la peau, les mêmes que sa grand-mère appelait en soupirant des « fleurs de cimetière ». Il notait les plis qui flétrissaient son cou et la déformation de ses doigts que craignent tant les pianistes quand ils prennent de l'âge et que l'arthrose les gagne.

— Il n'avait pas une âme de rentier. Il a investi sa fortune dans des entreprises à risque : le transport maritime, puis le bâtiment, l'informatique. Il a réussi partout.

Les signes de l'âge étaient là, incontestables. Pourtant Aurel devait forcer son attention pour les voir. Dès qu'il la relâchait, il avait en face de lui une femme sublime et infiniment séduisante. Il sentait, plus forte que jamais, l'admiration le pétrifier. Il se demanda s'il n'allait pas tout de même craquer pour un cocktail.

— Il a même investi dans le cinéma, figurez-vous. C'était pour me faire plaisir, évidemment. J'avais déjà un peu passé l'âge pour recommencer une carrière. Mes trois grossesses ne m'y ont pas aidée. Mais, grâce à notre société de production, je suis restée dans le milieu. Vous êtes sûr que vous ne voulez pas quelque chose de plus corsé ?

Aurel se sentait comme un boxeur qui lutte au dixième round pour ne pas s'effondrer KO. Tout en lui disait oui mais il secoua la tête.

— Comme vous voudrez. Enfin, voilà mon histoire en deux mots. J'ai connu Acapulco lorsque c'était le paradis du show-biz. Ici même, dans cette maison, nous avons reçu John Ford, Coppola, Hitchcock, tous les grands acteurs de l'époque, Marlon Brando, Sean Connery, Audrey Hepburn.

Elle soupira. Cet aveu était une confirmation de son âge, mais pas sur le mode du déclin et de la faiblesse. Au contraire, le temps lui avait fait cadeau de richesses qui restaient vivantes en elle et lui donnaient cette joie de vivre et cette force.

Elle bondit sur ses pieds et alla jusqu'à la desserte.

— Allez, un whisky chacun. Laissez-vous faire. Sinon, vous n'allez pas tenir.

Elle tendit un verre à Aurel.

— Acapulco a bien changé. Dans les années 90, les narcos sont arrivés. Mon mari a liquidé toutes ses affaires ici. Désormais, nos activités sont basées à Singapour, à Dubaï et à Madrid. C'est là que vivent mes trois fils. À la mort de leur père, chacun a repris un secteur et l'a beaucoup développé.

— Vous ne les voyez jamais ?

— Ils me rendent visite de temps en temps. L'aîné arrive bientôt, d'ailleurs. C'est celui qui vit à Singapour. Un aventurier, celui-là. Il passe le plus clair de son temps sur son yacht. Quand il vient, je monte à bord et nous faisons une croisière. Souvent vers les Galápagos, que j'adore.

L'alcool avait décollé la langue d'Aurel mais il avait encore une voix chevrotante.

— Et ensuite, vous rentrez ici…

— Mes fils me supplient de les rejoindre, d'aller habiter près d'eux en Asie ou en Europe. Mais non. Il est trop tard. Je vis à Acapulco depuis près d'un demi-siècle. C'est ma ville, pour le meilleur et maintenant pour le pire. J'aide des familles. Je m'occupe d'écoles, de crèches, d'orphelinats. Beaucoup de gens comptent sur moi.

D'un geste large, elle montra la pièce, ses livres et peut-être, au-delà, toute la maison.

— Et puis, ici, il y a les fantômes. Ce pays vénère la mort, vous avez vu ? Je suis née dans l'austérité protestante et cela m'a choquée au début. Ces vierges sanglantes, ces christs suppliciés, l'attirail des ex-voto, le cœur sacré de Marie, les saints lacérés de coups de fouet. Et tout cela avec des couleurs vives, des fleurs éclatantes, des processions joyeuses. J'ai fini par m'y faire. Moi aussi, je vis entourée par les morts, et cela me plaît.

Elle finit son verre et le posa en faisant tinter les glaçons.

— Parmi les endroits où je rencontre mes fantômes, il y a l'hôtel Los Flamingos. Je l'ai connu juste après que Wayne et Weissmuller l'ont cédé pour en faire un hôtel. Il y venait encore pas mal de vedettes d'Hollywood. Je continue de dîner là-bas une fois par semaine à peu près. Et je rêve.

Soudain, elle se leva.

— Venez voir mon piano !

Aurel se redressa. Le whisky l'avait détendu. Il résista à la tentation d'en demander un autre. Ingrid le conduisit à l'autre bout de la pièce. Un piano droit était poussé dans une sorte d'alcôve ménagée dans la bibliothèque. De marque Steinway, il était en laque blanche.

— Vous savez que Duke Ellington a joué dessus ?

— Ça ne va pas me mettre à l'aise.

— Si, si ! Au contraire. Installez-vous.

Aurel s'assit délicatement sur le tabouret et le régla. Il ouvrit le couvercle du clavier et retira la bande de velours rouge qui le couvrait.

Ingrid le regardait faire.

— Quand je vous ai vu le premier soir et que vous avez chanté *Strangers in the Night*, vous ne pouvez pas savoir l'effet que ça m'a fait. J'ai failli m'évanouir. Pour dire la vérité, je venais encore chercher mes fantômes au Los Flamingos, mais je ne les trouvais presque plus. Tout à coup, grâce à vous, ils étaient là. Je n'en ai pas dormi de la nuit.

Aurel commença à faire courir ses doigts sur les touches. Le piano sonnait à merveille. Il avait une tonalité douce, veloutée, intime qui convenait particulièrement bien au jazz. Il glissa sans même y penser vers la mélodie de Sinatra. Ingrid se tenait derrière lui et posait sa main sur son épaule droite. Il se mit à chanter.

Au deuxième couplet, il l'entendit fredonner et l'encouragea. Elle vint se placer sur le côté et lui fit face. Sa voix était encore plus grave que lorsqu'elle parlait. Elle avait des intonations à la Billie Holiday. Aurel enchaîna avec *My Way*. Elle connaissait les paroles et il la laissa chanter seule. Ils alternèrent tour à tour les singles et les duos. Par moments, ils s'arrêtaient, secoués par des éclats de rire.

Ingrid proposa :

— Si nous dansions ?

Elle pianota sur une tablette et lança une liste de chansons américaines sur le réseau de haut-parleurs de la pièce. L'acoustique était parfaite. L'air tiède d'une Acapulco invisible était saturé d'une musique nostalgique et lascive.

Ingrid avait saisi Aurel et le tenait contre elle. La tête sur son épaule, elle lui parlait à l'oreille, avec un accent de plus en plus germanique qui le ravissait.

— Vous ne pouvez pas savoir le bien que vous m'avez fait quand je suis revenue le deuxième soir. Je devais me retenir pour ne pas sauter sur la scène et vous embrasser.

En disant cela, elle le serrait plus fort.

— Et j'ai tellement aimé votre tact quand nous nous sommes retrouvés dans votre chambre. Vous n'avez pas cherché à profiter de la situation comme l'auraient fait la plupart des machos ici.

Aurel était heureux de l'apprendre. Malgré tous ses efforts, il n'était pas parvenu à se souvenir de ce qui s'était passé cette nuit-là.

— Ce dont il s'agit entre nous, continua-t-elle, c'est de tendresse pure. De poésie. D'amour peut-être. Cela n'a rien à voir avec le sexe pour moi. En vérité, désormais je me sens au-dessus du sexe.

Cela tombait bien pour Aurel qui, en cet instant, se sentait tout à fait en dessous.

Ils dansèrent si longtemps qu'ils tombèrent épuisés sur le canapé. La nuit avançait. Ils avaient perdu la notion du temps. Aurel s'était laissé aller à boire quand il avait vu qu'elle le faisait aussi. À force de se caresser, de s'embrasser, de rire et de fredonner des chansons en cherchant les paroles, ils avaient fini par s'endormir.

Aurel sursauta quand il sentit qu'on le secouait. Le soleil était levé depuis longtemps. Il ouvrit les yeux et trouva devant lui le même chauffeur à moustache qui l'avait mordu la veille. Machinalement, il protégea son visage avec le bras.

— *Hotel Los Flamingos. Vamos !* dit l'homme, à qui ce nouveau face-à-face ne faisait visiblement pas plaisir.

Ingrid avait disparu. Aurel se réveilla tout habillé. Il chercha ses chaussures sous le canapé, tenta de défroisser un peu son costume. Puis il suivit le chauffeur à travers la plus belle maison qu'il lui ait été donné de voir de toute sa vie.

XIV

En rentrant à l'hôtel, Aurel se traîna jusqu'à sa chambre. Il ouvrit le frigo-bar et but une bouteille entière d'eau minérale. La climatisation n'était pas allumée. L'air torride et moite de la mi-journée stagnait dans la pièce. Il retira son costume froissé, ses Richelieu, sa chemise. Il prit une douche, enfila un caleçon et, pieds nus, alla s'asseoir sur un des fauteuils de la galerie. Il se rendormit aussitôt.

L'après-midi touchait à sa fin quand Guillermo débarqua, tout essoufflé.

— Passons aux choses sérieuses, annonça-t-il sentencieusement, en posant l'appareil photo sur ses genoux. Ça y est. L'affaire est résolue. Mais avant de vous montrer les documents, il faut vous donner quelques explications.

Aurel l'écoutait d'une oreille distraite. Il rêvait encore à sa nuit.

— Quand Rogelio m'a parlé de votre Martha dans le night-club, je lui ai fait confiance. C'est un type absolument fiable. S'il dit qu'il l'a vue, c'est qu'elle y était. La question est : qu'est-ce qu'elle faisait là ? Et qui organisait cette soirée ?

D'où ils se trouvaient, ils ne voyaient pas le rivage, mais seulement la mer, comme s'ils étaient assis sur le pont d'un bateau immobile. Aurel suivait du regard un groupe d'oiseaux de mer qui volait exactement au ras de l'horizon.

— Vous m'écoutez ?

— Bien sûr. La soirée…

— Quand on parle des Baltram, je vous l'ai dit, on ne sait jamais trop de qui il s'agit. Ils entretiennent l'ambiguïté. En ce qui concerne cette fameuse soirée, j'ai pris mes renseignements : c'était bien la branche mafieuse. J'ai même la certitude qu'Antonio Baltram était présent ce soir-là.

— Votre ami photographe devrait le savoir.

— Non. Antonio ne se montre pratiquement jamais et je ne connais qu'une photo de lui, celle que les journaux ressortent chaque fois qu'ils en parlent. Elle doit dater d'il y a au moins dix ans.

Guillermo fouilla dans la mémoire de son téléphone et le tendit à Aurel.

— C'est lui, au milieu.

Le cliché reproduisait une page de journal. Il était tramé grossièrement. L'homme au centre de la scène ne semblait pas très grand. Il avait un visage rond, des moustaches noires en accent circonflexe et portait une casquette de base-ball. Sa longue visière étendait son ombre sur les yeux et masquait son regard.

— Lui, vous dites, c'est Antonio ?

Antonio, Rogelio, Guillermo, Enrique, Aurel commençait à mélanger tous ces prénoms. Il se dit qu'une margarita pourrait l'aider à dégourdir sa mémoire. Mais il n'osa pas se lever pour descendre en commander une au bar.

— Oui. Antonio Baltram. Le chef du cartel Baltram. À l'échelle du Mexique, c'est un petit empire. Il est suffisamment gros pour compter dans le paysage régional mais beaucoup moins important que les grands cartels comme ceux de Sinaloa ou Los Zetas. Une position difficile, vulnérable. Beaucoup, dans la même situation, auraient plongé. Lui, il a résisté. À vrai dire, il en a surpris plus d'un. Personne n'aurait imaginé qu'il révélerait autant d'intelligence, de ruse, d'autorité et même de cruauté quand son père s'est retiré.

— Vous l'avez déjà rencontré ?

— Je l'ai aperçu quelques fois, quand nous étions gamins. Nous avons le même âge. Nous appartenions à des milieux complètement différents, moi, l'Indien pauvre élevé dans la banlieue, et lui, l'héritier d'une grande famille de l'intérieur. Il venait passer les vacances dans une maison qu'ils ont ici, sur les hauteurs du quartier de Las Playas. Mais, à cette époque, Acapulco était une ville presque normale. Les gens se mélangeaient. On pouvait rencontrer tout le monde sur la plage. J'ai même joué une partie de volley-ball avec lui un jour. Notre équipe a gagné et il nous a offert des glaces.

— C'était déjà un caïd ? demanda Aurel

Il avait compris qu'il devait faire semblant de s'intéresser.

— Pas du tout. Plutôt un gosse timide. Il paraît que le père l'a considéré longtemps comme un simplet. Un dur à cuire, le père. Il ne quittait jamais son ranch. Mais un génie des affaires. Aucun scrupule. Capable d'abattre un homme comme un chien. C'était moins grave à l'époque et les grands propriétaires avaient le droit de vie et de mort chez eux.

— Il y a longtemps qu'il s'est retiré ?

— Au début des années 2000. Il avait la soixantaine. Il a fait une première attaque. Il a réuni ses deux fils. Le plus brillant, il lui a donné tout ce qui était légal. Il pensait que c'était l'avenir. S'il avait continué, je pense que le père serait complètement sorti du narcotrafic. Ça commençait à devenir vraiment dangereux. Il a laissé ça à Antonio, mais sans y croire.

Aurel se souvint tout à coup qu'il restait deux bières dans le frigo-bar. Il courut les chercher.

— Lui aussi, il tue les hommes comme des chiens ?

— Pas du tout. Les temps ont changé. Lui, il est toujours irréprochable. Quand il tue, c'est en donnant des ordres à ses hommes de main. Et il a placé des coupe-circuit dans toutes ses affaires. Impossible de remonter jusqu'à lui.

— Pourtant, il vit dans la clandestinité…

— Non. Il est discret, c'est tout. Mais il sort, se déplace. Il possède des voitures, des avions, des bateaux rapides. Rien à son nom, bien sûr. Il a plusieurs résidences tout à fait officielles que la police connaît. Mais on ne sait jamais dans laquelle il se trouve. Et il est aussi propriétaire sous des prête-noms de domaines plus discrets, et même de planques à la campagne et en ville.

— Comment Martha aurait-elle rencontré un personnage pareil ?

— Évidemment, je me suis posé la question. J'ai d'abord pensé qu'elle avait pu croiser le frère, Alberto Baltram. C'est un personnage public. Il a pignon sur rue, des restaurants, un night-club. Tout le contraire d'Antonio : c'est un flambeur. Mais il n'existe aucune passerelle apparente entre lui et son frère. Ils gardent sûrement le contact en secret. Mais leurs vies et leurs affaires sont strictement séparées. Mis à part de grands événements comme l'enterrement de leur père, on ne les voit jamais réunis. J'en suis arrivé à la conclusion que ce n'est pas à Acapulco que Martha a pu rencontrer Antonio.

— Où, alors ?

— À Cancún.

— Dans le Yucatán ? Qu'est-ce qui vous fait penser cela ?

Depuis quelques instants, Guillermo jetait des coups d'œil inquiets du côté de la piscine. Il avait l'air de trouver que le jardinier furetait un peu trop de leur côté.

— Venez, on va aller regarder le coucher du soleil sur le perchoir de Weissmuller.

Ils descendirent le petit sentier et allèrent s'asseoir sur le muret qui entourait le belvédère.

— Antonio était à Cancún à la période où Martha a quitté son copain français.

— Qu'est-ce qu'il faisait là-bas ? Je croyais que son cartel était implanté seulement à Acapulco.

— En effet. Mais il faut bien comprendre sa situation. Depuis dix ans, le gouvernement fédéral mexicain a mené une guerre totale contre les grands cartels. Il les a décapités. Du coup, les familles mafieuses plus modestes sont devenues très puissantes.

— Une bonne affaire pour des gens comme Antonio.

— Oui et non. Parce que les grands cartels étouffaient et contrôlaient les groupes locaux, mais en même temps, ils les protégeaient. Ils les empêchaient de se battre entre eux. Maintenant, c'est la jungle.

Le soleil était encore assez haut mais déjà les cocotiers agitaient les bras dans la brise du soir pour saluer son naufrage.

— Antonio a su profiter de la situation ces dernières années. Mais récemment sont apparus à

Acapulco des groupes nouveaux, beaucoup plus violents et qui tentent de s'imposer sur les territoires des Baltram.

— Mais pourquoi... Cancún ?

— J'y viens. Antonio a compris que pour résister il devait se diversifier. Sa faiblesse jusqu'ici était d'avoir toutes ses billes en un seul lieu. Il y a deux ans, il a commencé à prospecter ailleurs. Le Nord est déjà farci de cartels en tout genre, les Zetas tiennent la côte Caraïbe. Le nouvel Eldorado, c'est la presqu'île du Yucatán.

— J'ai un cousin entomologiste au Canada qui m'en a parlé. Il est allé passer des vacances là-bas pour voir les papillons.

— Les *gringos* adorent cette région, les plages à perte de vue, les petits villages, les ruines mayas... Depuis quelques années, la côte est l'objet d'une véritable folie immobilière. Des hôtels partout, des marinas, des night-clubs, des casinos, tout pousse comme des champignons. Et le gouvernement a décidé de construire le « Train Maya », une ligne à grande vitesse pour desservir la côte. Une aubaine pour tous les groupes mafieux du pays. Ils se sont rués là-bas pour prendre une part du gâteau.

— Antonio aussi ?

— Antonio parmi les premiers. Il a pris la meilleure place. Cancún est située juste en face de Cuba, c'est commode pour tous les trafics en provenance d'Amérique du Sud.

— Mais comment savez-vous qu'il s'y trouvait précisément il y a deux mois, puisqu'on ne le voit jamais ?

— D'habitude, on ne le voit jamais, en effet. Mais à cette période-là, il y a eu un incident.

— Un incident ?

— Ce que la presse appelle un « règlement de comptes », expression qui ne veut rien dire. En clair, vers quatorze heures ce jour-là, une fusillade a éclaté dans le restaurant d'un hôtel du bord de mer. Les journaux ont fait leurs gros titres sur la mort de deux touristes néo-zélandais. C'était un jeune couple originaire d'Auckland, en voyage de noces.

— Ils avaient un rapport avec le narcotrafic ?

— Pas du tout ! Lui était chauffagiste et elle secrétaire. Ils se trouvaient malheureusement au mauvais endroit au mauvais moment. Dès qu'un étranger est victime d'un attentat, l'affaire devient mondiale et on ne parle que de cela. C'est à peine si les autres articles dans les journaux mexicains mentionnaient la mort de trois personnages bien connus de la justice et appartenant à des groupes mafieux rivaux de celui d'Antonio. Un policier aurait aussi été touché.

À l'horizon, le miracle quotidien était en train de se reproduire. Le soleil avait creusé un trou de lumière dans les eaux et commençait à s'y enfoncer.

— Les journaux de Cancún ont donné un peu plus de détails. Un reporter du *Diario de Yucatán* a mené une enquête plus soigneuse et proposé une reconstitution de l'affaire. Selon lui, une rencontre entre Antonio Baltram et le chef d'un cartel concurrent dans la région était organisée dans un salon privé d'un grand hôtel de la côte. Baltram serait en fait tombé dans un piège. Le groupe rival avait mobilisé plusieurs tueurs et certainement bénéficié de complicités dans la police locale. Ils auraient bouclé l'hôtel et liquidé la sécurité de Baltram au cours de la fusillade. Antonio aurait été contraint de se défendre lui-même, en tirant sur ses assaillants. Il s'en serait sorti en s'abritant derrière une femme prise en otage.

— Une femme ? Vous pensez que cela pourrait être Martha ? Il l'aurait enlevée, en la prenant en otage ?

— L'hôtel où ces événements se sont déroulés est le Palacio del Mar. Certains témoins ont parlé d'une jeune Française retenue en otage et donné, d'après le journaliste, un signalement qui pourrait correspondre à Martha.

— Vous pensez que Martha et son copain se trouvaient dans l'hôtel à ce moment-là ?

— À ce moment précis, c'est impossible à dire. Mais ils ont séjourné là à cette période.

— Comment se fait-il alors que la police n'ait pas fait le lien entre cette disparition et la fusillade ?

— Beaucoup de choses ne sont pas encore claires. Quand tout est rentré dans l'ordre, on a procédé à un comptage des clients de l'hôtel et du restaurant. Selon la police, il ne manquait personne, à part, bien entendu, le couple assassiné. Mais le reporter insiste dans ses articles sur la grande confusion qui régnait.

— Ce qui est étrange aussi, c'est que Damien n'ait pas déclaré la disparition de Martha. Ni à la police ni aux autorités françaises. Mon collègue policier de Mexico l'a interrogé et j'ai assisté à leur entretien. Damien n'a pas mentionné la fusillade.

— Il doit avoir peur. Il a dû recevoir des menaces, s'il parlait.

Aurel, qui n'avait pas déjeuné, commençait à ressentir la faim. Il fit signe à Guillermo qu'il était temps de remonter.

— Vous pensez vraiment que Martha aurait pu être enlevée par ce mafieux ? Alors qu'on ne sait même pas si elle était présente à l'hôtel au moment de l'assaut ni si elle était l'otage dont a parlé la presse… c'est assez maigre, vous ne trouvez pas ?

Guillermo sourit. L'ombre sous la galerie creusait ses orbites et accentuait les plis de sa peau autour des yeux et du nez, lui donnant l'air d'un vieux chef de tribu.

— Nous, les Indiens, nous pouvons marcher très loin, en mangeant de tout petits animaux.

— Que voulez-vous dire ?

— Eh bien, ce que vous trouvez « maigre », nous l'avons digéré, Rogelio et moi, et ça nous a donné pas mal de force.

Il alluma un de ses appareils photo et fit défiler des vues jusqu'à ce qu'il trouve celle qu'il cherchait. Il tourna l'écran vers Aurel. Quand celui-ci vit qu'il ne s'agissait pas de nouveaux cadavres, il s'approcha. Dans un décor de désert semé de pierres arrondies et de cactus, on voyait une femme galoper sur un cheval pie. Ses cheveux noirs dansaient dans le vent. Deux cavaliers la suivaient, quelques mètres en arrière. Ils portaient une mitraillette en bandoulière dans le dos et étaient coiffés de chapeaux de cow-boy.

Guillermo zooma sur le visage. On le voyait de trois quarts. Pendant qu'elle s'éloignait, la cavalière avait tourné la tête du côté du photographe. Pris avec un fort téléobjectif, le cliché était peu piqué. On reconnaissait néanmoins Martha sans doute possible.

— Où avez-vous pris cette photo ?

— Ce n'est pas moi qui l'ai prise, ni Rogelio, mais un autre collègue. Dans notre petite communauté de reporters, c'est celui qui s'est spécialisé dans la famille Baltram. Il a l'air d'avoir un compte à régler avec eux. Je crois que son frère et son père ont été assassinés par des sicaires du cartel.

— Vous ne m'avez pas dit où le cliché a été pris.

— Ici, dans l'État de Guerrero. À trente kilomètres d'Acapulco. Les Baltram ont leur ranch de famille là-bas. Personne n'y pénètre. Il y a des gardes armés partout, des avant-postes de surveillance, des drones. On dit que c'est là qu'Antonio réside le plus souvent. Il est impossible d'y photographier qui que ce soit. Ils ne sortent que dans des voitures aux vitres fumées. Mais mon ami ne les lâche pas. Il connaît leurs habitudes. Quand je lui ai parlé de votre protégée, il m'a tout de suite dit : celle qui part à cheval vers le désert ? Il rôde tout le temps dans le coin et l'avait repérée.

— Il ne pourrait pas la prendre d'un peu plus près ? suggéra Aurel en plissant les yeux sur le petit écran.

— Je peux carrément lui demander de se suicider, si ça vous fait plaisir.

— Non. Non. C'est seulement que pour montrer à l'Ambassadeur...

— Je vous ai fait un tirage papier, dit Guillermo en dépliant un document. Il me semble qu'on la reconnaît bien. Bon, j'ai un rendez-vous, il faut que j'y aille.

Aurel se leva à son tour et serra chaleureusement la main du photographe.

— Merci. Vraiment.

Guillermo n'était pas habitué à recevoir des compliments. Il haussa les épaules.

— Surtout, bougonna-t-il, n'allez pas montrer ça à vos copains sur la plage. En revanche, il me semble que cela devrait convaincre votre Ambassadeur.

Quand le photographe fut parti, Aurel resta très perplexe. Rien ne lui paraissait clair dans cette histoire et il n'arrivait pas à se motiver vraiment pour y réfléchir.

Tout ce qu'il en retenait se résumait en deux points. Martha avait croisé la route d'Antonio Baltram à Cancún au cours d'une fusillade et elle se trouvait actuellement chez lui.

Était-elle retenue contre son gré ou se retrouvait-elle là volontairement ? Ce n'était pas à lui de trancher.

Il appela Dalloz, lui raconta tout et lui confia le soin de donner la suite qu'il voudrait à ces informations.

XV

Sur la table basse du bureau de l'Ambassadeur à Mexico était posée, agrandie au format A5, la photo de Martha à cheval, entourée de deux cavaliers armés.

M. de Chamechaude exultait.

— Maintenant, nous en sommes sûrs : c'est un enlèvement ! Martha Laborne est séquestrée chez un chef de cartel, et non des moindres.

Il jeta un coup d'œil à l'énorme plat Ming qu'il avait déniché deux jours plus tôt chez un antiquaire de Polanco. Un bonheur n'arrive jamais seul.

— Pardon, monsieur l'Ambassadeur. N'est-il pas bizarre qu'ils la laissent se promener à cheval, si elle est séquestrée ?

— Excellente question, madame la Consule générale. Je me la suis posée aussi, bien entendu. Vous trouverez la réponse dans le livre d'un anthropologue fameux en son temps – mais qui, hélas, a fini Algérie Française. Il s'appelle *La*

Politique des otages dans les civilisations du Méso-Amérique. L'auteur y montre que dans le monde précolombien, les otages vivaient en liberté, et parfois longtemps dans la tribu qui les avait capturés. Ils restaient des otages. On finissait par les échanger ou les tuer. Parfois les manger, mais ça, c'était plus au sud, sur les côtes brésiliennes.

L'Ambassadeur n'était jamais plus heureux que lorsqu'il pouvait donner un cours magistral devant ses collaborateurs. Il l'infligeait comme une purge, insérant longuement et bien profond le clystère de la connaissance dans les cobayes que l'administration française avait livrés à sa toute-puissance.

— Ce n'est que récemment, sans doute sous l'influence du cinéma et pour imiter les pratiques du Moyen-Orient, qu'ils se sont mis à entasser leurs otages dans des pièces sans fenêtres et à les égorger devant des caméras.

La Consule générale hocha la tête pour montrer qu'elle se rendait à ces arguments.

— Nous avons affaire ici à une séquestration à l'ancienne, conclut l'Ambassadeur. Une prise d'otage dans la tradition rurale. Mais ne vous y trompez pas : les deux types que vous voyez chevaucher autour de Mlle Laborne sont des hommes du cartel, prêts à l'abattre au moindre écart.

Soudain, il lança un regard mauvais à Dalloz.

— Quand je pense que, pas plus tard qu'hier, vous n'avez pas cessé d'insinuer que cette pauvre fille était de mauvaise moralité. Qu'elle devait se la couler douce quelque part avec un amoureux.

— Mais, monsieur l'Ambassadeur…

— N'y revenez pas. Vous vous êtes rattrapé, et c'est heureux, en obtenant cette photo.

Il se tourna vers la Consule générale.

— J'espère qu'elle n'a pas occasionné trop de frais pour le poste…

— Nous l'avons eue gratuitement, monsieur l'Ambassadeur, intervint Dalloz.

Il n'en dit pas plus car il était convenu avec Aurel de ne pas révéler ses sources.

— À la bonne heure. Certaines choses sont donc encore gratuites dans ce pays…

Chamechaude eut un regard attendri vers le plat Ming, en pensant à ce qu'il lui avait coûté.

— Et il y a cette extravagante affaire de Cancún, poursuivit-il. Là, j'avoue que vous avez fait très fort, Dalloz. La mort de ces touristes nous avait beaucoup alertés. Nous avions même procédé à l'époque à des changements sur le site de « Conseils aux voyageurs »…

Alourdir les « Conseils aux voyageurs » est un moment très apprécié par les diplomates en poste. C'est une des rares possibilités d'action qui soit laissée à leur discrétion. De surcroît, elle leur permet d'espérer à terme un relèvement de leur indemnité de résidence, pour prise de risque.

— … mais personne n'avait fait le lien avec le lieu et la date de la disparition de Martha. Il faut dire que des fusillades, ici, c'est le pain quotidien. Je dois admettre que, de temps en temps, la paranoïa obsessionnelle des policiers porte ses fruits.

Il retroussa suffisamment sa lèvre supérieure pour que ses collaborateurs comprennent qu'il s'agissait d'une plaisanterie. Ils rirent prudemment et Dalloz encaissa le point.

— Riquet, voulez-vous voir avec le chiffreur où en est la liaison sécurisée avec M. Laborne ?

Le premier secrétaire, un jeune homme perpétuellement en sueur et qui ne serrait jamais la main sans s'être essuyé sur son pantalon, courut vers la porte.

— Attention, malheureux ! Ne faites pas tomber cette cruche de Delft. Si je retirais sa valeur de votre salaire, vous ne mangeriez pas pendant un an...

Nouveau sourire. Détente. Attente. Martha galopait toujours sur la table. Enfin, le premier secrétaire revint. Il annonça que le député était en ligne et qu'on allait transférer l'appel sur le haut-parleur du bureau. Après une série de crachotements, la voix de Michel Laborne retentit dans le bureau.

— Bonjour, monsieur le Ministre, commença l'Ambassadeur.

Il appliquait la règle selon laquelle il vaut toujours mieux augmenter les titres. Il n'y a pas préjudice à donner du « Mon général » à un colonel, ni à qualifier de ministre celui qui n'avait été – et pour quelques mois seulement – que secrétaire d'État.

— Je ne vous entends pas très bien. Je suis dans ma voiture. Dans un quart d'heure, je donne un meeting. Où en êtes-vous ?

— Nous avons localisé mademoiselle votre fille, claironna l'Ambassadeur en se haussant sur son siège. Comme je vous l'avais laissé craindre, elle est, hélas, aux mains d'un dangereux cartel de narcotrafiquants.

Dalloz ébaucha un geste pour inciter l'Ambassadeur à la prudence, mais celui-ci l'incendia du regard.

— Comment s'est-elle retrouvée dans cette situation ?

— Elle a été prise en otage au cours d'une fusillade à Cancún.

L'Ambassadeur résuma toute l'affaire et parla de la photo prise dans l'hacienda. À l'entendre, on aurait pu croire qu'il avait rampé lui-même dans les épineux pour l'obtenir.

— Que souhaitez-vous que nous fassions ? conclut-il.

— Attendez un instant. Je parle avec ma directrice de campagne.

Laborne boucha le combiné avec la main. On entendait des bribes de mots, une voix de femme. Il revint.

— Il faut prévenir les Mexicains.

— Vous devez savoir que si nous saisissons la police et le ministère des Affaires étrangères ici, l'information risque de devenir publique. N'est-ce pas préjudiciable pour votre campagne ?

— Le plus préjudiciable serait qu'on apprenne que ma fille est détenue en otage et que je ne fais rien pour la sortir de là. Bon, faites en sorte tout de même que ça se limite au Mexique. Et il n'est pas nécessaire de dire ce que fait son père. Surtout, ne publiez aucun communiqué à l'intention de la presse française.

— Bien entendu. Autre chose : il est de mon devoir de vous prévenir que la police mexicaine emploie pour libérer les otages des méthodes... musclées.

— C'est un risque dont je suis conscient. Mais voyez-vous une alternative ?

— Malheureusement, non.

— Alors j'assume les risques.

L'Ambassadeur opina, en jetant autour de lui un regard de fierté. Il semblait prendre à témoin les assistants de la qualité morale des élites politiques françaises.

— Je suis entouré de toute la task-force de l'ambassade mobilisée sur cette affaire. Soyez convaincu, monsieur le Ministre, de notre entière détermination.

— Merci. Tenez-moi au courant.

On entendit une portière s'ouvrir, des acclamations, puis la communication se coupa.

— Eh bien, au travail ! Je vais rédiger une note verbale pour le ministère des Affaires étrangères mexicain, en les saisissant officiellement de l'affaire. J'informerai la cellule de crise à Paris. Il faut tuer cette histoire dans l'œuf. Le Président s'est enorgueilli, lors de sa dernière conférence de presse, que la France ne compte plus un seul otage à l'étranger aujourd'hui. Ce n'est pas le moment d'en avoir de nouveau un sur les bras. Et comme l'a recommandé le ministre, discrétion absolue pour le moment.

L'Ambassadeur prit une large inspiration, comme s'il allait s'élancer dans un combat.

— Je suis confiant. Nous y arriverons. Les Mexicains n'ont pas plus envie que nous de retomber dans des histoires diplomatico-judiciaires. Les narcos non plus. Ils ne touchent pas aux étrangers, d'habitude. Je suis sûr que c'est un malentendu et qu'ils vont la lâcher très vite. Dalloz, activez vos contacts dans la police pour connaître le déroulement de leurs opérations.

Le policier se sentait mal à l'aise depuis le début de la réunion. Il pensait qu'elle serait consacrée à discuter de la situation. Comment aurait-il pu imaginer que l'Ambassadeur, sur la seule base du rapport qu'il lui avait fait et de la photo de Martha à cheval, allait appeler le père et utiliser la grosse artillerie ?

— Il y a quand même des zones d'ombre, osa Dalloz. Il faudrait peut-être en parler avant de…

— Quelles zones d'ombre encore ? soupira Chamechaude en prenant un air excédé.

— Par exemple, il est assez bizarre que Damien, l'ex-copain, n'ait pas signalé que Martha avait été prise en otage. Il était sur place. Il n'a prévenu personne, n'a pas saisi la police et quand je lui ai parlé, il n'a même pas mentionné l'incident...

— La police locale ! ricana l'Ambassadeur. Corrigez-moi, madame la Consule générale, si je me trompe, mais nous n'arrêtons pas de dire aux Français de passage de s'en méfier. Elle est corrompue jusqu'à l'os. Dieu sait ce qui serait arrivé à ce pauvre garçon s'il s'était jeté dans la gueule du loup.

— Il y a autre chose.

— Vous avez décidé de couper les cheveux en quatre ! Attention, Riquet, quand vous vous mouchez, je vous l'ai déjà dit. Ce cheval T'Sin est une pièce unique. Allez-y, Dalloz.

— Que ce mafieux ait pris un otage pour se protéger pendant une fusillade peut se comprendre (encore que les tueurs ne s'embarrassent pas de scrupules quand ils veulent abattre quelqu'un). Mais pourquoi l'auraient-ils gardée *après* ? Il n'y a eu aucune revendication, aucune demande de rançon, d'échange. On ne retient pas un otage comme ça, sans raison.

— Et s'il l'avait tout simplement trouvée à son goût, sa petite otage ? Elle n'est pas mal du tout, la demoiselle Laborne. Ces mafieux sont des jouisseurs. Ils vivent entourés de prostituées, à ce qu'on dit. Il a peut-être décidé de garder cette Martha – qui d'ailleurs n'a pas l'air farouche – pour s'amuser un peu. Allez, fini les arguties ! Tout le monde au travail.

Puis, retenant la Consule générale :

— Au fait, pas de blagues avec l'autre zozo, là-bas à Acapulco. Le Roumain... Il se tient tranquille ?

— Je crois.

— Il faut vous en assurer. Dès que la nouvelle sera publique, la presse risque de l'interroger. Interdiction absolue de parler. Est-ce qu'il ne serait pas prudent de le faire rentrer tout de suite ?

— C'est un peu délicat. Nous l'avons positionné au cas où il se passerait quelque chose à Acapulco. Cela semblerait bizarre s'il partait maintenant.

— Vous avez raison. Mais contrôlez-le étroitement.

Les couloirs et les paliers de l'ambassade étaient encombrés de conseillers et de secrétaires qui couraient en tous sens, des dossiers à la main. On aurait cru un exercice d'alerte incendie. Dalloz prit l'escalier pour descendre les deux étages qui le séparaient de son bureau car les ascenseurs étaient sans cesse occupés.

Il appela un de ses collègues mexicains de la police fédérale. Il était en visite dans le quartier. Il lui donna rendez-vous à la terrasse d'un café italien au coin de la rue.

Avant de descendre, il envoya un message électronique à Damien car il n'avait pas son numéro de portable. Dalloz n'était pas convaincu par les explications de l'Ambassadeur. Pourquoi un personnage aussi rangé et respectueux des lois que Damien aurait-il omis de signaler que sa copine avait été prise en otage ? À supposer qu'il ait eu peur au Mexique, rien ne l'empêchait de saisir la police française dès son retour.

Malheureusement, on était vendredi. Le mail de Dalloz généra une réponse automatique. Damien était absent jusqu'au lundi après-midi.

Il attendit son correspondant une demi-heure au café. Malcom Hernandez était un haut gradé de la police fédérale. Il était promis à une carrière plus brillante encore. Malheureusement, il avait eu l'imprudence de fouiller un peu trop dans une affaire de blanchiment à Veracruz. Il était arrivé tout près de l'entourage du futur président de la République. Une fois élu, celui-ci avait fait arrêter l'enquête et orienté Hernandez vers une voie de garage. Son amertume à l'égard du système le rendait d'autant plus précieux pour Dalloz. Il ne lui dorait jamais la pilule.

Quand il eut résumé toute l'affaire, le Français attendit qu'Hernandez rende son verdict. Il ne fallait jamais le bousculer. De petite taille, un peu rond, les cheveux grisonnants, il avait un air débonnaire qui trompait son monde. Dalloz savait qu'il n'était pas le dernier à frapper, quand il fallait faire parler un suspect.

— Attends-toi à une explosion nucléaire.

Il vida le petit verre de mezcal qu'il avait commandé avec son café.

— Des *secuestros*, il y en a tous les jours. Personne n'en parle. Ce sont des affaires locales. Mais quand ils mettent en jeu des étrangers, les Mexicains en raffolent. C'est d'ailleurs pour cela que les gangs s'attaquent très rarement aux *gringos*. Tu as remarqué ?

— En quatre ans, je n'ai jamais vu une affaire de ce genre. Dans la pratique, comment cela va-t-il se dérouler ?

— Quand les Affaires étrangères vont recevoir votre note, ils vont informer le Président et saisir les organismes compétents : ministère de la Sécurité publique et aussi le bureau local de la DEA. C'est d'ailleurs aux Américains que ça va faire le plus plaisir. Il y a des années que les agents de la DEA veulent coincer Antonio. Comme tous les grands narcos, il se débrouille toujours pour qu'on ne puisse pas le mettre en cause. Là, ils ont un prétexte en or pour lui tomber dessus.

— Sur le terrain, qui va intervenir ? On ne sait pas exactement où se trouve la fille. Il semble que cet Antonio ait de nombreuses résidences.

— Comme les autres. Toujours être ailleurs... C'est la règle n° 1 de leur sécurité. La difficulté avec les enlèvements est qu'on arrive assez vite à savoir *qui* est en cause. Mais savoir *où* chercher est une autre affaire. Ils ont créé une unité pour ça il y a deux ans : la coordination anti-*secuestro*. C'est une structure spécialisée police-justice. Ils vont d'abord tenter de localiser la fille ici, dans le Guerrero. Mais ils vont aussi rouvrir l'enquête sur la fusillade de Cancún. La police n'a jamais vraiment trouvé comment Antonio avait réussi à s'enfuir. Le policier touché pendant la fusillade est mort de ses blessures la semaine dernière. On ne sait même pas qui l'a tué. C'est souvent le cas dans ces bagarres entre bandes. Mais maintenant, les Fédéraux vont s'en mêler et reconstituer l'affaire en détail.

— Ce sont eux aussi qui interviendront pour libérer les otages ?

— Oui. La coordination anti-*secuestro* dispose aussi d'unités d'intervention armées. A priori des éléments d'élite et spécialisés. En réalité, c'est souvent là que ça se gâte. Tout le monde s'y met, au moment de l'assaut, surtout quand il y a un profit médiatique à la clef : police fédérale, armée, police locale. Je ne veux pas te casser le moral, mais ça se termine souvent assez mal pour les otages.

Dalloz repassa au bureau en fin d'après-midi. Il tomba sur l'Ambassadeur en train de discuter avec Emma, l'attachée de presse, sur le palier du huitième étage. Il tenait un papier à la main qu'il tendit à Dalloz.

— Regardez ça. Incroyable. Nous avons fait passer la note verbale après le déjeuner. Il est à peine dix-huit heures et voilà ce qui sort.

Le document était une capture d'écran réalisée sur le site de la plus grande agence de presse mexicaine. Dalloz lut le titre : « La fille d'un ministre français retenue en otage par Antonio Baltram, chef du cartel Baltram, un des plus importants de l'État du Guerrero. »

Dalloz regarda l'Ambassadeur.

— Ils sont bien renseignés.

— Comme d'habitude, ils mélangent le vrai et le faux. Laborne n'est plus ministre.

Le corps de texte ne donnait pas le nom de Martha mais seulement ses initiales et ne faisait pas mention de la candidature de Laborne aux élections en cours. On pouvait espérer que cela retarderait la diffusion de la nouvelle en France. Les affaires mexicaines, sauf cas spécial comme celui de Florence Cassez, y étaient peu suivies. À supposer qu'un journaliste français ait été alerté par cette information, encore faudrait-il qu'il procède à des recherches pour voir de quel homme politique il s'agissait et cela prendrait du temps.

À Mexico, en revanche, le retentissement de la dépêche avait été immédiat.

— Plusieurs équipes de télévision vous attendent en bas, monsieur l'Ambassadeur. Que dois-je leur dire ?

— Nous ne ferons aucune déclaration, répondit Chamechaude avec une pointe de regret dans la voix.

XVI

Guillermo débarqua au Los Flamingos à l'heure du déjeuner, une pile de journaux dans les mains. Il les posa sur la table devant Aurel.

— Votre ambassade ne se bougeait pas jusqu'ici. Maintenant, on peut dire qu'ils ont tapé fort. L'affaire fait les gros titres de toute la presse écrite.

Aurel feuilleta les journaux en tenant une cuisse de poulet dans la main gauche. Il n'avait plus reçu de nouvelles de Mexico depuis qu'il avait transmis les renseignements de Guillermo à Dalloz. Il comprenait que tout, désormais, se passerait sans lui. Les proportions que prenait l'affaire de Martha n'avaient qu'une signification à ses yeux : d'autres, plus qualifiés, allaient s'en occuper. Donc, hélas, il n'allait pas tarder à rentrer à Paris.

Cette idée le mettait d'humeur sombre. Guillermo n'avait pas l'air plus radieux.

— J'espère qu'ils ont vérifié nos informations. Parce que maintenant, ça va être le débarquement !

On va voir arriver les Fédéraux, la coordination anti-*secuestro* et ses cow-boys, la DEA…

— Pauvre gamine, être au milieu de tout ça…

Aurel compatissait mais mollement. Au fond, il ne s'était jamais vraiment passionné pour cette histoire, sauf un temps, pour se rendre intéressant auprès d'Ingrid.

— Celui qui va avoir de gros ennuis, c'est Antonio, commenta lugubrement Guillermo.

— On prend combien, au Mexique, pour séquestration ?

— Le problème n'est pas là. Il risque en vérité de tout perdre.

Aurel continuait de feuilleter les journaux. Il n'avait encore jamais ouvert un quotidien mexicain. Cela ressemblait aux tabloïds américains avec différents cahiers et des publicités qui occupaient presque toute la surface des pages.

— Ah ! Oui. Vous voulez dire qu'il va devoir payer une grosse amende ?

— Une amende ! Vous n'y êtes pas du tout. La question, ce sont les autres.

— Les autres quoi ?

— Les autres cartels. Je vous ai déjà expliqué que c'était la lutte de territoire permanente. Avec l'arrivée d'un nouveau groupe l'an dernier sur la zone, les vieilles familles sont en difficulté. Et les Baltram sont les plus attaqués parce que les plus puissants. Jusque-là, Antonio a tenu le choc. Mais si les flics s'en mêlent, c'est comme si on lui demandait de courir avec les deux pieds attachés.

— Ses amis dans la police locale vont le protéger.

— Pas dans une affaire fédérale. Ils ne pourront faire que de la résistance passive, lui fournir des informations pour l'aider à s'échapper. Et encore... Depuis le temps que la DEA essaie de le coincer. Il s'est toujours débrouillé pour rester hors de cause. Avec une histoire comme ça, ils ne vont pas se priver de prendre leur revanche. Antonio va devoir se battre sur deux fronts : contre les flics et contre les autres gangs qui vont le sentir affaibli.

— Donc, il aurait intérêt à relâcher la fille rapidement, s'il veut pouvoir consacrer toutes ses forces à défendre son empire.

— C'est aussi mon avis. D'ailleurs, les cartels lui mettent déjà la pression. Cette nuit, une cuisine a été attaquée sur le territoire Baltram, dans un quartier à l'est, derrière l'hôpital.

— Une cuisine ?

— Un labo où ils fabriquent les drogues de synthèse. Un carnage. Deux jeunes éventrés à l'arme blanche et un des assaillants troué de balles. Un contact à la police m'a appelé. Malheureusement, il y avait une panne de courant dans mon quartier et mon téléphone était éteint. J'ai loupé le reportage.

Guillermo avait l'air sincèrement déçu.

— Je peux vous demander quelque chose ? Pourquoi faites-vous cela ?

— Quoi ?

— Ce métier, photographier des cadavres, des horreurs, cette violence ? Pourquoi vivez-vous dans un endroit pareil, avec la mort autour de vous tout le temps ?

Guillermo tourna lentement la tête vers la fenêtre. Il renifla deux fois profondément, comme s'il s'emplissait d'une drogue, d'un fluide qui aurait flotté dans l'air.

— Je suis né dans l'État de Sonora, commença-t-il. Ma famille appartient à la nation des Indiens Yaquis. Depuis que le monde est monde, nous vivions sur les contreforts de la Sierra del Pedregal, au-dessus de Las Palomas. Un jour, un groupe d'hommes est venu s'installer sur nos terres. Ils ont posé des clôtures et chassé nos troupeaux. Ils étaient armés. Des avions se posaient la nuit sur la piste qu'ils avaient dégagée. Mon grand-père est allé plaider sa cause à Hermosillo. La police lui a dit qu'elle ne pouvait rien faire et lui a conseillé de ne pas trop se plaindre. Il est rentré chez nous et a réuni toute la famille, les cousins, les oncles et les tantes. Ils ont parlé toute la nuit. Au matin, ils ont décidé de partir en délégation voir le chef de ceux qui leur avaient volé leurs terres. C'était un homme du Sinaloa, un homme de la ville. Mon grand-père a pris la parole. Il a raconté comment les dieux avaient créé cette terre et l'avaient confiée à sa tribu. Il a invoqué les esprits, exprimé leur colère et leur désir de vengeance. L'homme a ri et a ordonné de jeter toute la délégation dehors.

Guillermo s'interrompit un instant, le regard vague. Il cligna lentement des paupières, pinça les lèvres et reprit, la voix tremblante :

— Les jours qui ont suivi, tous les hommes de la tribu ont été assassinés. Les sicaires sont entrés dans les maisons et les ont abattus les uns après les autres, alors qu'ils étaient désarmés. Un seul garçon en a réchappé. C'était mon père. Quand il a eu vingt ans, les hommes sont revenus et l'ont tué. C'était le dernier. Ma mère était enceinte. Elle est venue ici avec ses deux sœurs. Voilà.

Ce n'était pas vraiment une réponse à sa question. Mais Aurel comprit qu'il n'en obtiendrait pas d'autre.

— Dans une semaine, reprit Guillermo, se tiendra la fête des morts. J'aimerais vous amener chez moi à ce moment-là. Je vous présenterai ma famille. Les vivants et les morts.

Cette déclaration solennelle émut Aurel comme une marque exceptionnelle d'amitié. Pour un Amérindien comme Guillermo, montrer sa femme ou son fils n'est pas une très grande faveur puisqu'ils sont vivants et qu'en somme tout le monde peut les voir. Introduire quelqu'un auprès d'un défunt exige en revanche un degré bien supérieur de confiance. On ne dérange pas les morts pour leur présenter n'importe qui.

— J'habite une maison très modeste. Ma rue n'a même pas de nom, juste un numéro : le 23. Notre quartier s'appelle Emiliano Zapata. C'est un des plus pauvres de la ville, en lisière de forêt. Il porte un nom de héros et cela nous fait bien rire.

Cette idée avait un peu ragaillardi Guillermo. Il se leva et remit ses appareils en bandoulière.

— Je vous tiens au courant, dit-il en se dirigeant vers la sortie. Dès que j'apprends quelque chose sur les opérations de la police.

Une fois seul, Aurel fut gagné par la mélancolie. L'évidence de son départ proche l'accablait. En remontant à la Casa Tarzan, il sentait tout plus intensément : la chaleur de l'air sur son crâne et ses jambes nues, l'éclat du soleil sur les vagues, au voisinage de l'île de la Roqueta, le parfum des hibiscus et des jasmins. Tout cela allait bientôt disparaître pour lui. Il s'en emplissait avec une volupté inattendue.

Dans sa chambre, il éprouva le besoin d'appeler l'ambassade. Il tomba sur la Consule générale.

— Une date est-elle déjà fixée pour mon retour ?

— Nous vous le ferons savoir en temps utile. Pour le moment, tenez-vous tranquille. Gardez-vous de tout contact avec la presse et ne prenez aucune initiative.

Aurel se demandait ce qu'elle aurait dit si elle avait su que tous ces événements avaient pour origine ses conversations avec Guillermo autour d'une bouteille de mezcal et d'un ver de terre.

La Consule générale avait cependant décidé d'être charitable puisqu'elle accepta de lui suggérer une date.

— À mon avis, vous ne devriez pas rester sur place plus d'une dizaine de jours.

Dix jours ! Avec l'intensité qu'il mettait désormais à absorber toutes les impressions autour de lui, c'était une véritable éternité. Parmi les bonheurs que lui apportait ce sursis, il y avait la possibilité de chanter encore pendant deux week-ends. Comme on était justement samedi, Aurel passa le reste de la journée à préparer sa tenue et à noter des paroles de chansons. Il n'avait pas reçu de nouvelles d'Ingrid mais il espérait bien la trouver dans le public.

À mesure que l'heure du concert approchait, l'hôtel se fit de plus en plus animé. Aurel, le smoking de travers, s'était installé sur un tabouret de bar dans les cuisines. Il regardait la salle par le passe-plat. Le brouhaha des dîneurs se fit de plus en plus intense. Ramón venait de temps en temps crier des ordres aux cuisiniers et activer les serveurs.

Finalement, tout en nage, il vint chercher Aurel en bredouillant :

— Trop de monde, trop, trop.

Mais il arborait un large sourire.

Quand Aurel s'avança vers le micro, le tumulte des conversations fut peu à peu recouvert par les applaudissements qui, des premiers rangs, gagnaient le fond de la salle. Il y avait en effet beaucoup plus de monde que le week-end précédent. On était allé chercher des tables et des chaises sur le balcon des chambres inoccupées. Certaines personnes, en payant très cher, avaient obtenu le privilège de pouvoir assister au concert debout. Dans cette masse vibrante d'hommes en veste sombre et de femmes chatoyantes de bijoux et de tissus brillants, Aurel ne parvint pas à distinguer Ingrid.

Fait nouveau, il nota même des uniformes dans le public. La vue des galons produisait toujours chez lui un sentiment irrépressible de culpabilité et de panique. Comme un prisonnier qu'on envoie casser des cailloux, il trotta jusqu'au piano et entama un premier morceau, *The Best Is Yet To Come*.

L'après-midi, il avait mis au point un programme avec Luis, le barman. Il avait essayé différents cocktails et défini l'ordre dans lequel il voulait qu'il lui serve. En pensant aux Américains au Vietnam qui ne lançaient jamais leurs offensives sans une préparation aérienne, il commença par une salve de B52. Ce mélange très sucré de liqueur de café, de Bailey's et de Cointreau a le double avantage de réveiller et de nourrir. La paix revenue, il ferait apporter un éventail de Daïquiris de diverses couleurs : orange, curaçao, grenadine. Au sommet du récital, quand il commencerait à avoir bien chaud, il se désaltérerait avec la glace pilée de quelques margaritas. À la fin, s'il était toujours de ce monde, ce serait tequila à la demande.

De toute façon, il savait qu'avec cette foule, même si Ingrid était là, il ne serait pas possible de lui consacrer du temps seul à seule.

Elle lui fit la surprise de se glisser jusqu'à lui pendant la première pause. Il n'en était qu'au deuxième Daïquiri. Il fondit presque en larmes quand il la vit pousser la porte du vestiaire où il s'était réfugié pour reprendre des forces. Il se sentait trop dégoulinant pour l'embrasser et lui prit les mains. Il les serra fébrilement dans les siennes.

— Quel bonheur de vous voir.

Un grondement montait de la salle. Ramón passa une tête dans le cagibi.

— Vous reprenez ? Ils s'impatientent.

— Écoutez, Ingrid, vous savez ce qui me ferait plaisir ?

— Ce que vous voudrez.

— Allons nous promener demain sur la côte en dehors de la ville. Un coin sauvage, en plein jour.

— Non. Ne me demandez pas ça.

— Ingrid. Ne vous cachez pas pour moi. Je sais pourquoi vous ne vous montrez que de nuit. C'est inutile. Vous êtes belle. Je vous verrai toujours belle, même en plein soleil. Surtout en plein soleil.

Elle hésitait. Ramón revint. Il la regarda méchamment.

— Midi, demain, devant l'hôtel Copacabana, lâcha-t-elle.

Il posa un baiser sur son front, remit son panama.

— Venez en taxi, surtout, précisa-t-elle, en retenant un instant sa main.

Des applaudissements saluaient déjà son retour.

*

Le lendemain était donc un dimanche. À la résidence de l'Ambassadeur de France à Mexico, il régnait pourtant une agitation inhabituelle.

La ville de Mexico a depuis longtemps donné lieu à des fantaisies architecturales. De nos jours, les gens fortunés rivalisent toujours d'audace dans la construction de leurs maisons. Ils s'offrent des folies de verre et d'acier d'inspiration américaine. Pendant longtemps, les grands architectes allaient chercher leurs modèles en Europe. Le plus répandu était le style Churrigueresque, qui prenait exemple sur les demeures baroques andalouses. Mais le plus grand chic est resté longtemps l'hôtel particulier à la française, entre cour et jardin, façon boulevard Saint-Germain. Celui que le Quai d'Orsay a acheté pour servir de résidence aux ambassadeurs de France est une version tardive du genre. Au moment de sa construction dans les années cinquante, la prétention était toujours là, avec l'escalier en spirale, les deux ailes symétriques, l'entrée monumentale, mais les matériaux ne suivaient plus. Un vilain parquet en petites lattes collées évoquait les HLM des années 60 plus que les galeries de Versailles. Les murs en béton résonnaient et des moulures collées prenaient la place des lambris de jadis. Pourtant habitué à cacher la misère, le service de décoration du ministère avait ajouté au désastre, à coups de tableaux jaunis et de canapés en velours aux couleurs décourageantes.

Seuls les deux grands lustres, œuvre d'un artiste mexicain, apportaient dans l'entrée et la salle à manger l'éclatante lumière d'une centaine de petites ampoules LED et donnaient un peu de fraîcheur au décor.

Hubert de Chamechaude, en débarquant, avait tout inondé avec ses potiches chinoises. À petites doses, elles auraient aggravé le côté ringard du décor. Elles étaient si nombreuses que leur excès même finissait par être beau. On se serait cru dans l'épave d'un galion qui aurait gardé dans ses flancs sa cargaison de porcelaine chargée à Cipango.

À cet état ordinaire de la Résidence, Chamechaude avait ajouté ce week-end le désordre fébrile d'un quartier général en campagne.

Il avait transformé la salle à manger en bureau, ce qui lui permettait d'étaler sur la longue table toute une collection de cartes : le Mexique, l'État de Guerrero, la ville d'Acapulco.

Son épouse n'était pas encore rentrée des vacances d'été bien qu'on fût à la fin d'octobre. Chamechaude avait donc toute latitude pour transformer la Résidence à sa guise. Il avait fait descendre le téléviseur qui se trouvait dans sa chambre à l'étage pour en faire un écran de visioconférence. Le jeune premier secrétaire s'était improvisé aide de camp. La Consule générale et l'attachée de presse étaient pendues au téléphone pour tenter d'obtenir des informations sur les opérations en cours. Les ministères ne répondaient pas ou dirigeaient les appels vers des postes introuvables. C'était encore auprès des journaux et des grandes agences de presse qu'on pouvait recueillir les informations les plus fiables.

L'Ambassadeur avait eu à deux reprises le député-candidat Laborne. Il se confirmait qu'aucun journal français n'avait encore parlé de l'affaire. Plus vite elle serait conclue, par la libération de Martha évidemment, moins on aurait à craindre une présentation malveillante de la part de ses amis politiques. Chamechaude assura le malheureux père de son engagement total.

Il avait convoqué toute son équipe à midi pour une réunion générale. Il était déjà presque treize heures et Dalloz n'était toujours pas là. Enfin le policier arriva. Il monta les escaliers du perron en courant.

— La politesse des…

L'Ambassadeur n'eut pas le temps de finir. Dalloz posa un papier devant lui. Un numéro de portable français y était écrit.

— Appelez vite.

— Mais…

— Appelez. C'est très important.

— Au moins me direz-vous à qui appartient ce numéro ?

— À Damien, le garçon que Martha a quitté à Cancún.

XVII

— Il m'a appelé pendant que j'étais dans ma voiture... On n'entendait rien... Le peu que j'ai compris, si c'est vrai...

— Reprenez-vous, Dalloz, dit l'Ambassadeur avec le calme des vieilles troupes.

— Damien, le copain que Martha a laissé derrière elle à Cancún, m'a demandé de le rappeler de toute urgence. Ce qu'il a à dire risque de changer pas mal les choses...

L'Ambassadeur héla l'attachée de presse.

— Emma, appelez ce numéro en visio, je vous prie, et passez-le sur le grand écran, que l'on voie à quoi ressemble ce jeune homme.

Emma trotta jusqu'au bout de la table, alluma le récepteur puis composa le numéro. Le visage de Damien apparut sur l'écran. Il avait troqué pendant le week-end son costume de cadre pour un polo bleu ciel. Il tenait le téléphone à la main. De temps en temps, on distinguait derrière lui un rideau d'arbres et une prairie.

— Rebonjour, Damien, dit Dalloz. Je vous rappelle depuis la Résidence. On s'entendra mieux.

— Bonsoir, monsieur. Je suis Hubert de Chamechaude, Ambassadeur de France au Mexique. Qu'avez-vous à nous dire de si urgent ?

Le jeune homme avait l'air très agité et l'image bougeait beaucoup.

— Je suis à la campagne, chez mes grands-parents. La sœur de Martha m'a appelé hier soir. Qu'est-ce que c'est que cette histoire de prise d'otage ?

— C'est nous, cher monsieur, dit l'Ambassadeur, qui devrions vous poser cette question. Y a-t-il eu pendant votre séjour une fusillade dans votre hôtel à Cancún ?

— Oui. Mais…

— Pourquoi n'en avez-vous pas parlé à mon collaborateur, M. Dalloz, quand il vous a interrogé ?

— Mais parce que cela n'a rien à voir avec la disparition de Martha.

— A-t-elle été prise en otage, oui ou non ?

L'Ambassadeur perdait patience devant ce jeune nigaud qui n'était pas capable de s'exprimer clairement.

— Oui et non…

— Ne vous moquez pas de nous. On est ou on n'est pas otage.

Dalloz fit signe à l'Ambassadeur de le laisser reprendre l'interrogatoire tranquillement.

— Vous étiez bien descendu à l'hôtel Palacio del Mar, à Cancún ? Martha était toujours avec vous ?

— Oui.

— Le 7 septembre, il y a eu une fusillade dans le restaurant de cet hôtel.

— C'est exact.

— Étiez-vous présent à ce moment-là ?

— Moi, non. J'étais sur la plage. J'avais pris un transat et un parasol depuis le matin, pour lire et me baigner. En plus, à l'heure où cela s'est produit, j'étais allé marcher le long de la plage et je me trouvais loin de l'hôtel. C'est en revenant que j'ai vu les gyrophares, les voitures de police et…

— Où était Martha pendant ce temps-là ?

— Au restaurant de l'hôtel.

— Seule ?

Le jeune homme se troubla un peu. Sa main bougea. On le perdit un instant sur l'écran.

— Écoutez, je vous ai parlé d'elle. Vous savez qu'elle adorait rencontrer des inconnus. Sa personnalité solaire attirait les gens vers elle et…

— M. Dalloz vous a posé une question, coupa l'Ambassadeur.

— Non. Elle n'était pas seule. La veille, elle avait rencontré une fille, une Australienne appelée Allison. Elles s'étaient passionnées l'une pour l'autre. Connaissant Martha, je me doutais que c'était encore une de ces relations totales qui mêlait l'amitié et le sexe. Allison logeait dans le même hôtel, à un autre étage. Martha était avec elle au moment où je suis parti m'installer à la plage. Elles avaient décidé de boire quelque chose avant d'aller visiter les villages de la côte en voiture. Nous avions loué une Ford Galaxy qui se trouvait au parking.

— La fusillade a commencé quand elles étaient au bar ?

— Il paraît. Je n'ai rien vu. Je vous l'ai dit, j'étais trop loin. Et même dans l'hôtel, à part les gens qui se trouvaient sur le lieu même des tirs, personne n'a compris ce qui se passait. Il faut savoir que le Palacio del Mar est un hôtel immense, avec beaucoup de niveaux, de terrasses, des chambres réparties en plusieurs blocs.

— Donc, vous ne savez rien d'autre sur la fusillade ?

— Ce que j'ai lu ensuite dans les journaux, pas plus.

— Et la prise d'otage ?

— Là, les choses ne sont pas claires.

— C'est le moins que l'on puisse dire, siffla l'Ambassadeur.

— Il faut vous imaginer la panique générale. Des gens qui courent partout. La police qui boucle le bâtiment. Des blessés qu'on évacue couverts de sang.

— J'ai été Ambassadeur au Liban. Il est inutile d'insister.

— Donc, je ne savais pas où la fusillade s'était passée. Je n'arrivais pas à approcher de l'hôtel. Dans la foule, à un moment, j'ai entendu parler de prise d'otage mais c'était une rumeur parmi d'autres.

— Quand avez-vous su que Martha avait disparu ?

— Il s'est passé presque une heure pour que je puisse entrer dans l'hôtel, et là, je suis tombée sur Allison. Elle m'a dit qu'elles étaient au cœur de la fusillade, tout près du type qui était visé.

— Pourquoi n'était-elle plus avec Martha ?

— Allison avait eu le réflexe de plonger par terre. Martha était restée debout. À un moment, dans la confusion et les coups de feu, elle a cru voir le type qui tirait saisir Martha et reculer en l'emmenant avec lui. Quand les tirs ont pris fin, Allison s'est relevée, elle n'a plus vu Martha. Elle a crié : « Ils ont emmené une otage. » C'est de là que la rumeur s'est répandue.

— Donc, elle a bien été prise en otage, pourquoi jouez-vous au plus fin ? s'impatienta l'Ambassadeur.

— Vous ne me laissez pas terminer.

— Allez-y.

— Nous étions là, avec Allison, à pleurer au milieu des tables renversées, des pompiers, des ambulanciers. Les cadavres des touristes avaient été emportés mais le désordre était indescriptible.

On entendait des cris, des gens qui voulaient entrer, d'autres qui cherchaient quelqu'un.

Damien était encore très ému en évoquant ces souvenirs.

— Finalement, un gradé est venu nous demander de faire une déposition. La police avait installé un petit bureau dans un coin, pour entendre les témoins. Ensuite, nous sommes remontés dans nos chambres.

— À ce moment-là, demanda Dalloz, il s'était passé combien de temps depuis la fusillade, à peu près ?

— Je dirais deux heures, un peu moins peut-être.

— D'accord, continuez.

— Quand je suis arrivé dans ma chambre, je veux dire la nôtre, j'ai entendu quelqu'un qui prenait une douche dans la salle de bains. J'ai eu peur. Mon premier réflexe a été de sortir pour appeler la sécurité de l'hôtel.

— Vous l'avez fait ?

— Non, parce qu'à ce moment-là j'ai remarqué un vêtement par terre, près du lit. Je me suis penché et j'ai vu que c'était la robe de Martha tachée de sang. Je l'ai appelée. Elle m'a répondu : « Entre. » Et je l'ai vue sous la douche. Elle n'avait pas tiré le rideau. Elle était nue, indemne, magnifique. J'étais tellement soulagé que je suis entré dans la douche tout habillé et nous nous sommes embrassés.

— Vous voulez dire qu'elle n'était plus otage ?

Dalloz était un peu consterné par la question de l'Ambassadeur. Damien eut la charité de ne pas répondre.

— Nous avons fini par sortir de la douche. Je lui ai demandé où elle était passée, ce qui lui était arrivé, qui l'avait emmenée, si l'homme qui l'avait prise lui avait fait du mal.

— Vous saviez que cet homme était Antonio Baltram ?

— Pas du tout. Je ne connais rien aux histoires de cartels mexicains. J'ai appris ça en lisant la presse le lendemain.

— Comment a-t-elle expliqué sa disparition ?

— Elle m'a raconté qu'elle avait eu le réflexe de reculer en voyant les touristes s'écrouler. Elle s'était retrouvée tout contre l'homme qui tirait. C'est là qu'il l'aurait prise par le cou pour se cacher derrière elle et en faire un bouclier. Il l'avait entraînée à reculons jusqu'à la porte qui menait aux escaliers. Il était blessé au bras et c'est son sang qui avait taché la robe qu'elle portait.

— Quand l'a-t-il relâchée ?

— Presque tout de suite. Un étage plus bas, quand il a vu qu'il n'était pas poursuivi. Alors…

— Elle est remontée tranquillement prendre une douche ?

— Non, elle a cherché Allison, mais comme elle était à l'étage d'en dessous, elle ne l'a pas retrouvée. Elle a erré comme nous dans le bâtiment. Ensuite un policier l'a appelée et a pris sa déposition. Elle est restée prostrée un long moment, à claquer des dents. Puis, elle est remontée dans la chambre.

— En somme, conclut Dalloz, elle a été otage trois minutes.

Un silence complet régnait dans la salle d'état-major. Tout le monde comprenait quelles immenses conséquences entraînait ce témoignage. Si elle n'était pas otage, ils avaient déclenché le feu nucléaire pour rien… Dalloz reprit ses esprits en premier.

— Combien de temps après vous a-t-elle quitté ?

— Deux jours. C'est pour cela que je n'ai pas fait de lien entre la fusillade et son départ.

— Comment était-elle pendant ces deux jours ?

— Je dirais nouvelle. Peut-être un peu plus irritable. Mais, depuis notre arrivée au Mexique, j'avais souvent l'impression de l'énerver. D'ailleurs, après cette histoire de fusillade, elle s'est surtout confiée à Allison. Mais nous avons quand même eu ce dernier dîner dont je vous ai parlé…

— Comment avez-vous appris qu'elle était partie ?

— C'est Allison qui me l'a annoncé.

— Quelle était exactement la teneur du message qu'elle lui avait laissé pour vous ?

— C'était bref. Je ne me souviens plus des mots mais cela signifiait : merci et bonne chance. Elle m'a aussi recommandé de rentrer tout de suite en France car je ne parlais pas espagnol et ce pays était dangereux.

— Rien d'autre ?

— Peut-être un détail… Allison m'a dit qu'elle était allée rendre la voiture de location. Martha n'avait pas demandé si j'en avais encore besoin.

— Bizarre, non ?

— Pas tant que ça car c'était surtout elle qui s'en servait. Je déteste conduire, et particulièrement en vacances. En plus, le contrat de location était à son nom. Elle l'avait négocié en arrivant à l'aéroport.

À cet instant, Emma, l'attachée de presse, approcha de l'Ambassadeur en lui tendant une dépêche. Il lut à haute voix :

« Plusieurs hélicoptères de la police fédérale et de la DEA sont actuellement déployés dans la zone du village de Zamora, État de Guerrero. Il s'agit du fief de la famille Baltram. Les opérations de recherche de la Française détenue en otage semblent se concentrer sur cette zone. Des moyens supplémentaires en hommes et en matériel sont attendus dans les heures qui viennent. »

— Il faut arrêter ça tout de suite, lâcha Dalloz.

Damien, qui n'avait pas bien entendu le contenu de la dépêche, s'impatientait.

— Est-ce que vous pourriez au moins me dire ce qui se passe avec Martha… ?

— Nous avons des preuves, énonça l'Ambassadeur avec majesté, selon lesquelles votre ex-compagne se trouve actuellement dans une des propriétés de M. Antonio Baltram, mafieux notoire. Le même qui était visé lors de la fusillade de Cancún car ce monsieur a aussi des affaires là-bas.

— Ça alors ! Vous êtes sûr ? Qu'est-ce qu'elle fait là-bas ?

— Nous aimerions bien le savoir, et encore plus comment elle s'y est retrouvée, dit Chamechaude avec aigreur. Jusque-là nous pensions qu'elle avait été prise en otage mais vous venez de nous démontrer notre erreur. Quoi qu'il en soit, je vous remercie, cher monsieur. Nous avons une opération délicate à mener. Je dois prendre congé.

Il se tourna vers le premier secrétaire qui tripotait nerveusement une des cartes, en y laissant l'empreinte grasse de ses doigts.

— Appelez le père, ordonna l'Ambassadeur.

Deux plis se dessinaient aux coins de sa bouche, tirant les commissures vers le bas, comme s'il venait déjà de boire un bol de breuvage amer.

Albéric Laborne était, comme d'habitude, dans sa voiture entre deux réunions publiques. Chamechaude lui résuma la mauvaise nouvelle dans un seul souffle.

— Je croyais que vous étiez sûr de votre affaire.

— Je l'étais, monsieur le Ministre. Cependant, pour hâter l'éventuelle délivrance de mademoiselle votre fille, nous avons opéré quelques déductions…

— Hâtives.

— Je dirais : rapides.

— Écoutez, Chamechaude. Je vais vous livrer le fond de ma pensée. La nouvelle que vous m'annoncez me contrarie. Elle ne me surprend pas.

On entendait sur la ligne des bruits de portières qui claquent et un fond plus sonore, comme si Laborne était entré dans une église.

— Je vous rejoins, lança-t-il à quelqu'un, puis il revint à sa conversation mexicaine. Je me suis isolé quelques minutes pour pouvoir parler. Écoutez-moi bien. On ne va plus se mentir, maintenant.

— Oui, monsieur le Ministre, gémit l'Ambassadeur, qui n'avait jamais pu se faire à la brutalité des hommes politiques.

— Je vous ai présenté ma fille comme une enfant modèle. C'est la version officielle. Vous connaissez mes idées, mon parti… bref. Pour l'opinion publique, j'ai la famille qui va avec. Tout va bien.

La tension était déjà extrême mais c'est le moment où le jeune Riquet, courant pour saisir un document qui sortait de l'imprimante, heurta un carafon en majolique. La pièce se brisa avec un son mat. L'Ambassadeur, crucifié, n'aurait pu souffrir davantage.

— La réalité, c'est que Martha est une fille très difficile. À vrai dire, depuis quelques années, elle fait tout pour ruiner ma carrière. Vous ne pouvez pas savoir le nombre de crises qu'elle s'apprêtait à provoquer et que j'ai réussi à désamorcer.

Dalloz baissa les yeux pour que l'Ambassadeur ne puisse pas y lire la satisfaction d'amour-propre de celui qui a eu raison contre tout le monde.

— Qu'elle ait été prise en otage ou qu'elle se soit jetée volontairement dans la gueule du loup, cela m'est totalement égal. Ma seule exigence se résume à une chose et une seule : régler tout cela le plus rapidement possible et avec le moins de retentissement médiatique.

— Je comprends. C'est la ligne que j'entendais suivre, monsieur le Ministre.

— Si elle était otage, la seule possibilité aurait été un assaut pour la libérer. Si elle s'est fourrée là de son plein gré, la solution, c'est qu'elle en sorte aussi librement qu'elle est entrée. Si c'est possible. Mais je ne veux en aucun cas que la police donne l'assaut et l'exhibe comme complice au milieu d'une bande d'assassins et de narcotrafiquants.

— C'est bien naturel, monsieur le Ministre.

— Naturel ou pas, voilà ce que vous allez faire. Faites suspendre toutes les opérations menées par les flics. Dites ce que vous voulez aux Mexicains. Que vous avez réussi à établir un contact avec

Martha et qu'elle n'est pas otage… Au pire, prétendez que la Vierge Marie vous est apparue en rêve cette nuit et vous a commandé de tout annuler. Il paraît qu'ils y croient. Bref, débrouillez-vous.

— Bien, monsieur le Ministre.

— Et trouvez le moyen d'entrer en contact avec ma fille. Elle n'a plus de portable depuis Acapulco, c'est ce que m'a dit l'opérateur. Trouvez un autre moyen de communiquer avec elle. Dites-lui que je la supplie de sortir de là et de ne pas briser ma carrière.

— Vous croyez que…

— Ça marchera. Au fond, elle n'attend que cela : que je la supplie. Bon, maintenant, il faut que je rejoigne le président du Conseil départemental à ce vin d'honneur. Tenez-moi au courant.

Il raccrocha. Quand le silence revint, l'Ambassadeur, accablé, fixait d'un œil hagard les débris de porcelaine au sol.

— Quand je pense qu'à deux places près au classement j'aurais pu avoir l'Inspection des Finances !

Dalloz comprit qu'il fallait lancer une bouée à ce naufragé.

— S'il y a un moyen d'entrer en contact avec elle, c'est à Acapulco que nous le trouverons.

Après un moment d'absence, Chamechaude revint à lui.

— Vous avez raison, trancha-t-il. Je vais partir demain matin là-bas. Vous m'accompagnerez. En attendant, Emma, appelez le ministre de la Sécurité publique. Oui, le ministre. En personne. Lui seul peut suspendre les opérations de recherche. Dites-lui que nous avons reçu des nouvelles de Martha et que nous pensons la retrouver nous-mêmes.

Au passage, son regard s'arrêta sur les débris de faïence.

— Je ne vous ferai pas payer celle-là, Riquet. Mais croyez-moi : la prochaine comptera double.

XVIII

À Acapulco, ce même dimanche était nettement plus paisible pour Aurel. Il s'était réveillé à midi, la tête embrumée par les bombardements de B52 et les attaques au corps-à-corps de la tequila et du rhum. Il s'était fait monter un double café dans sa chambre, privilège acquis récemment auprès de Ramón. L'excellente recette du week-end grâce à sa prestation rendait possibles ce genre de petites exigences.

Assis dans la galerie qui entourait la Casa Tarzan, Aurel contemplait le ciel avec un regard ahuri. Il lui fallut longtemps pour comprendre pourquoi il ressentait un léger malaise : il avait vu un nuage.

Il fronça les sourcils. Oui, c'était bien un nuage qui projetait, sur la peau soyeuse du Pacifique, une petite ombre ronde semblable à un grain de beauté.

Dans sa torpeur éthylique, il se mit en colère contre cet intrus. Il avait envie d'appeler la réception pour se plaindre. Heureusement, il était trop fatigué pour se donner cette peine. Le petit nuage s'effilocha puis disparut. Le ciel du Tropique redevint uniformément bleu, confortant la chaleur humide de l'air dans son règne sans partage. Soudain, Aurel comprit pourquoi l'état du ciel l'avait à ce point préoccupé : il avait rendez-vous avec Ingrid dans l'après-midi. L'importance de l'événement l'agita et le mit sur pied.

Il alla se doucher, raser sa maigre barbe qui formait de vilaines plaques sur ses joues et son menton. À tout hasard, il revêtit son maillot de bain léopard puis enfila par-dessus un pantalon blanc en toile légère, au pli impeccable. Chemise en lin grège, panama, lunettes de soleil, il était prêt à partir. Il se demanda tout de même s'il n'était pas prudent d'emporter une veste. Ces Mexicains étaient imprévisibles, surtout les riches. Il prit la veste de smoking car les autres étaient sales ou mal repassées. L'avantage de l'avoir avec lui était qu'en rentrant tard il serait prêt pour sa représentation du dimanche soir et n'aurait pas besoin de se changer.

Il prit un des taxis qui attendaient au parking et se fit conduire à l'hôtel Copacabana. Arrivé sur la Costera, il vit de loin un attroupement. S'il avait oublié le lieu du rendez-vous, le rassemblement de gamins autour d'une voiture lui aurait permis de le retrouver sans difficulté.

Ingrid l'attendait au volant d'une Cadillac décapotable rose. Il descendit du taxi, écarta les enfants que deux policiers tenaient à distance et avança jusqu'à la portière. C'était la voiture d'Elvis, une Fleetwood 57, avec des ailes dodues comme des cuisses d'éléphant et un sourire de squale, tout en chromes.

Ingrid, au volant, démarra. Le moteur fit un bruit de corne de brume. Aurel retint son chapeau. Ils filèrent bientôt à bonne allure sur la corniche déserte.

— Vous comprenez pourquoi je ne tenais pas à venir vous chercher à l'hôtel. Ce n'est pas un engin très discret.

Aurel sentait ses fesses glisser sur les fauteuils en Skaï blanc. Il se retint au déflecteur triangulaire.

Ingrid avait tenu sa promesse et se montrait en plein soleil. En réalité, elle ne montrait rien du tout. Elle portait une robe semblable à celle d'Audrey Hepburn dans *My Fair Lady*, avec un col qui lui montait jusqu'à la racine des cheveux. Sa capeline blanche était tenue par un voile de mousseline noué sous le menton. De grosses lunettes de soleil carrées lui mangeaient le visage et des mitaines en box-calf laissaient seulement dépasser le bout de ses doigts et ses ongles vernis.

Sous le soleil d'Acapulco, ils étaient tous les deux comme une apparition, le fantôme des jours heureux d'Hollywood, avant que l'argent sale n'ensevelisse le rêve américain de la ville.

Les passants, sur les trottoirs, s'arrêtaient pour contempler cette comète.

À Las Brisas, Ingrid appuya sur l'accélérateur et la voiture brouta la côte comme un tyrannosaure asthmatique.

— Où m'emmenez-vous ?

— Manger des langoustes. Vous aimez ça...

— Avec du vin blanc !

— Ça, je ne vous le promets pas. Mais pour le mezcal, pas de souci.

Ils descendirent à tombeau ouvert vers la petite baie de Puerto Marques. La direction de la voiture était assez maritime. La grosse baignoire de tôle godillait. Comme la route menait à l'aéroport, elle était d'abord très large. Ensuite, ils bifurquèrent vers les collines et elle devint plus étroite. Ils longèrent l'estuaire d'un rio. Sur de petits îlots, des colonies de flamants roses veillaient au soleil. Plus loin, ils tournèrent de nouveau vers la mer et se faufilèrent dans des collines couvertes d'un maquis sombre.

— *Las lomas del papagayo*, annonça Ingrid.

Le chemin était de plus en plus sablonneux. Ils arrêtèrent la voiture avant qu'elle ne s'enfonce trop dans le sol pulvérulent.

— Enlevez vos chaussures pour marcher dans le sable.

Aurel ne se fit pas prier, content d'épargner ses belles Richelieu bicolores.

— Laissez votre veste et vos chaussures dans la voiture. Ça ne craint rien.

Ils avancèrent vers le rivage. Devant une bicoque au toit de tôle étaient disposés quelques bancs de bois et deux tables. Ils allèrent s'asseoir. Cela ressemblait beaucoup à la soirée qu'ils avaient passée à la Quebrada, à cela près qu'ils étaient seuls et qu'il faisait jour. Ingrid commanda des grillades de poissons et des fruits de mer. Une brise tiède semblait apportée par les vagues. La mer était grise d'écume. Le sable brûlait à leurs pieds.

— Vous étiez magnifique hier soir, Aurel.

— Merci.

— Mais il me semble que le barman pourrait forcer un peu moins sur les cocktails. Ce serait bien si vous terminiez le show sur vos deux pieds, vous ne croyez pas ?

Elle rit et il l'accompagna, mais, en lui-même, il n'était pas fier. Heureusement, les langoustes arrivaient, grillées comme il le fallait et fraîches comme si elles avaient sauté de la mer.

— À table, reprit Ingrid, j'étais assise à côté de deux officiers de la police fédérale. Ils ont beaucoup parlé de l'affaire qui les amène à Acapulco. Il paraît qu'une jeune Française est retenue en otage ici.

— Ah oui ?

— Ne serait-ce pas cette jeune femme dont vous m'avez parlé et qui avait disparu ?

Déguster une langouste n'incline pas à la résistance. Celui qui en mange est convaincu de n'avoir rien à craindre de la vie.

— C'est bien possible, fit Aurel, en laissant friser son œil de manière affirmative.

— Oh ! Bravo. Vous l'avez retrouvée. Je suis vraiment fière de vous, Aurel.

Il sourit, tout en s'essuyant la bouche.

— Mais je suis inquiète quand même.

Ingrid avait pris l'air sérieux. Redevenue fille du Nord, elle le regardait de façon protestante. Il se troubla.

— Cette ville est un petit monde. Si ceux qui détiennent cette jeune femme apprennent que vous les avez dénoncés, vous êtes en grand danger.

— Non, rassurez-vous. Personne ne sait que je recherche cette jeune femme.

Et pensant soudain à Enrique et au cimetière du Montparnasse, il se cacha dans une carcasse de langouste.

Ingrid ne dit plus rien. Ils terminèrent leur repas dans un silence qu'emplit le choc lourd des vagues. Elles venaient achever à leurs pieds le voyage qu'elles avaient commencé en mer de Chine.

— Si nous allions nous baigner ? proposa soudain Aurel.

— Mais…

Il se leva et l'entraîna. Quand ils furent à distance de la baraque, il la tint devant lui et ôta le foulard qui entourait sa capeline. Le vent emporta châle et chapeau vers la mer. Elle ne chercha pas à les retenir. Il retira les lunettes qui cachaient son visage et les glissa dans sa poche. Du même mouvement, il déboutonna le haut col de sa robe et dégagea sa gorge. Puis, lui-même ôta sa chemise et son pantalon, laissa tomber ses vêtements sur le sable. Il était en maillot léopard, ne cherchant à cacher ni ses jambes grêles, ni son torse creux, ni ses bras maigrelets. Au contraire, il commença à danser de façon comique, à bander ses petits muscles comme un culturiste, à prendre des poses martiales. Ingrid se mit à rire, oubliant la réticence qu'elle avait à dévoiler son corps abîmé par l'âge et les épreuves. Aurel se rapprocha, l'aida à ôter sa robe. Elle portait d'élégants sous-vêtements noirs qui pouvaient passer pour un maillot de bain. De toute façon, il n'y avait personne. L'aubergiste avait disparu dans sa baraque. La plage était déserte.

Aurel, en la tenant par la main, l'entraîna jusqu'à l'eau. Elle était fraîche car le Pacifique, à cet endroit, est un océan ouvert. Sur des milliers de kilomètres, il est refroidi par les abysses. La pente assez forte les immergea jusqu'au cou en quelques mètres. Ingrid plongea et s'éloigna avec d'élégants mouvements de crawl. Aurel, qui nageait mal en mer, fit en sorte d'avoir toujours pied.

Elle vint le rejoindre, ils se rapprochèrent du bord, gardant de l'eau jusqu'à la taille, et se mirent à marcher en se tenant la main.

— C'est… vous êtes…

— Chut ! dit-il en se tournant vers elle et en mettant un doigt sur sa bouche. Il faut juste profiter de ces moments.

Ils reprirent leur marche, en poussant avec leurs jambes. À un moment, ils s'arrêtèrent et Ingrid se serra contre Aurel. Il sentait sa peau nue contre la sienne. Sans la compagnie de Weissmuller qui, tous ces jours, l'avait ramené vers la jungle, Aurel serait tombé en syncope ou aurait pris la fuite. Mais sur cette plage de sable infini, avec pour seuls témoins des cocotiers et des flamants roses, il se sentait plus près de Tarzan que jamais. Un Tarzan bien mal doté et qui n'aurait pas résisté longtemps à des prédateurs, mais, si sa Jane avait perdu sa jeunesse, elle n'en avait que plus besoin de lui.

— Ingrid, dit-il, toujours serré contre elle, je vais bientôt partir.

— Moi aussi.

— Vous ? Où cela ?

— Personne ne le sait. On verra bien.

— Comment cela ?

— Vous savez, j'ai beaucoup fumé, beaucoup bu. Tout finit par se payer.

— Vous voulez dire…

— Oui. Les médecins m'ont donné trois mois. L'été a passé depuis. Cela ne devrait plus tarder.

— N'y a-t-il… rien à faire ?

Elle s'écarta vivement, éclata de rire et lui lança une gerbe d'eau. Ils jouèrent un moment à s'asperger puis revinrent doucement vers la voiture en marchant sur le sable.

Ils firent un détour pour aller voir une petite construction, à la limite de la végétation. C'était un oratoire dédié à la Vierge. Il était orné de fleurs fraîchement coupées.

— Je ne sais pas si le Mexique est encore un bon pays pour y vivre. Mais cela reste un bon endroit pour mourir. On a l'impression de partir moins loin.

Ils reprirent leur marche silencieusement, en se tenant par la main. Le vent doux les avait séchés. Ils se rhabillèrent et remontèrent en voiture. La lumière commençait à baisser.

— Pressons-nous, dit-elle en reculant sur le chemin de sable. Il faut que vous soyez rentré avant la nuit.

Ils firent le chemin du retour sans dire un mot, en regardant le spectacle somptueux du Pacifique au soleil couchant.

Quand ils arrivèrent devant l'hôtel Copacabana, la nuit tropicale tombait. Les lampadaires néon de la Costera étaient allumés mais le ciel était encore clair, comme dans un tableau de Magritte. Aurel remit sa veste de smoking, fit un baisemain chaste à Ingrid et descendit de la voiture en poussant quelques gamins qui s'agrippaient à la portière.

Il se dirigea vers la file de taxis stationnés le long du trottoir.

— Hôtel Los Flamingos.

Le conducteur était un petit homme noiraud tassé sur son siège et qui se tenait un peu de travers. Il restait silencieux, ce qui dispensait Aurel de faire la conversation. Il était encore bouleversé par l'aveu qu'Ingrid avait fait de sa maladie et ne cessait d'y penser.

La voiture était assez fatiguée ; elle attaqua la montée vers l'hôtel en peinant. Un modèle plus récent n'aurait pas changé le cours des événements.

Arrivé à mi-côte, le taxi fut dépassé par une moto qui, aussitôt, se mit en travers de sa route et le bloqua. Un homme monta à l'arrière. Sous la menace d'une arme, il le fit entrer dans une rue latérale obscure. Puis il ordonna au chauffeur de s'arrêter. Quelqu'un ouvrit la portière et tira Aurel dehors. Il eut juste le temps d'apercevoir dans les phares du taxi un grand dragon en céramique qui courait le long d'un mur.

— Tiens, se dit-il, la maison de Diego Rivera. Et moi qui la cherche depuis mon arrivée…

Au même instant, on lui enfonçait un sac sur la tête et il était forcé de monter à l'arrière d'une voiture. Il fut bousculé par un démarrage violent et sentit la poussée d'un puissant moteur.

— On m'attend pour chanter, clama-t-il.

Mais sa voix était étouffée par le tissu et personne ne l'entendit.

XIX

Pour se rendre d'urgence à Acapulco, l'Ambassadeur avait choisi d'utiliser la route. Cela lui permettait d'échapper aux contraintes horaires de l'avion et de disposer d'un véhicule sur place.

Un convoi partit de Mexico le lundi à l'aube. Il était constitué de la C5 noire du chef de poste, suivie par la voiture fatiguée de l'attaché de sécurité intérieure. Dans la Citroën, l'Ambassadeur était assis à l'arrière avec le premier secrétaire. À côté du chauffeur avait pris place un gendarme français, membre du groupe de sécurité de l'ambassade, en civil mais armé. Dans le second véhicule, Dalloz était assis à l'avant. Le conducteur était un Mexicain que l'on disait francophone mais qui n'ouvrait jamais la bouche. Tout le monde dans le service le considérait comme une taupe de la police fédérale. La Consule générale était restée à Mexico, pour assurer l'intérim du chef de poste.

Ils mirent plus longtemps que prévu pour s'extraire des embouteillages de Mexico. Même à six heures du matin, la capitale était paralysée par le trafic. Une fois sortis de la ville, ils filèrent à vive allure sur les autoroutes. Aux postes de contrôle de la police, le drapeau fit merveille. L'Ambassadeur avait tenu à faire placer un fanion tricolore sur l'aile avant droite de sa voiture, signal qui, conformément à la convention de Vienne, indique la présence à bord du représentant accrédité du pays concerné.

Les flics qui battaient la semelle en plein soleil ignoraient probablement cette règle, et même l'existence de la convention de Vienne. Mais l'allure raide de l'Ambassadeur, son air de camélidé indigné, sanglé dans un costume à rayures, leur imposaient le respect. Ils se mettaient aussitôt au garde-à-vous et laissaient passer le convoi.

L'entrée dans Acapulco se fait progressivement. La campagne s'alourdit de bicoques. Des ateliers minuscules de réparateurs de pneus, des vendeurs de cercueils étalant leur marchandise pour tenter le chaland, des bars en plein air forment comme une gangue de misère qui s'épaissit à mesure qu'on avance vers la clarté de la mer. Encore invisible, elle illumine déjà le ciel bleu… La bousculade des constructions se fait alors sauvage. Les maisons grimpent les unes sur les autres, forment des immeubles de plus en plus hauts, que le rivage arrête finalement en un dernier bourrelet de béton. C'est la Costera.

L'Ambassadeur s'était fait annoncer chez le Consul honoraire. Il y était attendu pour le déjeuner. Le convoi suivit la corniche, monta vers Las Brisas et s'engouffra dans le garage ouvert à leur approche.

Fernandez-Laval et Clara, son épouse, une grande Mexicaine d'un blond suspect, étincelante de bijoux mais au regard éteint, se tenaient debout dans l'entrée pour accueillir l'Ambassadeur.

Décidément, les tournées en province étaient plus gratifiantes que la vie quotidienne à Mexico. Un ambassadeur, dans ces milieux moins gâtés par les privilèges, restait quelqu'un.

— C'est un honneur rare, confirma Fernandez-Laval en saisissant la main de Chamechaude comme on recueille un oisillon tombé du nid, de recevoir un Ambassadeur de France dans cette maison. Vous êtes ici chez vous, Excellence.

Un portrait du Président français, d'ordinaire relégué à la sortie des cuisines, avait été placé pour la circonstance face à l'entrée.

Chamechaude présenta « son équipe », en déplorant pour lui-même qu'elle ne fût pas plus présentable. Dalloz se tortillait parce que sa vessie implorait grâce. Le jeune Riquet égoutta sa main dans celle de ses hôtes en rougissant.

Le Consul honoraire proposa de passer immédiatement à table. En se rendant à la salle à manger, ils s'arrêtèrent devant une installation qui retint l'attention de l'Ambassadeur. C'était un autel constitué simplement de quelques planches clouées. Il formait un contraste saisissant avec les marbres de couleur et les bois exotiques. Des œillets d'Inde orange décoraient ce petit oratoire, ainsi que des découpages naïfs en forme de tête de mort. L'ensemble semblait à la fois bricolé et fervent. Des photos sépia étaient disposées sur l'autel. Devant chacune d'elles on avait déposé diverses nourritures dans des coupelles : grains de riz, épis de maïs, quartiers d'orange.

— C'est bientôt la fête des morts, expliqua le Consul honoraire en faisant mine de ne pas prendre ces traditions au sérieux. Chaque famille honore ainsi ses défunts pendant le mois qui précède.

Ils allèrent jusqu'à la salle à manger. Sur le seuil de la pièce, Mme Fernandez-Laval prit congé.

— Je vous laisse travailler, dit-elle avec un accent charmant.

Sitôt installé à table, l'Ambassadeur entra dans le vif du sujet.

— Nous sommes ici à propos de la jeune Martha Laborne. C'est la fille d'un homme politique français de premier plan. Nous savons qu'elle se trouve dans la région et nous devons entrer en contact avec elle le plus rapidement possible.

— Je suis au courant de la disparition de cette jeune fille depuis le début. Mme la Consule générale m'en avait informé. Et permettez-moi de vous dire ma satisfaction de ne pas avoir eu à m'en occuper. La Consule générale a été claire dès le départ sur ce point.

L'Ambassadeur avait terminé son guacamole et mourait d'envie de retourner l'assiette pour voir d'où provenait cette porcelaine fine décorée d'un liseré en or.

— Quand j'ai vu arriver le diplomate que vous avez nommé ici pour l'occasion, j'ai compris que c'était lui qui devait gérer cette affaire et, croyez-moi, cela m'a beaucoup soulagé.

— De qui parlez-vous ?

— Mais le petit monsieur, avec un accent…

— Aurel, souffla Dalloz.

— Mais Timescu ne devait *pas du tout* s'occuper de cette affaire !

— C'est ce qu'il m'a dit aussi, confirma Fernandez-Laval avec un sourire entendu. J'ai compris et respecté le caractère secret de sa mission. Mais cela ne m'a pas empêché de l'aider discrètement.

— L'aider ? Comment l'avez-vous aidé ?

— Je lui ai envoyé quelqu'un qui lui a été, je crois, bien utile.

Fernandez-Laval baissa la voix et prit l'air gourmet d'un chef qui s'apprête à révéler la recette d'un succulent dessert.

— Un reporter photographe. Un garçon très débrouillard et très dévoué. Très loyal aussi. Il m'a tenu au courant de leurs découvertes au fur et à mesure.

— Quelles découvertes ?

— Mais c'est à eux que l'on doit d'avoir localisé cette jeune Martha ici et d'avoir compris où et comment elle a été prise en otage…

L'Ambassadeur adressa un regard assassin à Dalloz.

— Elle n'a pas été prise en otage ! cria-t-il.

Le Consul honoraire s'attendait si peu à cette réaction qu'il en laissa échapper sa fourchette. Elle ébrécha le rebord doré de son assiette. Cet outrage à la porcelaine ajouta encore à la colère de l'Ambassadeur.

— Il faut que ce type arrête de nuire ! Je me doutais qu'il n'allait pas se tenir tranquille. En tout cas, maintenant, monsieur le Consul honoraire, dites à votre photographe de cesser tout contact avec ce personnage. Nous allons d'ailleurs le renvoyer immédiatement en France. Je dis, immédiatement. Riquet, appelez la Consule générale. Faites le nécessaire.

Fernandez-Laval était pétrifié par la violence de l'Ambassadeur. En réalité, ce n'était pas cette violence en elle-même qui le choquait. Dans un pays où on écorche quotidiennement des hommes, des femmes et même des enfants, aucune violence verbale ne peut émouvoir. Le Consul honoraire était surtout choqué par la perte de sang-froid de Chamechaude, et davantage encore par son mépris des règles de la bienséance. Car il hurlait presque.

— Martha Laborne n'est *pas* une otage. Elle est allée chez Baltram de son plein gré. Il nous *faut*, je répète, il nous faut *absolument* la rencontrer et lui parler avant que ne se commette l'irréparable. Si vous voulez nous être utile, voilà ce que vous pouvez faire pour nous : obtenir un rendez-vous avec elle chez Antonio Baltram.

Le majordome qui servait à table était en train de présenter un plat de poisson au Consul honoraire. Celui-ci tressaillit en entendant prononcer le nom d'Antonio et il jeta un coup d'œil en direction du domestique. Il lui fit signe de repartir en cuisine.

— Voyez-vous, Excellence, je vais vous répéter ce que j'ai dit à Monsieur Aurel quand il est arrivé. Dans cette ville, il faut savoir ne pas se montrer trop curieux.

L'Ambassadeur pianotait sur le plateau de verre de la table pour montrer qu'il n'allait pas s'en laisser conter.

— Je suis en affaire avec les Baltram. Mes interlocuteurs sont des personnes tout à fait honorables. Ils n'apprécieraient pas que je leur demande de me mettre en relation avec l'autre branche de cette famille qu'ils prennent soin d'ignorer. Ce serait, en quelque sorte, les insulter.

— Allons, monsieur le Consul honoraire, je suis sûr que…

— L'insulte, ici, Excellence, se paie très cher. Et je n'ai pas les moyens.

— Dites que vous ne voulez pas vous mouiller.

Cet Ambassadeur était décidément têtu et mal élevé. Le ranchero mexicain s'éveilla un instant en Fernandez-Laval sous le citadin policé. Il fixa Chamechaude avec un regard glaçant de menace.

— Bon, fit l'Ambassadeur que ce coup d'œil avait déstabilisé, je comprends. En ce cas, pouvez-vous nous aider au moins à arrêter les opérations de police. Il serait catastrophique que cette jeune femme soit tuée dans un assaut… contre Antonio Bel…

Le serveur revenait et le Consul honoraire fit un mouvement de la main pour que l'Ambassadeur ne prononce pas de nouveau ce nom.

Le maître d'hôtel repartit et Fernandez-Laval s'assura qu'il avait bien quitté la salle à manger. L'Ambassadeur reprit :

— Connaissez-vous les responsables des opérations de police lancées à la suite de notre signalement… imprudent ?

Coup d'œil mauvais à Dalloz.

— Je suis assez bien introduit auprès de la police de l'État. Les Fédéraux, c'est autre chose. Je sais que le responsable de la coordination anti-*secuestro* s'est installé avec son équipe dans la caserne juste en bas d'ici. Vous l'avez certainement vue en arrivant.

— Comment s'appelle-t-il ?

— C'est le colonel Jimenez. Un ancien de la section de recherche de l'Agence fédérale d'investigation.

— Vous le connaissez ?

— J'ai eu affaire à lui il y a deux ans. C'est un homme avec qui on peut parler.

— Pouvez-vous trouver son numéro de téléphone direct ?

— Très volontiers, Excellence.

Le Consul honoraire était heureux de rattraper son refus. Tant qu'il s'agissait de rencontrer des officiels, des policiers et des familles bien établies, il était à la disposition des autorités françaises.

Ils décidèrent de partir dès la fin du déjeuner. Mais au moment où ils attendaient dans le vestibule que les voitures soient prêtes, une Coccinelle jaune s'arrêta devant le portail.

Guillermo en sortit. Les gardes le laissèrent entrer mais de mauvaise grâce. Le Consul honoraire se précipita à sa rencontre dans le garage.

— Vous savez que je n'aime pas trop vous voir ici, lui souffla-t-il.

— Je sais, mais cette fois…

— Que se passe-t-il ?

L'Ambassadeur avançait vers le photographe. Il regardait ses appareils et son gilet de reporter.

— Voici Guillermo, monsieur l'Ambassadeur. Je vous ai parlé de lui tout à l'heure. C'est lui qui, avec M. Aurel…

— Où est Timescu ? demanda brutalement Chamechaude.

— Il a été enlevé hier soir devant son hôtel.

*

Au moment de sa capture, Aurel n'avait pensé qu'à son tour de chant annulé au Los Flamingos. Il imaginait la bronca du public, les cris d'indignation, l'affolement de la famille Alvarez. Et, au milieu des dîneurs furieux, Ingrid, morte d'inquiétude. Après, il se souvint qu'elle lui avait annoncé ne pas pouvoir venir ce dimanche et cela le rassura un peu.

Il pensa, bêtement, aux canaris dont on recouvre la cage d'un tissu pour les empêcher de chanter. Sous le sac qu'on lui avait passé sur la tête, il se sentait tout à fait dans le rôle du canari.

Le tissu contre son visage sentait la campagne. Il s'occupa un long moment à démêler les odeurs qu'il contenait. Il trouva des senteurs de paille, de grain, de crottin et peut-être un discret fumet de rongeur. Cela lui rappela ses jeux d'enfant dans la ferme d'un de ses amis, à dix kilomètres au nord de Bucarest, dans la plaine du Danube.

De chaque côté, sur la banquette de la voiture où on l'avait poussé, étaient assis des hommes qu'il sentait redoutables. C'étaient eux qui l'avaient saisi rudement dans la rue et étouffé sous ce sac puant. Eux aussi qui l'avaient fouillé sans ménagement pour chercher son téléphone portable et qui avaient paru très mécontents de ne pas en trouver un. Ils avaient ensuite palpé tous ses ourlets pour repérer une éventuelle balise. Finalement, ils avaient décidé à contrecœur de le laisser tranquille et l'avaient calé entre eux à l'arrière. Dans les virages de la route, il était entraîné vers l'un ou vers l'autre et s'écrasait contre leur masse immobile. Ils ne répondaient pas à ses questions mais, par moments, échangeaient entre eux des phrases en espagnol. Leurs voix graves charriaient d'énormes consonnes, comme des troncs d'arbres roulés par un torrent.

Ils avaient d'abord emprunté de grands axes fluides, au revêtement lisse, et filé à grande vitesse. La climatisation tournait à plein régime. Il régnait un froid polaire dans l'habitacle. Aurel grelottait dans ses habits légers.

Ensuite, ils s'étaient engagés sur ce qui semblait être une piste. La voiture faisait des bonds dans les ornières, penchait d'un côté puis de l'autre. Curieusement, depuis qu'ils avaient quitté les grandes routes, le chauffeur avait éteint la clim et ouvert les fenêtres en grand. Tous restaient silencieux, comme s'ils guettaient, dans le silence, un signal ou une menace. L'air de la nuit était chaud, comme à Acapulco, mais moins humide, signe que l'on s'était déplacé vers l'intérieur, loin des influences marines.

Aurel dut s'assoupir car il ne remarqua pas que la voiture s'arrêtait. Il sursauta quand son voisin de droite le tira violemment par le bras, pour le faire descendre. Il trottina pendant une centaine de mètres sur un sol instable, formé de cailloux et de sable. Enfin, on le fit entrer dans une maison. Il traversa un couloir, tourna plusieurs fois et pénétra dans une pièce où on le poussa. Il tomba assis sur un lit dur.

Un de ses geôliers lui ficela les poignets avec une chaîne assez fine qu'il bloqua par un cadenas. Ensuite, il retira d'un coup sec le sac qui couvrait la tête d'Aurel.

Il se retrouva face à trois hommes qui ne cachaient pas leur visage. Il comprit que la route devait lui demeurer inconnue mais que l'identité de ses ravisseurs n'était pas un secret. Il se demanda s'il fallait s'en réjouir.

Les hommes sortirent et il demeura seul. La pièce où il se trouvait mesurait deux mètres sur trois environ. Elle comportait une fenêtre, murée par des planches sommairement clouées. Aurel crut percevoir dans l'air la même odeur de ferme que dans le sac qui lui avait couvert la tête.

Une idée lui vint, dont il ne put se débarrasser. Il lui était souvent arrivé de prendre des risques en se mêlant d'affaires qui ne le regardaient pas, en s'entêtant à résoudre des énigmes auxquelles personne ne lui avait demandé de s'intéresser. Cette fois, il se retrouvait en danger pour une histoire qui ne l'avait pas vraiment passionné, dont il ne s'était occupé que sous la pression des autres. Sans l'activisme de Guillermo et la fierté d'Ingrid à qui il voulait plaire, il s'en serait tenu à l'engagement qu'il avait pris devant l'Ambassadeur et n'aurait absolument rien fait.

Voilà que, pour avoir mollement cédé à des sollicitations extérieures, il se retrouvait prisonnier dans un des endroits les plus dangereux au monde. Il faisait de grands efforts pour chasser de son esprit les images de corps démembrés et de têtes écorchées que Guillermo lui avait montrées. Comme toujours lorsqu'il voulait implorer le ciel, il choisit, parmi les différentes religions de sa famille, la foi orthodoxe de sa grand-mère. C'était la plus teintée de mysticisme. Il imagina dans un coin sombre de sa cellule les icônes noircies de goudron où flottaient des chairs divines. Et il recommanda son âme innocente aux bons soins de ces forces obscures.

Il finit par s'endormir. Le chant d'un coq tout proche l'éveilla le lundi matin.

XX

Le convoi de l'Ambassadeur filait sur la Costera. Quand il passa à la hauteur de la caserne, le premier secrétaire hasarda une question.

— Souhaitez-vous vous arrêter d'abord au bureau du colonel Jimenez ? La coordination anti-*secuestro* est installée dans cette caserne, à notre gauche.

— Réfléchissez avant de parler, Riquet. Et arrêtez de tripoter cet accoudoir. Vous faites des marques avec vos doigts.

L'Ambassadeur était d'une humeur massacrante et, dans ces cas-là, il avait l'ironie mauvaise.

— Que voulez-vous que je dise à la police mexicaine ? Que notre otage n'en est plus une mais que nous en avons un autre... J'aurai l'air fin.

Parvenu au bout de la corniche, Chamechaude regarda par la fenêtre les rues misérables encombrées d'épaves de voitures.

— Ça se gâte par ici. Pourquoi Timescu s'est-il logé dans ce quartier ? Les conseils aux voyageurs sont très clairs : ne pas sortir de la zone touristique.

— Autrefois, c'était un coin réputé, d'après ce que j'ai lu dans les guides.

Ils entrèrent dans l'hôtel Los Flamingos et bouchèrent complètement le parking. L'Ambassadeur sortit et regarda autour de lui en plissant le nez.

— Je veux voir sa chambre. Nous trouverons peut-être des indices.

L'espagnol du chef de poste était très sommaire. Le premier secrétaire lui servait d'interprète. Ramón Alvarez, voyant les voitures noires et le drapeau, n'offrit aucune résistance. Il les conduisit jusqu'à la piscine et leur montra l'entrée de la Casa Tarzan.

— C'est sa chambre ?

— Oui. Il paraît qu'il a insisté pour l'avoir.

Alvarez avait ouvert la porte avec son passe. À l'intérieur, ils trouvèrent les valises fermées qui contenaient les habits sous lesquels Aurel s'était présenté à Mexico. En désordre sur les chaises, le lit et même par terre, le bermuda, les T-shirts et les *guayaberas*.

— Il s'est vite adapté. On m'avait pourtant dit qu'il ne quittait jamais ses affreux costumes, même en Afrique.

L'Ambassadeur fouilla sur la table et trouva les tirages photo de Martha, y compris l'original du fameux cliché à cheval entre deux hommes armés.

Dalloz était entré dans la chambre mais restait discret, près de la porte. Chamechaude l'interpella en agitant la photo.

— Voilà votre fameux « informateur local » ! Vous savez que c'est extrêmement grave. À cause des élucubrations de cet imbécile, nous avons orienté la police et toute la presse de ce pays sur une fausse piste. Nous allons avoir le ridicule de leur expliquer que tout ça était une trouvaille du locataire de la Casa Tarzan.

Il ricana.

Pendant qu'il s'expliquait avec Dalloz, Ramón essayait de dire quelque chose à Riquet.

— Qu'est-ce qu'il veut, le tôlier ? aboya Chamechaude.

— C'est à propos du dîner d'hier.

— Eh bien quoi ?

— Il se plaint d'avoir subi un grand préjudice à cause de l'absence de M. Timescu.

— Un préjudice ? Et pourquoi donc ? Il sert à table ? Il fait la vaisselle ?

Alvarez dit un mot à l'oreille du premier secrétaire.

— Non, monsieur l'Ambassadeur. Il chante.

— Qui ? Timescu ?

Ramón fouilla dans sa poche et en sortit un papier plié en quatre. Il l'ouvrit et le tendit à l'Ambassadeur.

— John Timescu interprète Sinatra ! Je rêve.

Chamechaude tomba assis sur le lit de Johnny Weissmuller.

— Et regardez-moi cet accoutrement.

Ramón était fier de l'effet produit par son artiste vedette.

— Chanter très bien ! Voix très belle ! s'essaya-t-il à dire en français.

L'Ambassadeur était accablé.

— Ce type est un danger public. Comment la DRH a-t-elle pu me l'envoyer ? Il est incapable même de ne rien faire.

Dalloz tenta de remettre la conversation sur des aspects pratiques.

— Quelle attitude devons-nous adopter par rapport à cette disparition ? Elle est certainement liée à l'affaire de Martha. Devons-nous signaler l'enlèvement d'Aurel à la police… ?

— Rien du tout. Nous n'allons rien signaler du tout. Advienne que pourra. Il n'avait qu'à pas se mettre dans ce pétrin.

— Et s'ils nous envoient une oreille ou un doigt… ? C'est le genre, ici.

— Qu'ils lui coupent ce qu'ils veulent. Grand bien leur fasse.

— Tout de même, c'est un diplomate…

— Un diplomate ? Il y a quinze ans que le Quai d'Orsay a envie de se débarrasser de lui. S'il revient entre quatre planches ou huit ou douze, puisqu'ils ont l'habitude de couper leurs victimes en morceaux, personne ne s'en plaindra et je recevrai la médaille des Affaires étrangères.

En parlant, il avait repéré une carte sur la table. Il tendit la main pour s'en saisir.

— Ingrid Waldström-Martinez. « Je passerai vous chercher ce soir à dix-neuf heures. » Joli cœur en plus, le John Timescu ! Prenez donc contact avec cette créature, Dalloz. Elle sait peut-être quelque chose sur la vie secrète de Tarzan.

*

Aurel, dans sa geôle, avait fait comme tous les prisonniers du monde : il avait attendu les repas. Pour le déjeuner, un jeune garçon aux traits indiens lui avait apporté une sorte de Tupperware sans couvercle rempli de riz blanc. Une cuisse de poulet était posée dessus, aussi précieuse qu'un bijou sur un coussin de satin. Le plat était plus que frugal. Pourtant, il y avait dans ce menu comme un encouragement. En tout cas, Aurel y vit un signe de paix. Il fallait connaître comme lui le monde paysan, avoir éprouvé la pénurie, le rationnement, la survie, pour mesurer à quel point ce pilon charnu posé sur sa couche de riz pouvait constituer une attention délicate, presque un hommage. Il se dit qu'on ne voulait pas le tuer, ou en tout cas pas immédiatement. Cette intuition lui redonna le moral.

Avec ce relatif apaisement, il récupéra le souci de son apparence. Il se désola d'avoir été capturé dans cette tenue hybride : sa veste de scène et, sous son pantalon en lin, un maillot de bain à motif léopard. Puisque ses geôliers, il en était sûr, n'allaient pas le tuer, il n'aurait pas aimé que le ridicule s'en charge. Il n'y pouvait malheureusement rien. En admettant qu'il ait pu se faire comprendre et obtenir d'autres vêtements, il risquait de se retrouver en tenue de bagnard ou en pyjama d'hôpital. Il devait s'y résoudre : il resterait le seul otage du monde à être vêtu d'un smoking et d'un slip de Tarzan.

En regardant à travers les planches qui obturaient la fenêtre, il apercevait une lande sablonneuse sur laquelle poussaient de loin en loin des acacias. En dehors de l'aube et du coucher du soleil, un tel paysage ne permet pas de distinguer l'heure car la lumière du soleil inonde les arbustes, les prive d'ombre et paraît immobile.

L'après-midi passa ainsi, dans la chaleur sèche de la campagne et l'air silencieux. À l'approche du crépuscule, Aurel entendit des moteurs de voiture, des portières qui claquaient et toute une agitation autour du bâtiment. Il était parvenu à la conclusion qu'il n'y avait pas d'autre prisonnier dans la maison : la visite était donc pour lui. Il s'assit sur le lit, croisa les bras et prit l'air digne de quelqu'un qui s'apprête à accorder une audience.

Quelques instants plus tard, il entendit triturer la serrure et la porte s'ouvrit. Une jeune femme entra et s'avança dans la pièce. Aurel reconnut Martha.

— Vous me cherchiez, paraît-il, dit-elle.

Aurel perçut en elle quelque chose qu'aucune photo ne pouvait rendre. Certains êtres, et elle était de ceux-là, sont illuminés par le mouvement. En les figeant pour capter une image, on tue ce qui les rend vivants. Comme ces aliments mal cuits dont il reste la forme mais qui ont perdu leur goût, les êtres de cette qualité laissent des traces qui ne mènent pas jusqu'à eux.

Martha était ainsi. Chacun de ses gestes contredisait son apparence et même, sans doute, ses intentions. Elle voulait paraître dure, se composer une expression impitoyable, mais, au même instant, son regard, sa mimique exprimaient la dérision qu'elle ressentait de sa propre attitude.

— J'avais envie de vous rencontrer, répondit Aurel avec un naturel qui le surprit lui-même.

— Qui êtes-vous ?

La question était surprenante. On ne kidnappe pas quelqu'un sans se renseigner un minimum sur son compte.

— Je suis un diplomate français, dit Aurel sans chercher à atténuer son accent roumain.

Martha se força à ne pas sourire mais ses yeux pétillaient.

— Depuis quand les diplomates français chantent-ils le soir dans les hôtels ?

— Une vieille tradition ! Les diplomates sont des artistes. Regardez Claudel, Saint-John Perse… Pourquoi ne chanteraient-ils pas ?

Aurel était toujours assis sur son lit, les jambes croisées en lotus. Martha recula et s'adossa au mur.

— C'est mon père qui vous envoie ?

— Pas directement.

— Directement ou pas, je sais quelles sont ses méthodes. Il a dû terroriser tout le monde pour avoir de mes nouvelles.

— Je ne le connais pas mais j'imagine qu'il vous aime.

Martha se rebiffa. Toute trace d'ironie disparut de son visage.

— La seule chose qui le préoccupe, c'est d'éviter le scandale.

Mieux valait ne pas la contredire sur ce sujet et Aurel se tut.

— Qu'est-ce que c'est que cette histoire de prise d'otage ? Les journaux mexicains n'ont pas trouvé cela tout seuls. C'est vous qui leur avez soufflé cette idée ?

Cette fille était trop intelligente et trop sensible pour qu'on puisse lui mentir. Aurel décida de jouer franc-jeu.

— En ce qui me concerne, voyez-vous, je ne me suis pas vraiment intéressé à cette affaire. Votre disparition ne m'a jamais inquiété. Mais l'ambassade voit les choses autrement. Ils ont cherché des explications. Étant donné que vous avez disparu au cours d'une fusillade et que des témoins vous ont vue être prise en otage…

Après un instant de sidération, Martha éclata de rire.

— Ah ! Voilà d'où cela sort ! Incroyable… Vous avez ramassé des bouts de vérité et vous vous êtes fait tout un scénario. Malheureusement, il est faux.

Elle rit encore et, reprenant d'un coup son sérieux, fixa Aurel.

— Je suis partie de Cancún deux jours après la fusillade. Tout le monde pourra vous le dire. L'hôtel, le loueur à qui j'ai rendu la voiture, mon ex…

Aurel n'avait pas eu connaissance du dernier appel de Damien. Il fut donc surpris par l'affirmation de Martha mais ne la mit pas en doute. Il percevait chez cette fille quelque chose d'authentique et d'entier qui la rendait à la fois capable de tout, imprévisible et transparente.

— Comment vous êtes-vous retrouvée ici, alors ?

— Vous n'avez pas besoin de le savoir. Mettez-vous seulement ceci dans la tête : je suis venue de mon plein gré.

Elle écarta les bras pour montrer que rien ne l'entravait.

— Bon, voilà ce que vous allez faire. Mon père vous écoute. En tout cas, il a gobé les conclusions fausses que vous avez tirées de votre petite enquête. Maintenant, vous allez lui dire la vérité.

Elle prit l'air buté, le menton baissé, son grand front en avant.

— Un : je suis ici de mon propre chef. Personne ne me séquestre. Personne ne me menace.

Elle compta sur ses doigts.

— Deux : je sais où je me trouve et en compagnie de qui. C'est mon choix. Je l'assume pleinement. Ça ne plaît pas à mon père ; tant pis pour lui. Il n'avait qu'à pas ameuter toute la presse mexicaine.

— Ce n'est pas lui…

— Peu importe. Trois : qu'il annule toutes les demandes auprès de la police. Il a eu des nouvelles. Tout va bien. Fin de partie. Les Fédéraux, les flics locaux, la coordination anti-*secuestro*, tout le monde m'oublie et rentre à la maison. Dans ce cas-là, il n'y aura aucun scandale et mon père n'a rien à craindre pour sa chère carrière. Je crois qu'il est en campagne électorale. Ça devrait lui parler…

Elle eut un petit sourire mauvais.

— Vous avez bien compris ? Trois points.

— Oui.

— Demain matin, nous vous apporterons un téléphone satellite intraçable. Vous appellerez votre Ambassadeur et vous lui répéterez ce que je viens de vous dire.

— Mais je ne connais pas son numéro…

— Nous vous aiderons. Si vous appelez l'ambassade à Mexico, je suis certaine qu'on transmettra votre message.

Elle se dirigea vers la porte. Au moment de sortir, elle se retourna vers Aurel.

— En fonction de la réponse, nous déciderons ce que nous ferons de vous.

Elle sourit et, prenant le ton de la jeune fille élevée chez les sœurs, ajouta :

— Je suis ravie d'avoir fait votre connaissance.

*

— Dalloz, savez-vous quel est le meilleur hôtel de cette ville ?

— Je crois que c'est le Las Brisas, monsieur l'Ambassadeur.

— Eh bien, va pour le Las Brisas !

C'est par ces mots, dignes d'une sentence de Napoléon, que l'Ambassadeur décida d'installer son quartier général de campagne dans l'hôtel situé à l'autre extrémité de la baie. Il fallait reconnaître que l'endroit ne manquait pas de charme et que la vue y était stupéfiante. Par ailleurs, les prix naguère très élevés avaient fondu avec la disparition des touristes étrangers. Sans entamer trop son budget de représentation, Chamechaude put louer une immense suite formée par la réunion de trois chambres situées en hauteur. Il pouvait en utiliser une pour son usage personnel, une autre comme bureau et une troisième comme salle de réunion. L'immense terrasse sur laquelle donnaient toutes ces pièces pourrait permettre le matin et en fin de journée de tenir des conférences en plein air. Dalloz et le premier secrétaire, qui n'avaient pas les mêmes moyens, partagèrent une chambre sans vue au premier étage.

L'Ambassadeur était en train de déballer son sac de voyage quand Riquet fit irruption dans sa chambre. Il était essoufflé et tout tremblant.

— On frappe avant d'entrer…

— C'est que la nouvelle est urgente, monsieur l'Ambassadeur.

— Eh bien ?

— Aurel, enfin M. Timescu, a téléphoné.

— À qui ? Où est-il ?

— À l'ambassade à Mexico. C'est Jeanine qui a pris l'appel.

Cette Française mariée à un Mexicain était la secrétaire des Ambassadeurs successifs depuis vingt ans.

— Il a dit qu'il se trouvait avec Mlle Laborne.

— Quoi ? Je croyais qu'il avait été enlevé ? Où est-il ?

— Il a laissé entendre qu'il ne le savait pas lui-même. Il appelait pour délivrer un message de la part de Mlle Laborne, à destination de son père.

— Lequel ?

— Elle lui fait dire qu'elle est libre de ses mouvements, qu'elle sait ce qu'elle fait et qu'elle assume le choix de vivre avec M. Antonio Baltram.

— Nous l'avions compris, hélas…

— Surtout, elle a dit qu'elle refusait de revenir en France. Elle a ajouté que, pour éviter le scandale, la seule solution était d'interrompre immédiatement toutes les opérations policières.

— Et Timescu, quand compte-t-il rentrer ?

— Il a dit que son sort dépendait de la suite qui serait donnée à ces demandes.

L'Ambassadeur vacilla et se retint discrètement à la table de nuit. Cette chaleur moite le terrassait.

— Au moins, les choses sont claires : il est inutile de courir après cette gamine pour la supplier de rentrer. Quelle heure est-il ?

— Quinze heures, monsieur l'Ambassadeur.

— Le Consul honoraire vous a-t-il donné le numéro du colonel Jimenez ?

— Oui.

— Appelez-le. Dites-lui que je veux le voir immédiatement.

XXI

Le colonel Jimenez était un petit homme aux yeux globuleux et au crâne dégarni. Sa silhouette laissait imaginer un corps adipeux et flasque, mais il était sanglé dans un uniforme ajusté, raide, constellé de décorations et boutonné de bas en haut. On aurait dit un de ces crustacés dont la carapace chamarrée protège une chair rose et molle. Sa poignée de main visqueuse l'avait souvent trahi. Aussi s'était-il empressé d'adopter la salutation recommandée par temps de Covid. Il tendait le poing à son interlocuteur et réduisait le contact à un bref choc des phalanges.

Il en profitait également pour se cacher derrière un masque en tissu qui portait sur le côté l'aigle et le cactus, insigne de l'État fédéral.

Depuis son arrivée à Acapulco, l'Ambassadeur s'était dispensé de porter un masque. Il fallut que Riquet courre jusqu'à la voiture et en sorte un du coffre. Dûment équipé, Chamechaude exposa les raisons de sa présence.

— Vous savez à quel point nous sommes attachés à protéger nos concitoyens. Nous réagissons vite lorsque nous les croyons en danger. Parfois trop vite. C'est malheureusement le cas en ce qui concerne Mlle Laborne.

Jimenez écoutait, parfaitement immobile, et clignait lentement les paupières. L'Ambassadeur expliqua la méprise dans l'affaire de Cancún, prenant courageusement à son compte toutes les erreurs, y compris celle de Timescu. Il conclut en insistant sur le fait que la jeune Martha se trouvait de son propre chef chez M. Baltram, qu'elle n'y était pas séquestrée et que toute intervention policière était donc inutile.

L'Ambassadeur suait à grandes gouttes sous son masque. Riquet faisait de son mieux pour traduire ses paroles. Le policier, quand il eut terminé, se cala sur son siège et posa les mains à plat sur le bureau.

— J'ai bien pris note, Excellence, des informations que vous m'avez transmises et je vous en remercie.

Chamechaude opina poliment.

— Nous vous sommes très reconnaissants d'avoir porté à notre connaissance les agissements de votre ressortissante.

Le premier secrétaire, en traduisant cette phrase, jeta à l'Ambassadeur un regard inquiet.

— Cela nous a amenés à nous pencher plus attentivement sur les événements auxquels elle a pris part à Cancún.

Jimenez ouvrit une chemise posée sur le bureau.

— L'enquête après la fusillade à l'hôtel Palacio del Mar a été, à l'époque, un peu trop vite arrêtée.

Il ajouta en soupirant :

— Comme c'est souvent le cas lorsqu'une affaire est traitée au niveau local. Ma remarque reste évidemment entre nous.

— Évidemment, confirma l'Ambassadeur, qui se demandait où le policier voulait en venir.

— Vous m'indiquez que Mlle Laborne est hors de cause puisqu'elle a quitté Cancún deux jours après la fusillade. Nos informations recoupent les vôtres, mais nos conclusions diffèrent. Nous avons découvert d'autres éléments.

Jimenez sortit des lunettes en écaille de leur étui et les chaussa.

— En rouvrant les recherches grâce à vous, nous avons appris plusieurs faits intéressants. Vous savez que, lors des échanges de coups de feu, les victimes étaient des membres de gangs mafieux, mais il se trouvait aussi un policier dans la salle de restaurant. Il a succombé à ses blessures. L'autopsie menée par nos services a montré que les balles qui l'ont atteint ne proviennent d'aucune des armes retrouvées sur les tueurs responsables de la fusillade. L'étude balistique, en revanche, a permis de conclure que le coup mortel a probablement été tiré par Antonio Baltram.

L'Ambassadeur ne voyait pas pour le moment le lien avec Martha. Certes, elle avait choisi de vivre avec un assassin présumé, mais cela ne la rendait pas coupable pour autant.

— Ce n'est pas tout, poursuivit Jimenez. L'hôtel a été rapidement cerné par des forces de police afin de capturer les membres des cartels impliqués dans la tuerie. Toutes les issues étaient surveillées. Comment Antonio Baltram a-t-il pu s'échapper ?

— Il semble que Martha ait été très brièvement utilisée comme bouclier humain. Cela a permis à M. Baltram de quitter la salle. Il a relâché son otage éphémère un étage plus bas.

Le policier eut un sourire de contentement, heureux de marquer un point sur un *gringo*. Il secoua la tête.

— En reprenant les enregistrements des caméras de surveillance, la seule voiture à sortir du parking dans les minutes qui ont suivi la fusillade est une Ford Galaxy blanche. Nos enquêteurs ont vérifié son immatriculation. Ils ont découvert qu'il s'agissait du véhicule loué par… Mlle Laborne.

— Qu'en concluez-vous ? demanda l'Ambassadeur, qui craignait, hélas, d'avoir compris.

— Que votre ressortissante a permis l'évasion d'un criminel et l'a soustrait volontairement à la police, ce qui fait d'elle sa complice.

— Il a pu la contraindre…

— Sur les vidéos, on voit qu'elle est au volant. Il n'y a personne à côté d'elle. Par ailleurs, elle est revenue une heure plus tard, a remis la voiture à la même place et n'a rien raconté à personne.

L'Ambassadeur pensa à ce qu'il allait dire au père. Il était accablé.

— Vous voyez, Excellence, poursuivit Jimenez, qu'il n'est pas question pour nous d'arrêter notre opération contre le cartel Baltram. Elle change seulement de nature.

Il replia ses lunettes et les rangea dans leur étui.

— Nous intervenions pour libérer Martha Laborne. Maintenant, nous intervenons pour l'arrêter.

*

Aurel avait soif. La cruche d'eau que les geôliers avaient déposée à côté de son lit ne le désaltérait pas. Il aurait voulu quelque chose de plus fort. Il se remémorait les cocktails de Luis, le barman du Los Flamingos. Puis, peu à peu, lui revinrent des saveurs plus subtiles, le vin de Tokay, les plats de ses grands-mères roumaines. Jamais il ne s'était senti aussi coupé de ses racines. Le Mexique avait décidément produit sur lui des effets bizarres. Maintenant qu'il était plongé dans une pénombre permanente, que les couleurs ardentes de ce pays ne frappaient plus ses yeux, il ne restait que la chaleur, la poussière et la menace d'une violence qu'incarnaient ses frustes gardiens.

Avec le message qu'il avait laissé à la secrétaire de l'Ambassadeur, on lui avait ordonné de transmettre un numéro satellitaire pour une éventuelle réponse. Depuis, il n'était plus le seul à attendre. Il sentait que toute la maison était suspendue à cette réponse et, au-delà de la maison, tout le clan Baltram.

Martha passa le voir dans l'après-midi. Il comprit que sa visite n'avait pas d'objet. Elle aussi venait tromper l'attente.

Elle s'assit en travers au bout du lit, les bras passés autour de ses jambes repliées. Elle demanda à Aurel ce qu'il jouait comme musique et où il avait appris. Il lui dit que, dans la branche juive de sa famille, il était de tradition que les enfants apprennent un instrument. Il avait choisi le piano.

— À chaque fête, on trouvait toujours des cousins pour former un petit orchestre. C'était très gai.

— Moi, c'est le contraire. J'ai appris le piano pour faire plaisir à mon père. Je l'avais entendu dire un jour qu'il regrettait de ne pas savoir jouer. En fait, il s'en moquait pas mal. Je me suis tapé huit ans avec une prof méchante pour rien.

Ils rirent tous les deux.

— C'est fou le nombre de choses que j'ai faites pour attirer l'attention de mon père. Je ramenais les meilleures notes, je montais sur les podiums de tous les sports, je m'habillais comme une petite bourge bien conforme. Ça ne servait jamais à rien. Il n'y en avait que pour mes sœurs.

Elle avait l'air d'une enfant triste. Quand elle ne souriait pas, son visage s'éteignait.

— Votre mère était péruvienne, à ce qu'on m'a dit ?

— Oui mais je l'ai su très tard. Pendant toute mon enfance, c'est comme si elle n'avait jamais existé. Mon père ne parlait pas d'elle. J'étais la fille de ma belle-mère pour tout le monde. Sauf pour elle. Je me rendais bien compte pourtant que je ne ressemblais ni à elle ni à mes sœurs.

— Vous n'avez pas cherché à connaître vos origines ?

— Non. Curieux, hein ? J'avais refoulé l'idée que je pouvais avoir une autre mère... On m'avait tellement convaincue que j'étais une bonne petite Française blanc-bleu. C'est seulement à dix-sept ans, en fouillant dans une liasse de vieux papiers chez ma grand-mère paternelle, que je suis tombée sur une photo de mon père avec une femme qui me ressemblait trait pour trait.

— Comment avez-vous réagi ? Vous en avez parlé à votre père ?

— Oui, il était très gêné et ne voulait pas trop en dire. Je savais qu'il avait fait le tour des États-Unis à la fin de ses études. Il m'a raconté qu'il avait rencontré cette femme à l'étape de Miami. Elle s'appelait Monserrat Obrador. Elle avait fui son pays à pied avec ses deux frères à travers l'Amérique centrale et traversé le Rio Grande. Elle était serveuse dans un tex-mex. Mon père est rentré en France et elle l'a rejoint avec un visa de tourisme. Elle lui a annoncé qu'elle était enceinte de moi.

— Il l'a épousée ?

— Il a toujours été très évasif sur ce qui s'est passé. J'ai fini par comprendre qu'au moment où ma mère a accouché, il a rencontré sa femme actuelle. Pour sa carrière, une riche héritière valait mieux qu'une pauvre émigrée. Il m'a reconnue mais a refusé de se marier avec ma mère. Elle a galéré quelques mois à Paris avec le peu qu'il lui donnait. Finalement, elle m'a laissée avec lui et elle est repartie.

— Aux États-Unis ou au Pérou ?

— Impossible à savoir. J'ai fait des recherches et n'ai jamais retrouvé sa trace.

Ils restèrent tous les deux pensifs et silencieux.

*

La nuit lui parut interminable. Un concert de chiens célébra la montée de la pleine lune. L'oreille, aiguisée par le silence, apportait des bruits venus de très loin tels que le passage de camions sur une route et, deux ou trois fois, le roulement d'un train.

Dans l'après-midi, Aurel avait eu le droit de prendre une douche. Le geôlier indien l'avait conduit pour cela dans un réduit aux murs de parpaings. Un réservoir posé sur le toit et chauffé par le soleil alimentait un simple tuyau. À son extrémité, une boîte de conserve vide percée de trous faisait office de pomme de douche. Il avait dû remettre ensuite ses habits sales.

Par contraste avec la touffeur des journées, les nuits paraissaient froides et sans doute l'étaient-elles. Aurel en avait déduit qu'il devait se trouver sur le rebord du haut plateau qui menait vers Mexico.

Au petit matin, il avait fini par s'assoupir, pelotonné dans sa veste de smoking. Martha l'avait éveillé en sursaut. Elle avait fait irruption dans la cellule en brandissant un journal.

— Voilà leur réponse, cria-t-elle au visage d'Aurel.

Elle lui jeta le journal. Il lut les titres sur la première page, sans rien comprendre. Mais il vit la photo de Martha à cheval, celle-là même qu'il avait envoyée à l'Ambassadeur.

— Vous pouvez me traduire ?

— Ils disent que j'ai aidé Antonio à s'évader à Cancún, qu'il a tué un flic pendant la fusillade et que je suis sa complice.

Martha s'appuya sur le mur au fond de la cellule et se laissa glisser jusqu'au sol. Elle prit sa tête dans les mains.

— Mais pourquoi écrivent-ils cela ? s'indigna Aurel. Cet homme vous a retenue en otage pour se protéger et vous ne le connaissiez pas. Comment auriez-vous pu… ?

Martha secouait la tête.

— C'est vrai ? bredouilla Aurel. Vous l'avez aidé ?

Il comprit que Martha allait parler mais qu'il fallait la laisser trouver les mots, revoir les images. Elle tenait le regard dans le vide, devant elle, comme si elle revivait une scène.

— Cancún, c'était un guet-apens. Antonio venait rencontrer Arturo Guttierez, le chef du cartel de la côte Caraïbe. Il avait deux gardes du corps. Ils sont restés à l'extérieur de la salle de réunion. On l'avait désarmé. À un moment, les hommes de Guttierez ont tiré sur les gardes du corps d'Antonio. L'un d'eux a été tué. L'autre a pris la fuite vers l'intérieur de l'hôtel. Il y a eu une course-poursuite. Antonio est sorti de la salle. En voyant un de ses hommes au sol, il a pris son arme. L'autre était descendu dans le restaurant. Il a abattu deux types de Guttierez et a été touché à son tour. Mais ce qu'Antonio ne savait pas, c'est que l'affaire était montée avec la complicité de la police locale. Il y avait des flics partout dans l'hôtel et toutes les issues étaient gardées. Il n'avait aucune chance.

— Vous saviez tout ça ?

— Moi ? Rien du tout ! J'étais une pauvre imbécile de touriste qui buvait un verre avec sa copine.

— Alors ?

— Alors j'ai vu arriver ce type sur lequel les autres tiraient. Il faut que je remonte très loin pour me souvenir d'une émotion pareille. Je l'ai trouvé incroyablement beau. Le mot est idiot. Il n'est pas beau, Antonio. Mais il y a un degré de courage, de sang-froid, de lucidité face au danger et à la mort qui transfigure ceux qui en sont capables.

Elle sembla reprendre conscience, se releva, s'épousseta les cuisses.

— J'en ai connu beaucoup, des hommes, croyez-moi. De toutes sortes. Et des femmes, aussi. L'expérience est une chose bien utile. Elle permet de juger très vite, de ne pas laisser échapper l'instant où une rencontre comme celle-là se produit.

Elle semblait avoir dominé son émotion et en revenait aux gestes, à l'action qu'elle mimait en même temps qu'elle la racontait.

— Je me suis levée et je me suis avancée vers lui. Mon geste était inconscient mais l'intention était claire : je me suis placée devant lui pour le protéger. J'ai reculé jusqu'à le toucher. Il a passé son bras autour de mon cou, mais il n'a pas serré du tout. C'était une manière de nous arrimer l'un à l'autre, d'affronter le monde ensemble. Nous avons reculé et il a poussé la porte de l'escalier. On a couru vers le sous-sol. On se tenait par la main. Personne n'entraînait personne. Nous étions déjà associés et, oui, ils ont raison, complices. Je lui ai proposé la voiture.

— Vous aviez les clefs avec vous ?

— Oui. Nous devions aller faire un tour, Allison et moi, et je les avais mises avec mes papiers, dans un petit sac que je garde toujours sur moi.

Martha montra en souriant la pochette en toile qu'elle portait sous son T-shirt.

— Il s'est caché dans le coffre du monospace et j'ai conduit. Simple intuition, car nous ne savions pas que l'hôtel était cerné… Les flics m'ont vue en tenue de plage et ils m'ont laissée passer en rigolant. J'ai déposé Antonio à la sortie de la ville, dans une maison dont il est propriétaire.

— Pourquoi n'êtes-vous pas restée avec lui ?

— Je le voulais, et lui aussi. Avec la fusillade, l'évasion, toute cette excitation, nous avions une envie sexuelle de dingue. Je ne sais pas si vous avez déjà vécu quelque chose comme ça.

Elle n'attendit pas la réponse d'Aurel, heureusement, car il était terriblement gêné et ne pouvait produire un son.

— C'était trop risqué. Si je disparaissais tout de suite, on pouvait pister mon téléphone, ma voiture, cela conduirait à la maison et compliquerait la fuite d'Antonio. On a décidé de se retrouver à Acapulco, sur son terrain. Il m'a donné un contact pour le joindre quand j'arriverais là-bas.

Un des geôliers frappa et entra sans attendre.

— Téléphone… Le patron…

— Je ne sais pas pourquoi je vous ai raconté tout cela, dit Martha en suivant le garde.

Aurel l'entendit refermer le verrou de la porte.

Moins d'une heure plus tard, deux inconnus entrèrent dans sa cellule. Ils lui firent signe de se lever et de les suivre.

XXII

Guillermo était très affecté par la disparition d'Aurel. Il s'en rendait responsable.

— Je l'ai prévenu, pourtant. Mais j'aurais dû être plus clair et le faire suivre de nuit comme de jour…

Il parlait à Dalloz en regardant la lune pleine qui s'élevait à l'horizon et traçait à la surface des eaux noires un sillage argenté. Ils étaient tous les deux accoudés au parapet d'une terrasse à l'hôtel Las Brisas.

— Tu n'y peux rien. C'est un type incontrôlable. Les Roumains sont comme ça. Tu aurais vu ma mère…

— Comment est-ce qu'on va pouvoir le sortir de là, maintenant ? Votre ambassadeur a déclaré sa disparition ?

— Il n'a pas l'air pressé de le faire.

— Ça ne change pas grand-chose, malheureusement. Les Fédéraux, quand ils vont attaquer, tireront dans le tas. S'il est otage, ils diront qu'ils ont tout tenté pour le libérer mais qu'hélas… Et s'il n'est pas otage, qu'est-ce qu'il faisait là ? Pas étonnant qu'il ait été abattu comme les autres. Dans tous les cas, vu ce qui se prépare, il a peu de chances d'en sortir vivant.

— Tu as des infos sur l'opération ?

— Ils vont frapper très fort. La DEA est bien décidée à avoir la peau d'Antonio. Jusque-là, ils ont eu du mal à faire bouger les Mexicains, mais avec l'histoire de Cancún, ils n'ont pas pu faire autrement.

— Tu crois qu'ils les ont localisés ?

— Il leur faut du temps. Bien sûr, ils auraient déjà pu perquisitionner à l'hacienda, le fief de la famille. Mais Antonio ne s'y trouve probablement pas. Alors, ils préfèrent réunir tranquillement des informations, interroger des gens, recouper des renseignements, analyser des images satellites. Quand ils seront prêts, ils taperont fort et d'un seul coup.

— Tu sais où peut se trouver Aurel ?

— L'État de Guerrero, c'est un énorme désert avec des collines, des grottes, des vallées encaissées. Il y a des caches partout là-dedans et Antonio a dû se préparer depuis longtemps à résister.

— Il paraît que la DEA a prépositionné des hélicoptères ?

— Deux. Et la police aussi.

— Avec tous ces moyens déployés contre lui, Baltram n'a aucune chance.

— C'est le Mexique, tu sais. Les choses peuvent changer. S'il tient le coup assez longtemps, un autre gouvernement aura d'autres priorités. L'essentiel est qu'il garde son territoire. C'est là-dessus que ça se joue. Et là, ce sera plus dur.

— Tu as l'impression que ça bouge dans la ville ?

— Depuis quelques jours, au contraire, tout est trop calme. À part des bagarres de rues, il n'y a eu aucun gros assassinat. J'en ai discuté avec les autres photographes. On sait que quelque chose se prépare. Mais d'où cela partira-t-il ? C'est le grand mystère.

Guillermo se redressa et s'étira.

— À l'heure qu'il est, reprit-il, Antonio doit gamberger. Il faut qu'il noue des alliances pour casser le front des cartels qui veulent sa peau. Il doit prévoir les coups qu'ils peuvent lui porter et organiser sa défense.

— Les chefs mafieux sont des joueurs d'échecs.

— Des stratèges. Sincèrement, je les admire. Je les hais mais je les admire.

Ils se turent et gardèrent les yeux fixés sur la mer. De petits lamparos dansaient du côté de la Roqueta. L'air était d'une douceur exquise. N'importe qui, devant un tel spectacle, aurait évoqué le mot de paix. Et pourtant, à quelques rues de là, des hommes étaient en train de préparer leurs armes, de dresser des listes de cibles, de tracer sur le front des vivants les signes de la mort.

*

L'Ambassadeur réunit son équipe à huit heures sur la terrasse. Il avait simultanément convoqué la Consule générale en visio sur son ordinateur.

Il fit d'abord un tour de table pour entendre l'avis de chacun sur la situation. Comme il n'avait pas encore exprimé le sien, les diplomates étaient flottants, ménageaient l'avenir en défendant tour à tour deux options contradictoires : rester sur place et tenter malgré tout de dissuader les Mexicains de donner l'assaut, ou rentrer à Mexico et gérer les conséquences diplomatiques de la crise.

Seul Dalloz, qui n'avait aucun avenir au Quai d'Orsay, prit une position tranchée.

— Il faut que vous partiez tout de suite. Je propose de rester sur place, pour vous informer des événements quand ils se produiront. Mais il n'y a rien à espérer côté mexicain. Ils ne peuvent plus reculer maintenant, avec la campagne qui s'est déchaînée dans la presse contre Martha.

— Quel sort l'attend, selon vous ?

— Pour elle, c'est la mort ou la prison. Nous ne pouvons rien faire en sa faveur à ce stade. Si elle est capturée vivante, nous lui apporterons une protection consulaire. Mais vous savez ce que ça vaut.

— J'ai eu son père au téléphone cette nuit, annonça Chamechaude. Il est très courageux.

Le soleil, en tournant, envahissait peu à peu la terrasse. Ils décalèrent leurs chaises pour les placer dans ce qu'il restait d'ombre.

— Il a compris, poursuivit l'Ambassadeur, que cette fois, il ne parviendrait pas à protéger sa fille contre elle-même. Il s'en désole, bien sûr. Mais c'est un homme d'État. Au-delà de ses contrariétés personnelles, il voit l'intérêt du pays. Il n'entend pas renoncer à défendre ses convictions.

— Bref, il a peur pour sa réélection.

— Ne réduisez pas tout à son aspect trivial, Dalloz ! Oui, il veut être réélu. Pour servir les valeurs qu'il défend. Lutter contre la criminalité, promouvoir la famille, revenir à une conception saine du mariage… Évidemment, l'attitude de sa fille pourrait être utilisée par ses adversaires pour le discréditer. Les journaux français n'ont pas encore fait de lien entre la situation de Martha et son père. Ça ne durera pas. Quoi qu'il arrive, si quelqu'un lui pose des questions, M. Laborne dira qu'il a totalement coupé les ponts avec elle. Et c'est la vérité. Nous ne devons plus nous occuper d'elle. Advienne que pourra.

— Et Timescu ? demanda la Consule générale.

— On ne bouge pas pour l'instant. Il est simplement sorti des radars, mais avec ce personnage, on ne doit s'étonner de rien. Nous n'avons aucune preuve matérielle indiquant qu'il serait détenu en otage.

— Tout de même, l'agression en taxi…

— Il a été pris à partie par des voyous, et alors ? N'allons pas compliquer les choses et alerter les Mexicains sur une nouvelle affaire.

— Et vis-à-vis du Quai ?

— Il a disparu. On le cherche. Autre chose ? Oui, Dalloz ?

— Monsieur l'Ambassadeur, commença le policier sur un ton grave, je ne pense vraiment pas raisonnable que vous restiez plus longtemps à Acapulco. Votre départ est urgent. C'est une question d'heures.

— Expliquez-vous.

— Voyez-vous, reprit-il calmement, quand on touche le monde mafieux, on rompt des équilibres fragiles. Il y a seize cartels en activité dans cette ville. Ils sont plus ou moins liés entre eux par des relations de suzerain à vassal, comme au Moyen Âge. Lorsque l'État s'en mêle, lorsque la police frappe un de ces groupes, c'est tout l'ensemble qui réagit.

— Merci pour ce cours de sociologie mafieuse. Mais que voulez-vous dire exactement ?

Dalloz avait apporté avec lui une mallette en cuir marron. Il la posa sur la table, l'ouvrit et en sortit un paquet de photos que lui avait confiées Guillermo.

— Je veux dire que cela donne des choses comme ça.

Les clichés étaient insoutenables. Sur l'un d'eux, les bras d'une femme, tranchés au ras des épaules, étaient posés sur le pare-brise d'une voiture comme de monstrueux essuie-glace. Une autre montrait un corps pendu à un pont d'autoroute, le visage défiguré par la torture, une pancarte autour du cou proférant des menaces contre son cartel.

L'Ambassadeur eut un haut-le-cœur et repoussa le tas de feuilles en fermant les yeux.

— Inutile de nous faire voir des choses pareilles. Nous savons ce que c'est.

Dalloz reprit les photos et les remit dans la mallette.

— J'ai de bonnes raisons de penser que tout cela n'est rien en comparaison de ce qui va se déchaîner dès que la police va lancer son assaut. Il me semble inutile que vous attendiez ici que cela se produise. Une fois que la guerre aura commencé, la vie dans cette ville deviendra très dangereuse.

Le gendarme en civil qui assurait la sécurité de l'Ambassadeur prit la parole pour appuyer l'avis de Dalloz.

Chamechaude feignit la contrariété mais en vérité il était soulagé.

— Eh bien, puisque ces messieurs insistent, j'accepte. Préparez nos bagages, Riquet. Nous partons dans une heure.

*

Le transfert d'Aurel vers un autre lieu de détention avait été plus long et plus brutal que la première fois. On lui avait remis un sac sur la tête, aussi épais que le précédent, dans lequel il suffoquait. Le trajet s'était presque entièrement effectué sur des pistes défoncées. Cela semblait indiquer qu'il était emmené vers un lieu encore plus retiré. Ses maigres chances de fuite ou de libération s'évanouissaient.

Une fois à destination, ses geôliers ôtèrent le sac qui lui couvrait la tête. Il n'y avait pas à craindre qu'il voie l'endroit de sa détention : rien n'était reconnaissable. Il était au cœur d'une forêt tropicale dense. Une minuscule maison de torchis était dissimulée sous le couvert des arbres. On le poussa à l'intérieur. Dans le plancher de la plus grande pièce était ouvert un orifice carré de quatre-vingts centimètres sur quatre-vingts. Une échelle dépassait du trou. Il dut descendre prudemment, car il craignait que les barreaux souples de bambou ne cèdent sous son poids. Une fois qu'il fut en bas, un geôlier retira l'échelle et referma la trappe. Aurel resta dans l'obscurité.

La cave où il se trouvait avait un sol en terre assez doux. En tâtonnant, il mesura son espace vital. Il était à peu près de deux mètres carrés. L'odeur lui rappelait vaguement celle du cellier de son grand-père, à Brasov. Il l'y faisait descendre pour chercher des pommes qui séchaient sur des claies ou rapporter des bouteilles d'un vin très sucré qu'il produisait lui-même.

Aurel se laissa flotter dans ses souvenirs d'enfance et perdit la notion du temps.

Il fut tiré de sa rêverie par l'arrivée d'un véhicule. Bien avant qu'il puisse entendre le bruit du moteur, il avait senti la terre vibrer. Il y eut ensuite des bruits de portière, des voix, et il crut reconnaître celle de Martha.

Quelqu'un ouvrit la trappe, remit l'échelle et lui ordonna de grimper. La nuit était tombée.

Une lampe à pétrole était posée sur une table. C'était bien Martha qui se trouvait devant lui. Elle était méconnaissable. Coiffée d'une casquette kaki à longue visière, elle portait un pantalon en treillis. Autour du buste, elle avait passé une veste à poches, un peu dans le même genre que celle de Guillermo. La différence était qu'en bandoulière, c'était une mitraillette à canon court qu'elle portait.

Elle approcha de la table, retira son arme et la posa. Elle saisit une chaise et s'assit. Du menton, elle montra à Aurel qu'il pouvait faire de même.

— Désolée pour le confort, dit-elle. Mais nous devons vous protéger.

Aurel se demanda si elle attendait une réponse. Il se tut.

— La guerre va commencer. Vous pouvez remercier votre Ambassadeur. Voilà ce qu'il a gagné en saisissant les autorités.

Elle tripotait un objet pendu à sa ceinture. À la lumière vacillante de la mèche, il reconnut une grenade.

— Qu'allez-vous faire de moi ? demanda-t-il d'une voix enrouée par la poussière.

— Je n'en sais rien. Antonio décidera. Comme il décide de tout...

Aurel se demanda s'il avait raison d'entendre dans cette dernière phrase l'écho d'une déception.

— En tout cas, votre ambassade n'a pas l'air de se préoccuper beaucoup de vous. D'après ce que nous savons, ils n'ont toujours pas signalé votre disparition.

Comment lui expliquer en quelques mots le désastre qu'était sa carrière diplomatique ?

— Nous comptions vous utiliser comme une dernière carte pour dissuader la police d'intervenir. En leur envoyant un de vos doigts, par exemple.

— C'est inutile, vraiment, fit Aurel en secouant ses mains entravées par les chaînes mais toujours pourvues de leurs cinq doigts. Ils ne feront rien pour me récupérer. Pour le Quai d'Orsay, je suis un fauteur de scandales.

— Nous sommes pareils, alors !

Martha retira sa casquette et libéra ses cheveux en balançant la tête.

— Vous savez, Aurel, je vous aime bien. Quand quelqu'un me plaît, je le sens tout de suite et je le dis.

Elle posa sa main sur les siennes au-dessus de la table.

— J'ai bien compris que vous n'êtes pour rien dans tout cela. Vous me faites rire avec votre veste de crooner.

Aurel bredouilla, heureux que l'obscurité de la pièce ne permette pas de voir à quel point il avait rougi.

— Si ça ne dépendait que de moi, je vous libérerais tout de suite. Mais il faut comprendre qu'on n'en est plus là. Ce qui s'est déclenché avec la plainte imbécile de l'Ambassadeur, c'est un processus terrible. Beaucoup de gens vont perdre la vie. Moi aussi peut-être, et vous. Comme ça, nous n'emmerderons plus personne : ni mon père ni le Quai d'Orsay.

— C'est pour me dire cela que vous êtes venue ?

— Pour vous dire adieu. Oui. Et parce que vous êtes la seule personne à qui je puisse parler ici. Les autres sont fous.

Pendant un court moment, Aurel la sentit sur le point de pleurer. Puis réapparut la Martha championne de judo et de parachutisme, la fille solaire qui avait irradié Damien, la militante qui faisait face à la police à Calais. Elle remit sa casquette, saisit son arme et se leva. Aurel l'entendit donner des ordres, sans doute pour qu'on lui ménage des promenades et qu'on lui donne à manger et à boire.

Elle s'approcha une dernière fois de lui.

— Bonne chance, Aurel, dit-elle doucement.

— Que Dieu vous garde, répondit-il.

De retour dans sa cave, il se demanda auquel de ses dieux il l'avait confiée.

XXIII

La tempête se leva deux jours après le retour de l'Ambassadeur à Mexico. Tout commença par des coups de feu sporadiques entendus dans différents quartiers. Quand Luis, le barman, vint prendre son service, il était tremblant de peur. Il habitait sur une colline, derrière l'hôpital. Sa voiture avait été prise entre deux feux dans une véritable bataille rangée.

Dalloz, à l'hôtel Las Brisas, essayait de centraliser les informations et de les reporter sur une carte de la ville. Il appelait des correspondants à la police fédérale sans parvenir à savoir si la coordination anti-*secuestro* avait ou non lancé un assaut ou s'il s'agissait de combats entre gangs. La confusion était totale. L'Ambassadeur appelait tous les quarts d'heure et s'impatientait. Il fallut attendre la fin de l'après-midi et l'arrivée de Guillermo pour y voir plus clair.

Le photoreporter était en nage, excité par des heures de traque et de combats. Des morceaux de plâtre s'accrochaient dans ses cheveux. Son battle-dress portait sur le côté une large trace de sang frais. Dalloz le fit asseoir, demanda qu'on lui apporte à boire et tenta de le calmer. Ses explications devinrent moins confuses. Il pointa sur la carte les lieux dont il parlait.

— Six morts ici, sur la route de Mexico. Quatre là, dans le quartier de l'Alta Icacos. Huit à Hermenegildo Galeana…

Le plan d'Acapulco se remplissait de chiffres, tracés au fur et à mesure par Dalloz avec un feutre rouge. Cette énumération n'apportait pas grand-chose, sinon que les affrontements étaient étendus à toute la ville.

— Essaie de raconter un peu ce qui se passe.

— C'est très intelligent, conclut Guillermo après avoir longuement savouré une gorgée de bière.

— Quoi ? Qu'est-ce qui est intelligent ? Explique.

— Ce type. Antonio. C'est un génie.

— Un génie ?

— Oui. Il a frappé le premier. Les attaques de la police étaient prévues pour la nuit prochaine. Il a dû le savoir. Il a des hommes là-bas. Il n'a pas attendu que les autres cartels le sentent affaibli. Il a pris les devants. Il a déroulé tout son plan à l'aube aujourd'hui.

— Où vois-tu un plan là-dedans ? demanda Dalloz en désignant la carte constellée de morts.

— Ah, c'est que tu ne connais pas les territoires. Pour comprendre, il faut savoir qui contrôle quoi dans cette ville. Alors tout s'éclaire.

Guillermo mit sa bière dans la main gauche et, de l'autre, en se penchant, traça des contours sur le dédale des quartiers.

— Là, par exemple, c'est un coin tenu par une bande des Chevaliers Templiers. C'est un cartel familial assez peu puissant ici. Antonio a donné un coup de semonce, juste pour les dissuader de l'attaquer.

— C'est quoi, un coup de semonce ?

— Il a fait abattre deux hommes de main du groupe. Des types que personne n'aimait mais qui étaient craints. Histoire de montrer qu'il pouvait atteindre n'importe qui dans le territoire et de mettre la population de son côté.

Il pointa un autre quartier, où il y avait eu trois morts.

— Il a fait pareil avec le cartel de la Familia. C'est un groupe important dans le Michoacán, mais qui n'a jamais été très fortement implanté par ici. Antonio a fait liquider deux de leurs revendeurs et un chimiste, histoire de les inciter à ne pas se joindre aux autres. Mais ils ont été tués gentiment, si je peux dire : on ne les a pas défigurés. Juste une balle dans le cœur, pour que la famille puisse enterrer le corps dignement.

— Et les huit morts, à ce carrefour ?

— Là, c'est autre chose. Il s'agit d'un vaste territoire qui a appartenu longtemps à une vieille famille en déclin. Il a été conquis il y a deux ans par un nouveau groupe ultraviolent, les Jalisco Nueva Generación. Ils se sont imposés avec une violence incroyable.

Une ombre passa dans le regard de Guillermo. Il avait beau en avoir vu beaucoup, certaines images pouvaient encore le bouleverser.

— Je ne peux pas vous dire ce qu'Antonio a fait subir à ces huit-là. Jamais je n'ai rien vu de pareil. D'ailleurs, je n'ai pas pu tous les prendre en photo. À un moment, je me suis caché pour vomir.

Guillermo reprit une grande goulée de bière et s'essuya la bouche avec le dos de la main.

— Le fait est que c'est intelligent. Les Jalisco ne tiennent ce territoire que par la terreur. En montrant qu'il peut exercer une terreur encore plus grande, Antonio coupe l'herbe sous le pied à ses pires ennemis. Il les fragilise sur leur propre territoire. Ça ne les met pas en bonne posture pour l'attaquer.

— Et la police, pendant ce temps-là ?

— La coordination anti-*secuestro* pensait bénéficier de l'effet de surprise. C'est raté. Ils ont avancé leurs opérations et commencé dès cet après-midi. Antonio avait déjà exécuté son plan. Ils ont investi plusieurs de ses propriétés avec un déploiement considérable de troupes et de moyens aériens. Évidemment, ils n'ont rien trouvé, ni personne.

— Où en est-on, alors ?

— Tout le monde se remet de ses émotions et Antonio est le grand gagnant. Il a consolidé ses territoires et montré aux flics qu'ils n'allaient pas le cueillir comme ça.

— Il ne peut pas tenir tête longtemps aux forces qui sont déployées contre lui…

— Je ne sais pas s'il le peut ou pas. Mais il va vendre sa peau très cher.

*

Aurel n'était resté qu'un jour et une nuit dans sa cave obscure. Sans jamais aucun signe prémonitoire, il avait ensuite été changé deux fois de cache. Il était frappé par la discipline de ses geôliers, leur calme et la rigueur de leur organisation. Pendant ces déménagements successifs ils auraient pu laisser paraître des signes de fébrilité, voire de désarroi. Ils semblaient au contraire obéir à une logique rigoureuse.

Tantôt Aurel était détenu seul, tantôt sa cellule se situait à proximité d'importants rassemblements de personnes. Il s'agissait sans doute de combattants car il entendait dans les pièces voisines le fracas métallique d'armes que l'on manipulait.

Le dernier lieu de sa détention changea du tout au tout. Alors que, depuis son enlèvement, il était constamment resté à la campagne, il lui sembla que, cette fois, on le ramenait en ville. En témoignait d'abord le revêtement des routes qui n'avait plus rien à voir avec le relief chaotique des chemins de campagne. Ensuite, il entendait, le long de ce qui était probablement des rues, le chahut d'enfants qui jouaient au ballon. On le mena dans une cave que l'on atteignait par deux volées de marches d'un escalier sonore, probablement construit en béton.

La cellule était plus spacieuse que celles qu'il avait fréquentées jusque-là. Elle était propre et bien éclairée, meublée d'un lit de camp et d'un tabouret en bois massif.

C'est là qu'il reçut les dernières visites de Martha.

Elle entra dans sa cellule le deuxième soir. Il ne la reconnut pas tout de suite. Elle avait les cheveux sales, les traits tirés et l'éclat de ses yeux s'était éteint. Elle portait les mêmes vêtements mais ils étaient couverts de poussière et de boue sèche. Un pansement maculé était noué autour de sa main gauche. Sitôt la porte refermée derrière elle, elle se précipita vers Aurel. Il était assis sur le bord du lit, les jambes pendantes. Elle se plaça à son côté, passa son bras autour de son cou et se serra contre lui.

Son naturel était intact. Elle restait spontanée et d'une totale sincérité. Cependant, cette spontanéité n'avait plus le caractère provocateur et joyeux des dernières fois. Aurel sentait dans son geste une sorte d'abandon triste, d'épuisement moral et physique, de détresse. Il aurait voulu pouvoir la consoler, la serrer dans ses bras comme une enfant. Mais dès qu'il écartait les mains, la chaîne et le cadenas qui les entravaient se mettaient à tinter. Il avait désormais ce bruit en horreur et c'était bien la dernière chose qu'il avait envie de partager avec Martha en cet instant. Il ne bougea pas.

Il sentait contre lui la respiration chaotique de la jeune femme. Elle posa la tête sur son épaule.

— Si vous saviez comme je suis heureuse de vous retrouver, Aurel.

Elle soupira puis, d'un coup, se redressa et se tourna vers lui.

— Je vous connais à peine. Et pourtant vous me manquiez. Vous devez trouver ça bizarre ?

Elle avait dit ces mots sur un ton espiègle mais sans la flamme de naguère. Elle reprit sa place au côté d'Aurel, les épaules basses, les mains sur les genoux.

— Toutes ces horreurs, murmura-t-elle. Tout ce sang.

Elle avait le regard perdu vers le mur blanc et semblait voir défiler sur cet écran des images intérieures qui la faisaient frissonner.

— Vous n'imaginiez pas cela ? demanda doucement Aurel.

Elle secoua la tête. Il sentit qu'elle sanglotait. Peu à peu, elle se calma et se força à parler distinctement, mais sa voix tremblait d'émotion par instants.

— La première fois que j'ai vu Antonio, c'était dans la violence. On lui tirait dessus. Il risquait la mort. Je savais qu'en le rejoignant je choisissais une vie de combat.

Elle continuait tout en parlant de sa voix claire à être secouée par des spasmes. Aurel pensa à ces partitions pour piano où cohabitent dans les aigus la ligne nette de la mélodie avec le bourdon entêtant et viscéral des basses.

— Le combat auquel je m'attendais, c'était la continuité de ceux que j'avais essayé de mener sans jamais trouver ce que je cherchais. La défense des faibles contre les forts, du Sud contre le Nord, de l'Amérique latine contre les États-Unis. Il y avait un peu tout là-dedans, je le sais bien : la révolte contre mon père, la revanche de ma mère sud-américaine.

Elle chercha un mouchoir dans sa poche et s'essuya le visage.

— J'ai un peu confondu les narcos avec Che Guevara. D'ailleurs, ils aiment bien se présenter comme ça. Et, d'un certain côté, ce n'est pas faux.

Son regard pétilla un instant d'ironie mais se voila de nouveau.

— La différence, c'est cette cruauté, ce sang, cette horreur. Je n'imaginais pas… En fait, je ne voulais pas savoir…

— Et lui ?

Elle parut revenir à elle et se tourna vers Aurel.

— Que voulez-vous dire ?

— Lui, Antonio, précisa-t-il, il était d'accord pour que vous le rejoigniez. Pourquoi pensait-il qu'une fille comme vous pouvait…

Martha réfléchit longuement.

— Ils sont très étranges, ces grands chefs de cartel, dit-elle. On ne les comprend pas vraiment si on pense qu'ils sont tout-puissants. C'est vrai, ils gagnent des montagnes d'argent, ils ont pouvoir de vie et de mort sur ceux qui les servent, ils sont entourés de filles. Il n'empêche qu'ils rêvent d'autre chose. Et qu'ils en crèvent.

— De quoi rêvent-ils ?

— D'avoir ce qu'ils n'ont pas, mais surtout d'être ce qu'ils ne seront jamais. Et ce désir fou, il s'incarne un jour ou l'autre dans une femme.

Elle se leva.

— Vous n'avez pas soif ?

— Si.

Elle interpella le geôlier à travers la porte. Elle lui demanda des bières puis attrapa le tabouret et s'assit en face d'Aurel.

— Vous connaissez l'histoire qu'a eue Kate del Castillo, une actrice mexicaine qui a fait carrière à Hollywood, avec El Chapo, le narco mexicain, chef du cartel de Sinaloa, un des types les plus recherchés au monde ? Un jour, elle a dit, en gros, qu'il se battait pour les pauvres et laissé entendre qu'elle l'admirait pour cela. Du fond de sa jungle, El Chapo a vu l'interview et lui a écrit pour lui proposer un rendez-vous.

— Elle a accepté ?

— Bien sûr ! Elle était fascinée par le mythe. Elle aussi, elle voyait le narco comme une sorte de justicier qui luttait contre l'impérialisme yankee. Ils ont fini par se rencontrer. El Chapo a tout risqué pour passer deux heures autour d'une table avec son idole. Juste pour la voir, lui prendre la main et imaginer pendant deux heures qu'il était un autre…

Le geôlier entra et déposa les bières sur la table. Aurel saisit la sienne entre ses mains enchaînées.

— Je ne veux pas être grossier. Mais vous n'êtes pas une actrice mexicaine, Martha.

Elle sourit. Cette conversation lui faisait du bien.

— Un point pour vous ! dit-elle en levant sa bouteille. Vous savez, dans la voiture, quand je l'ai fait évader, Antonio n'est pas resté dans le coffre. À deux rues de l'hôtel, quand j'ai vu que personne ne nous suivait, je l'ai fait sortir et il est monté à côté de moi. Il m'a posé des questions et j'ai répondu.

L'évocation de ce moment lui avait rendu le sourire.

— Vous ne l'avez jamais vu, Antonio ? demanda-t-elle en reprenant son ton provocant.

— Non. Et il paraît qu'il y a très peu de photos de lui.

— Si je voulais être méchante, je dirais : c'est un bouseux. Un vacher. Un type élevé dans un ranch par un père rustre, méchant, et une mère qui ne quittait pas sa cuisine. Le genre de gens très riches qui réussissent dans les affaires sans rien changer à leur vie de paysans. Antonio, il porte des chemises à carreaux affreuses, il a des tatouages débiles sur les bras, genre la Sainte Vierge et l'aigle mexicain. Il mange vautré sur la table. C'est un bouseux.

Aurel pensait à la partie paysanne de sa famille. Eux n'avaient pas eu de mérite à rester tels qu'ils étaient. Ils n'avaient connu que la pauvreté.

— La branche qui a hérité des affaires légales est allée habiter en ville. Ils ont voyagé et fait des études. Antonio est resté dans son ranch. Quand il vient en ville, c'est pour inspecter les territoires qu'il contrôle, les points de deal, les labos clandestins et se taper des putes…

Elle avait terminé sa bière et posa la bouteille sur la table.

— C'est un bouseux mais quand j'ai dit ça, je n'ai rien dit. Antonio est le type le plus intelligent que j'aie rencontré. Le plus intuitif. Il comprend les gens au premier regard. Dans son métier, c'est une question de vie ou de mort. Il sait prendre une décision en un instant. Il est courageux, impitoyable, dur pour lui comme pour les autres. On peut même dire qu'il est cultivé. Il lit tout ce qu'il trouve. Il connaît l'histoire, s'intéresse aux sciences. Il n'y peut rien : il reste quand même un bouseux.

Aurel fut heureux de la voir rire.

— C'est-à-dire un type qui fait un métier inavouable, qui ne peut pas se montrer en société, qui est à l'aise avec ses chevaux et ses vaches, qui est entouré de brutes auxquelles il donne des ordres comme des coups de fouet.

Machinalement, Aurel jeta un coup d'œil vers la porte. Par chance, même si les geôliers pouvaient entendre, ils ne comprenaient pas le français...

— Et tout à coup, alors qu'il a failli être abattu comme un chien, une femme lui sauve la vie. Il découvre qu'elle est française, fille de ministre, qu'elle a fait des études, parle des langues, a parcouru le monde.

— Et qu'elle est très belle, lâcha Aurel, qui se demanda d'où lui venait cette audace.

— Merci, Aurel, dit-elle en riant. Mais ça n'est pas l'essentiel. Des jolies filles, il en a autant qu'il veut... En tout cas, quand je lui ai proposé de le suivre, il a eu la force de résister sur le moment, parce que le risque était trop grand. Mais il m'a donné un contact pour que je le retrouve à Acapulco un peu plus tard.

— Où vous a-t-il emmenée ?

— Dans le ranch de sa famille. Là où il vivait la plupart du temps avant que la police ne lance son offensive.

— Vous étiez enfermée ?

— Pas du tout ! Antonio se déplaçait beaucoup pour ses affaires. Nous sortions. Nous allions même en boîte de nuit ! Et dans le ranch, je faisais de grandes balades à cheval. Il y avait toujours un ou deux hommes avec moi, pour me protéger. Nous avons eu des moments extraordinaires.

Elle s'était animée. Tout à coup, elle se rembrunit.

— Je pense qu'il savait que ça allait lui attirer de gros ennuis. El Chapo aussi le savait quand il a fait venir Kate del Castillo. L'actrice était accompagnée par Sean Penn ; ils n'ont pas été discrets. Quelques semaines plus tard, El Chapo était capturé. Les mafieux finissent souvent comme ça. Je le savais et Dieu sait que je détestais cette idée d'être la femme qui apporte le malheur. C'est pourtant exactement ce que je suis.

Même s'il n'avait vraiment pas joué un grand rôle dans la recherche de Martha, Aurel se sentait vaguement coupable d'avoir déclenché cette tempête.

— Je suis désolé.

— De quoi ?

— En portant plainte pour cette histoire de prise d'otage, nous avons fait basculer votre vie…

— Ça a précipité les événements, oui, mais de toute façon, ce n'était pas viable. Ce n'est pas mon monde. Cela ne le sera jamais. J'ai trouvé mes limites, ici, depuis le temps que je les cherche. Et

Antonio, lui, a compris que même une femme comme moi ne ferait pas de lui autre chose que ce qu'il est. Il est enchaîné dans sa mine d'or et il y mourra.

— Quelle est la solution, alors ?

— Que je m'en aille. Ça aurait été plus facile avant, évidemment, quand j'étais supposée être une otage innocente.

— Et maintenant ?

— C'est toujours vrai. Si je m'en allais, je pense qu'Antonio s'en tirerait.

— Mais il est accusé du meurtre du policier à Cancún !

— Ce n'est pas une histoire très claire. Le flic était de mèche avec le cartel qui voulait éliminer Antonio. La police locale n'a pas trop intérêt à ce qu'on creuse cette histoire. Et, à part la balistique, il n'y a aucune preuve qu'Antonio l'ait tué. Avec un bon avocat, il s'en tirerait. Non, toute l'argumentation des anti-*secuestros*, c'est de me capturer. Vous avez vu les journaux. Ils ne parlent que de moi. La Française complice des cartels. Pour une fois qu'ils peuvent chercher des responsabilités ailleurs. Exactement comme dans l'affaire Cassez.

Elle réfléchit un moment puis conclut :

— Si je m'en allais, tout se calmerait. À partir du moment où Antonio a gardé ses territoires, il ne risque rien. N'oubliez pas que la branche légale de la famille compte des sénateurs, des gens influents. On n'extradera pas un Baltram. Si je disparais, il ne lui faudra pas six mois pour être libre et reprendre ses affaires. Seulement il y a un prix à payer.

— Lequel ?

— Que je passe le reste de ma vie en prison. Cela, Antonio, qui est un homme d'honneur, ne l'acceptera jamais. Et moi, je sais que je ne le supporterai pas.

Aurel regardait le sol et hochait la tête. Il comprenait dans quelle impasse se trouvait Martha.

— Qu'allez-vous faire ?

— Antonio réfléchit. La solution, c'est peut-être vous.

— Moi ?

— Oui. L'ambassade de France ne peut rien faire pour une complice des narcos. Mais si nous arrivons à faire savoir que nous détenons un diplomate français, peut-être que la France pourrait faire pression sur le Mexique pour interrompre ses opérations de police…

— Et comment comptez-vous y parvenir ?

— Ils ne comprennent qu'une chose, et j'en suis désolée : les preuves de vie.

Elle regarda les mains d'Aurel. Il remua les doigts et leva les yeux vers elle. Il ne trouva pas son regard. Elle était déjà debout et quittait la pièce.

XXIV

Aurel fit trois tentatives. À la première, il se contenta d'appeler le geôlier et de lui demander à voir Martha. L'homme ne comprenait pas le français. Il laissa parler le prisonnier, haussa les épaules et ressortit.

La deuxième fois, Aurel éleva la voix. Il répéta : « Martha ! Martha ! » en hurlant presque. Le garde avait changé. C'était un type énorme, avec un ventre proéminent, de larges épaules. Il se dandina jusqu'à Aurel et, en le regardant droit dans les yeux, lui administra une gifle qui le fit tomber par terre. Il se releva la lèvre en sang.

Pour la troisième tentative, il attendit qu'il y ait eu du bruit dans la maison. Il était détenu en sous-sol et le plafond mince laissait passer les bruits du rez-de-chaussée. Il lui sembla distinguer la tonalité plus aiguë d'une voix de femme. Cela le décida à jouer son va-tout. Il cria pour appeler le gardien. Dès qu'il entra (c'était le même), il se jeta par terre, donna des coups de pied dans la table, renversa le tabouret, hurla de toutes ses forces.

Le Mexicain se baissa pour le saisir par le col. Il allait abattre sur lui son énorme main quand Martha, du seuil, l'arrêta d'un mot. Elle aida Aurel à se rasseoir sur le lit.

— Qu'est-ce qui vous arrive ? Pourquoi criez-vous comme ça ?

— Je voulais vous parler, dit Aurel, tout haletant, en essayant de saisir son poignet de ses mains entravées.

— Je suis là. Je vous écoute. Calmez-vous.

Il déglutit laborieusement. Il n'était pas habitué à crier et avait la gorge sèche.

— Voilà, commença-t-il d'une voix enrouée. J'ai bien réfléchi. Vous n'obtiendrez rien avec moi. Vous pouvez me couper en morceaux, envoyer tous les messages que vous voudrez, la France ne fera rien pour me récupérer.

Il avait réussi à lui attraper une main et il la serrait entre ses doigts noirs de crasse.

— Ce n'est pas parce que j'ai peur. Non ! Non ! Non ! J'ai toujours su affronter le danger. Mais, voyez-vous, Martha… je vous aime. Oh ! N'allez pas croire… Il ne s'agit pas de ça… Il faudrait le dire en italien : *ti voglio bene.* Je vous veux du bien. Est-ce que les Espagnols ont cette expression aussi ?

Martha sourit. De sa main libre, elle caressa la couronne de cheveux en désordre d'Aurel.

— Allons, ne tremblez pas comme ça. Expliquez-vous mieux.

— Martha, est-ce que vous avez confiance en moi ?

Les genoux serrés, il s'était avancé vers elle et attendait sa réponse avec un air suppliant.

— Oui, Aurel. J'ai toute confiance en vous. Un diplomate qui chante Sinatra dans les bars ne peut pas être tout à fait mauvais…

— Ne plaisantez pas. Je suis sérieux.

— Moi aussi. Mais pourquoi voulez-vous savoir si je vous fais confiance ?

— Parce que je vais vous proposer quelque chose.

Il jeta un coup d'œil vers la porte. Le gardien la tenait entrebâillée et les surveillait. Martha suivit son regard et se retourna. Elle fit un signe au garde pour qu'il s'éloigne et referme la porte.

— Écoutez-moi. Ma proposition est très sérieuse. Vous m'avez dit que vous vouliez sortir d'ici et rester libre.

— Ce serait la solution. Mais c'est impossible.

— Je sais comment y parvenir. Martha, écoutez-moi, je vous donne ma parole que je peux vous faire quitter ce pays. Vous me croyez ?

— J'ai du mal. Je ne vois pas comment…

— Vous me croyez !

Il avait crié. Le garde entrouvrit de nouveau la porte.

Aurel rivait ses yeux dans ceux de Martha.

— Écoutez votre intuition. Qu'est-ce que vous lisez dans mes yeux ?

— Que vous êtes sincère.

— Alors, croyez-moi. Lancez le dé, tentez votre chance. Qu'est-ce que vous risquez ?

— J'aurai à peine fait deux pas dehors que tous les flics du pays me tomberont dessus. À supposer que j'arrive à leur échapper, je n'ai même plus de passeport. Je l'ai perdu le jour où nous avons dû nous enfuir en pleine nuit.

Elle s'interrompit puis, en relevant les yeux, elle reprit :

— Que proposez-vous que je fasse ?

Cette question n'était pas posée en l'air. C'était la première étape de réalisation d'un engagement déjà pris.

— Me laisser partir, répondit Aurel.

Elle tressaillit. Il lui reprit la main.

— Vous m'avez cru. Ne changez pas d'avis. Il faut aller vite.

— Vous libérer ? Mais je ne peux pas prendre cette décision moi-même. Seul Antonio…

— Convainquez-le !

— Il ne vous connaît pas. Et il s'apprête à vous…

— Dites-lui que vous aussi, vous avez des intuitions. Que vous êtes capable de décider en un instant. Et que là, il s'agit de votre vie. Dites-lui que la Vierge de Guadalupe en personne vous est apparue avec sa couronne étincelante et qu'elle vous a donné l'ordre de me libérer.

Martha sourit mais elle était ébranlée.

— Comment pouvez-vous être certain…

— Je le suis.

Elle baissa les yeux et resta un long moment concentrée. Puis elle se leva et quitta la pièce sans dire un mot.

Épuisé, Aurel s'étendit de tout son long sur le lit.

*

Guillermo était rentré chez lui à l'aube. Guadalupe, sa femme, avait passé la nuit à attendre derrière la fenêtre de leur minuscule maison. C'était en vérité un simple couloir de quatre mètres de large à peine. Les pièces y étaient disposées en enfilade, la cuisine aveugle tout au fond puis, devant, une étroite salle à manger et un cabinet de toilette. Le logement se terminait en façade par un salon qui servait aussi de chambre. Le grand hamac où dormait l'enfant était suspendu en travers de cette dernière pièce si bien que, du fauteuil où elle veillait, Guadalupe pouvait le bercer, en tendant un bras.

La lumière pénétrait dans la maison par la porte d'entrée, que fermait une simple grille en ferrailles soudées.

Quand la Coccinelle de Guillermo remonta la ruelle, Guadalupe se dressa sur ses pieds et sortit. Devant la maison, sous une treille, un étroit espace était occupé par des tonneaux en plastique et un évier. Quand l'eau de la ville arrivait, les habitants se hélaient d'une maison à l'autre ; il fallait profiter de ces deux ou trois heures par semaine pour remplir tous les réservoirs possibles.

Guillermo pénétra sous la treille d'un pas chancelant. Il embrassa sa femme du bout des lèvres car il se sentait trop sale pour s'approcher d'elle. Il se tourna vers l'évier en ciment, retira ses appareils photo et les posa à l'écart. Puis, en se servant du filet d'eau qui coulait des réservoirs, il se lava torse nu.

Sa femme partit à la cuisine pour lui faire chauffer un thé. Elle revint avec une tasse et des quesadillas.

L'air du petit matin était encore frais. La treille avait empli la courette d'une douce humidité que le soleil ne tarderait pas à dissoudre dans la chaleur poussiéreuse du quartier. Ils s'assirent sur des chaises en métal pliantes.

— Comment va Carlita ?

— Elle a bien dormi.

Guillermo reprenait doucement ses esprits. Il tendit la main et saisit celle de Guadalupe. Elle était douce et potelée. Sa femme avait presque vingt ans de moins que lui. C'était une fille un peu ronde, qui semblait toujours mélancolique.

Elle avait suivi de bonnes études, se préparait à devenir avocate, mais la pauvreté de sa famille ne lui avait pas permis de poursuivre. Elle vivait cette existence de femme au foyer comme une injustice et un échec.

— Pourquoi es-tu resté si longtemps dehors ?

Sa question n'avait rien d'agressif. Elle considérait Guillermo comme aussi victime qu'elle d'une société violente. Elle acceptait qu'il consacre sa vie à faire connaître au monde la pauvreté et l'injustice.

— J'ai suivi les forces spéciales dans une intervention pour capturer Baltram. Évidemment, ils sont arrivés trop tard. C'était une cache dans la montagne. Une petite maison de paysan. Dans une des pièces, on a découvert une trappe dans le sol. Quelqu'un y avait séjourné mais le lieu était vide. Peut-être Aurel, qui sait ?

Il bâilla, se passa la main sur les yeux.

— Mange les quesadillas. Tu n'as pas faim ?

Il plia une petite crêpe et mordit dedans.

— Après, Lupita, j'ai été appelé en ville par des collègues. Ils m'ont dit d'aller voir du côté de la Sabana.

— C'est un territoire de Baltram ?

— Oui. Les Jalisco n'ont pas tardé à réagir à ce qu'il leur avait fait subir la veille. Et comme d'habitude, ils ont voulu montrer qu'ils pouvaient faire mieux dans l'horreur.

— Ne me raconte pas, je t'en supplie.

Guadalupe égrenait machinalement un petit chapelet. Parfois, il lui servait à enchaîner des prières, mais le plus souvent elle comptait seulement les grains, en imaginant que c'étaient les jours qui lui restaient à subir les tourments de cette terre.

— Tu n'as pas oublié que c'est la fête des morts demain ? Tu as dû voir que la ville est couverte de fleurs orange. Et il y a déjà beaucoup de gens qui se promènent déguisés en squelettes.

— Tu sais, la fête des morts, c'est un peu tous les jours pour moi en ce moment.

— Tais-toi. Et tâche de ne prendre aucun engagement demain. Nous irons au cimetière ensemble l'après-midi avec Carlita. Mes sœurs nous rejoindront là-bas vers quinze heures.

Guillermo avait placé des photos de ses parents sur l'autel qu'ils avaient construit pour l'occasion à côté de la cuisine. Mais aucun membre de sa famille n'avait de sépulture à Acapulco. Ils avaient l'habitude de se rendre sur les tombes des ancêtres de Guadalupe.

Il allait rentrer dans la maison quand il remarqua un taxi inconnu qui remontait lentement la rue. À l'arrière, le passager semblait scruter les maisons. Le taxi s'arrêta et le chauffeur interrogea des gamins qui jouaient avec un ballon de chiffons. L'un d'eux montra la maison de Guillermo et la voiture se remit en marche dans cette direction.

Le photographe fit un rapide passage au salon pour saisir un Colt 45 qu'il tenait prêt dans un tiroir avec son chargeur. Quand il ressortit, la voiture était arrêtée devant la porte. Le passager qui en sortit était dissimulé derrière un masque de tête de mort. Il renvoya la voiture et approcha de la grille du jardinet.

C'était un petit homme à la peau très blanche. Ses vêtements étaient sales mais, bizarrement, sa veste noire couverte de poussière et de taches diverses laissait dépasser un col de satin, comme si cette loque avait été un vestige de smoking.

— Guillermo ! appela l'homme.

Le photographe baissa son arme et approcha de la grille. L'inconnu souleva un instant son masque.

— Aurel ! Que faites-vous ici ?

Guillermo se dépêcha de le faire entrer, en jetant un coup d'œil dans la rue pour voir s'il était suivi.

*

Heureusement que Guadalupe était attentionnée et qu'elle avait l'esprit pratique. Sans son intervention, Guillermo aurait harcelé Aurel pour qu'il lui raconte son enlèvement, les détails de sa détention et par quel moyen il avait recouvré la liberté. Il était pour le moment incapable de s'expliquer.

— Je n'y ai pas cru… bredouillait-il. Jusqu'au dernier moment, j'ai pensé que tout allait s'arrêter…

Sans pouvoir en dire davantage, il fondit en sanglots.

— Calmez-vous, monsieur Aurel, dit Guadalupe. Et toi, laisse-le tranquille. Tu vois qu'il est épuisé.

Guadalupe l'aida à se dévêtir et lui apporta une bassine d'eau et du savon. Il se lava dans le minuscule cabinet de toilette, assis sur un tabouret, avec des gestes lents et de perpétuels tremblements.

Quand il en sortit, Guadalupe lui apporta un verre de sirop de menthe et deux quesadillas. Guillermo revint à la charge pour le questionner. Il comprit vite qu'Aurel ne parviendrait pas à raconter les événements dans un ordre chronologique. Il lui fallait d'abord évoquer les plus récents, ceux qui avaient provoqué en lui une émotion qui ne s'était pas encore dissipée.

— Elle est entrée à trois heures du matin…

— Qui ça ?

— Martha. Je le sais parce que je ne dormais pas et que trois coups venaient de retentir à un clocher dans le voisinage.

— Tu étais détenu dans une ville, un village ?

Aurel ne tenait aucun compte des questions.

— Surtout, il ne faut pas que je perde le numéro.

Il se leva paniqué.

— Ma veste ? Où est ma veste ? Le numéro est dans ma poche.

Guadalupe lui tendit la veste qu'elle avait brossée et suspendue à un cintre. Il fouilla dans la poche de poitrine et sortit une feuille.

Guillermo prit le bout de papier et le punaisa au chambranle de la porte d'entrée.

— J'ai deux jours. Pas un de plus. Après, ils me tuent. Ce n'est pas seulement qu'ils me tuent. Il est venu m'expliquer lui-même.

— Antonio ?

Aurel secoua la tête, terrifié en entendant ce seul nom.

— Il me l'a dit en espagnol, mais en faisant des gestes sur mon corps avec ses mains… ses mains… Vous ne pouvez pas imaginer…

— Si. Hélas…

Une idée soudaine fit sursauter Aurel.

— Deux jours. C'est très court. Surtout, il faut que personne ne me voie.

— Vous allez rester ici.

— Mais c'est impossible. Je dois parler à des gens…

— À qui ?

— À Dalloz, déjà.

— Je vais aller le chercher. Vous pourrez le rencontrer dans cette maison. Qui d'autre ?

— Ingrid.

— On m'a parlé de votre histoire avec elle, fit Guillermo, l'air contrarié. Je comprends que vous ayez envie de la voir. Mais est-ce bien le moment pour mélanger...

— Je ne mélange rien ! hurla Aurel avec une vigueur qui éveilla l'enfant dans le hamac. Il *faut* que je la voie, vous m'entendez. Sans elle, rien ne sera possible.

— Entendu, j'irai la chercher aussi. Mais si c'est la femme à laquelle je pense, il serait dangereux de la faire venir ici. Les voisins ne comprendraient pas. Ils risqueraient de prévenir la police. Les gens sont méfiants dans ce quartier. C'est une femme très connue.

— Au cimetière, demain ? suggéra Guadalupe.

— Ah ! C'est une bonne idée, réagit Aurel qui ne se voyait pas parler à Ingrid dans ce minuscule espace et devant témoins.

La fatigue, tout à coup, retombait sur lui et le terrassait. Guadalupe, qui avait pris sa fille dans les bras, suggéra qu'Aurel s'allonge. Le plus simple était qu'il prenne la place de l'enfant dans le grand hamac qui traversait la pièce. Plus lucide, il aurait hésité, mais, fatigué comme il l'était, il se laissa choir dans le filet. Guadalupe et Guillermo passèrent le reste de la journée à se contorsionner pour ne pas déranger le gros saucisson qui se balançait au milieu de leur minuscule logement.

*

Quand Aurel s'éveilla le lendemain, il faisait déjà grand jour. Il s'assit dans le hamac. D'un côté se tenaient Guadalupe, Guillermo et leur enfant, et de l'autre, Dalloz.

— Quelle heure est-il ? demanda Aurel en se frottant les yeux.

— Huit heures et demie, dit Dalloz en riant. Tu as fait presque deux fois le tour du cadran, à ce qu'il paraît.

— Guadalupe, s'il vous plaît, j'ai très soif.

La jeune femme saisit une Thermos posée par terre et servit un verre de thé qu'elle tendit à Aurel.

— Comment as-tu fait pour t'échapper ?

Aurel regarda Dalloz, hagard et, sans répondre, souffla sur son thé brûlant.

— Plus personne ne pensait te revoir. En général, quand ils capturent quelqu'un…

Dalloz avait parlé fort. Aurel fit une grimace et mit une main devant son oreille.

— Ne crie pas comme ça.

Il but une gorgée de thé et se racla la gorge.

— Je ne me suis pas évadé. Ils m'ont donné deux jours.

— Pour quoi faire ?

— Pour sortir Martha du pays.

— Et si tu n'y arrives pas ?

— Ils me tuent.

Dalloz avait discuté avec Guillermo pendant qu'Aurel dormait. Il se doutait que le marché conclu avec Antonio était quelque chose dans ce genre mais voulait l'entendre de la bouche d'Aurel. Il se leva et, en le toisant par-dessus le hamac, s'écria :

— C'est *toi* qui vas sortir du pays avant deux jours. Et ce sera déjà un miracle si on y arrive.

Aurel plongea le nez dans son verre. Lupita fit signe à Dalloz de se calmer et celui-ci se rassit.

— Nous allons faire exactement ce que j'ai promis, énonça lentement Aurel. Il n'est pas question que je manque à ma parole.

D'un coup, il pivota, sortit les jambes du hamac et se mit debout.

— Première étape. Il faut appeler l'Ambassadeur.

XXV

Chamechaude présidait la réunion de service quand sa secrétaire lui passa l'appel d'Aurel. En saisissant l'appareil, il annonça à la cantonade :

— Timescu !

Son air disait : « Vous allez voir ce que vous allez voir », et personne n'aurait aimé être à la place d'Aurel.

— Alors, mon vieux, comme ça vous disparaissez, vous réapparaissez quand bon vous chante. Pouvez-vous m'expliquer votre attitude ?

Sentant que l'engueulade à venir allait être pour lui un instant de triomphe, Chamechaude balança la communication sur le haut-parleur de la table. Tout le monde put ainsi entendre Aurel souffler :

— Ce serait compliqué de vous raconter exactement…

— Je vois. Vous avez sauté dans la forêt et la liane a cassé…

Les assistants rirent d'autant plus volontiers qu'ils étaient du bon côté.

— Il ne suffit pas de dormir dans la chambre de Johnny Weissmuller pour être Tarzan.

Aurel se doutait que la conversation allait commencer par des sarcasmes. Il laissa l'Ambassadeur multiplier les plaisanteries sur l'homme-singe jusqu'à ce que même lui se rende compte qu'elles n'étaient plus drôles.

— Heureusement que je n'ai pas signalé votre disparition aux autorités mexicaines. J'aurais l'air fin.

— Merci, monsieur l'Ambassadeur.

— Bon. J'ignore ce que vous avez fait ces derniers jours et, pour être franc, cela m'est parfaitement égal. Tout ce que je peux vous annoncer maintenant, c'est que la récréation est terminée. Vous allez prendre un vol pour Mexico dès aujourd'hui et demain, retour Paris. Avec un rapport de mission que je me charge de rédiger moi-même.

Coup d'œil à l'assistance où les plus expansifs s'essuyaient les yeux de rire.

— Non, monsieur l'Ambassadeur. Je ne rentrerai pas avant d'avoir terminé ma mission.

— Voyez-vous cela ! Et quelle est la nature de votre « mission » ? Chanter *Strangers in the Night* au bar du Los Flamingos ?

La Consule générale était au bord de l'étouffement.

— Ma mission consiste à porter assistance à Martha Laborne, monsieur l'Ambassadeur.

— Qui vous a demandé ça ? Personne. J'ai appris que vous vous étiez rendu auprès d'elle et vous avez même été jusqu'à me transmettre un message de sa part. Je le répète : *personne* ne vous en avait chargé.

— Je sais, monsieur l'Ambassadeur. Mais...

— Il n'y a pas de mais. Et maintenant encore moins qu'avant. Nous savons que cette personne a fait le choix de vivre avec un mafieux. Son père nous a demandé de prendre nos distances avec elle. Nos distances, c'est-à-dire de couper toute relation. Et pendant ce temps-là, vous, de votre propre chef, vous vous commettez...

Il y eut un long silence pendant lequel l'assistance reprit son souffle. Tout le monde espérait entendre le râle d'agonie d'Aurel. Au lieu de quoi, il reprit la parole d'une voix ferme.

— Vous avez exprimé votre point de vue. Maintenant, écoutez-moi. Mlle Laborne a des projets qui ne nous regardent pas. Son père non plus. Je me suis engagé à l'aider.

— L'aider...

— Laissez-moi terminer. Je ne vous demande qu'une chose, à laquelle elle a droit en tant que citoyenne française. N'étant pas en possession de son passeport, elle a besoin que vous lui établissiez un document de circulation, c'est-à-dire un passeport d'urgence.

— Quoi ?

— C'est un document extrêmement simple, que Mme la Consule générale peut produire sur l'heure.

Interpellée, la Consule générale souffla à l'Ambassadeur qu'un tel passeport ne pouvait être rédigé sans que le bénéficiaire soit physiquement présent. Chamechaude répéta ses paroles à Aurel.

— Allons, rétorqua celui-ci, c'est une affaire de bonne volonté. Vous connaissez cette personne. Elle est française. Et ce n'est pas un document biométrique. Rien ne vous empêche de le produire à distance.

— Vous me demandez de faire un faux.

— Il ne sera pas plus faux que vos potiches.

Les rieurs s'esclaffèrent de plus belle avant de se rendre compte que la victime, cette fois, n'était pas la bonne. L'Ambassadeur les foudroya du regard.

— Je ne produirai pas cette pièce. Quant à vous, Timescu, je vous donne deux jours pour vous présenter à Mexico.

— Vous aussi, deux jours !

— Comment ?

— Rien.

— Si dans deux jours vous n'êtes pas ici, j'informe les Mexicains que votre accréditation est retirée. C'est la police qui viendra vous chercher pour vous faire quitter le territoire.

*

Dalloz avait écouté toute la conversation. Il avait prêté son portable à Aurel pour appeler et branché le haut-parleur.

— Tu n'avais aucune chance d'y arriver en t'y prenant comme ça.

— Comme ça ou autrement, je savais qu'il refuserait. Il fallait que je lui demande quand même, pour la forme. Maintenant, passons aux choses sérieuses.

Il donna quelques indications à Dalloz. Le policier chercha les numéros sur Internet, appela le Sénat, puis une mairie, et il finit par tomber sur la personne que cherchait Aurel.

— Sénateur Gauvinier ? Ici Aurel Timescu, vous vous souvenez ? Bakou, et maintenant le Mexique.

— Aurel ! Bien sûr. Comment ça va, garçon ?

— Bien. Je ne vous dérange pas longtemps. C'est à propos de votre ami Laborne.

— Oui. Il a été réélu dimanche ! C'est magnifique. On attend le nouveau gouvernement et je ne serais pas étonné qu'il y soit.

— Il y a du nouveau, pour sa fille.

— Tiens, en effet, sa fille. On n'en entend plus parler. Il m'avait dit qu'elle avait des ennuis au Mexique. Je vous avais appelé, d'ailleurs. Depuis, il ne m'en a plus dit un mot. Vous avez des informations ?

— Je l'ai localisée. Elle a eu… comment dire… de mauvaises fréquentations, ici.

— Ça arrive, avec les jeunes.

— Elle va rentrer en France bientôt. Ne le dites pas au père. Ça lui fera une surprise.

— En effet.

— Mais, en attendant, j'ai besoin d'un coup de main.

— Ce que vous voulez.

— La gamine a un peu dépassé les dates de séjour. Avec le visa de tourisme, elle avait droit à trois mois. Et ça fait plus longtemps qu'elle est là. Si elle sort avec son passeport, les Mexicains vont lui chercher des poux dans la tête. Ils sont capables de la mettre en prison.

— C'est terrible, ces pays.

— Oui, soupira Aurel. À qui le dites-vous !

— Qu'est-ce qu'on peut faire ?

— La solution, c'est de lui établir un passeport d'urgence. Seulement l'Ambassadeur…

— Ne veut pas se mouiller ! Tous les mêmes, ces diplomates. Enfin, pas vous, Aurel, heureusement.

— Vous croyez… que vous pourriez arranger ça ?

— Pour mon copain Laborne, pour vous… Bien sûr. Un coup de fil et c'est réglé.

— Merci, monsieur le Sénateur.

— Mais vous savez ce qui me ferait plaisir, quand vous rentrerez en France : que vous veniez me voir dans ma région. On se fera un bon dîner avec Laborne. Vous me le promettez, dites ?

*

Pendant qu'Aurel et Dalloz téléphonaient, Lupita et Guillermo achevaient les préparatifs pour la fête des morts. L'arrière de la Coccinelle était chargé de paniers pleins de victuailles. Dans un sac de supermarché s'entrechoquaient des bouteilles de vin et de mezcal.

— Tu viens avec nous ? demanda Aurel.

Dalloz secoua la main.

— Moi, les cimetières, tu sais… Je ne suis pas pressé. En vérité, je ne te l'ai pas dit : je prends un vol pour Mexico tout à l'heure. L'Ambassadeur ne veut plus personne sur place. J'ai reçu l'ordre hier soir.

Aurel et lui se donnèrent une longue accolade.

— Prends soin de toi, dit Dalloz, très ému.

Il remonta dans sa voiture et disparut.

Guadalupe s'était faite belle pour rendre visite à ses ancêtres. Elle portait un corsage de dentelle blanc. Il formait un joli contraste avec sa peau foncée. Elle avait divisé ses cheveux en deux nattes qui entouraient sa tête, qu'elle avait piquées de fausses perles. Guillermo portait jean et chemise comme d'habitude, mais ils étaient tout propres, blanchis aux coutures par les lessives et le soleil. Il tenait Carlita dans les bras tandis que Guadalupe, avec précaution, s'était chargée d'emporter dans leurs cadres les photos des ancêtres.

Avant de sortir, chacun revêtit un des masques que Guadalupe avait confectionnés les jours précédents. Guillermo s'abritait derrière une simple tête de mort coiffée d'un haut-de-forme. Guadalupe était devenue une Llorona, avec sa peau cadavérique rehaussée de fards, ses larmes noires et sa couronne de fleurs colorées.

Quant à Carlita, pour ses débuts chez les revenants, sa mère lui avait grimé le nez en traçant dessus deux trous noirs et verticaux.

Aurel remit le masque que Martha, avant de le relâcher, lui avait confectionné avec un bout de carton, un feutre noir et des ciseaux.

La joyeuse procession rejoignit la Coccinelle et s'y entassa tant bien que mal. Devant les maisons voisines, d'autres spectres s'interpellaient gaiement.

La voiture descendit la rue en brinquebalant sur les pierres. L'air était relativement frais car il y avait eu des nuages dans la matinée.

— À Mexico, expliqua Guillermo, ils font un grand défilé dans les rues. Mais ce n'est pas la tradition. Ils ont commencé après le film de James Bond qui s'appelle *Spectre*. La première scène, au-dessus du Zocalo, montre une procession. C'était une trouvaille des scénaristes. Après, les touristes l'ont demandé. Alors, pour leur faire plaisir, les Mexicains ont créé un défilé.

— La vraie fête des morts, compléta Guadalupe, c'est ce que vous allez voir.

Ils repérèrent le cimetière de loin car de nombreux véhicules étaient garés sur les bas-côtés. Des files de gens chargés de victuailles, de photos dans des cadres et d'instruments de musique convergeaient vers les pilastres qui marquaient l'entrée.

Dans le cimetière lui-même régnait une atmosphère de fête. Une fête douce, dans laquelle les mélodies jouées à la guitare n'étaient pas chargées d'excitation comme dans les noces ou les anniversaires. C'étaient plutôt des chansons tendres qui évoquaient ce qu'il y a de meilleur dans le temps qui passe : le souvenir, la fidélité, le retour, par la grâce de la mémoire, des meilleurs instants de la vie.

Guadalupe marchait en tête, on sentait que cette fête était la sienne. Partout, on voyait d'ailleurs que les femmes étaient à l'honneur dans cette célébration. Leur capacité à donner la vie trouvait, pendant cet hommage aux morts, une confirmation de leur puissance. Au miracle de l'enfantement, qui fait sortir l'être humain du néant, s'ajoute cette autre naissance qu'est la résurrection des morts. Par les mêmes armes de douceur, d'attention et d'amour, les femmes étaient les maîtres d'œuvre de ces métamorphoses.

Assises sur les tombes, elles se saluaient bruyamment d'une sépulture à l'autre. Les hommes, plus silencieux, étaient commis aux tâches matérielles, déboucher les bouteilles, déballer les victuailles, toucher les guitares pour accompagner le chant des femmes.

— Tu es certain de l'avoir prévenue ? demandait anxieusement Aurel.

— J'ai laissé le message à son gardien. Je le connais. Il m'a promis de lui remettre. Il l'aura fait.

Aurel s'agrippait à une croix de pierre pour voir plus loin. Le cimetière était maintenant rempli de familles. Dans certaines allées, il était presque impossible de marcher.

— Venez manger, monsieur Aurel, lui criait Guadalupe.

Elle avait retrouvé une de ses sœurs, arrivée avec son mari et ses deux enfants. Elle leur présenta Aurel.

Il avait la tête ailleurs et resta debout, un verre de mezcal à la main, guettant dans cette foule de morts joyeux celle qu'il attendait.

Une fois de plus, c'est Ingrid qui le vit la première. Quand elle approcha de lui, il ne la reconnut pas tout de suite. Elle portait un masque plus effrayant que les autres car il représentait le visage d'une jeune et jolie femme. Seuls ses yeux indiquaient la mort : à la place des orbites étaient peints des impacts de balle. Leur bord écarlate diffusait vers le front et les joues leurs éclaboussures sanglantes.

Pour dissiper tous les doutes, elle leva un instant le masque et Aurel la reconnut. Elle le prit dans ses bras et ils restèrent un long moment debout, serrés l'un contre l'autre. Par bonheur, deux mariachis avec leur grand sombrero, qui entouraient la tombe de leur cousine, avaient commencé un petit concert. Tout le monde était tourné vers eux et personne ne prêtait attention aux effusions d'Ingrid et d'Aurel.

— J'ai su, par un policier de votre ambassade, que vous étiez pris en otage. J'étais tellement inquiète.

Elle posa sa tête sur son épaule sans relâcher son étreinte. Il entendait ses mots prononcés à voix basse contre son oreille, couvrant la cavalcade mélodique des guitaristes.

— En général, ici, quand ils séquestrent quelqu'un on ne le revoit jamais vivant. Comment avez-vous réussi ?

— J'ai fait un pari.

— Et vous avez gagné ?

— La première manche. Mais je suis en sursis. Je peux encore tout perdre.

— Vous êtes fou. Il ne faut pas jouer avec ces gens-là ! Quel est ce pari ?

Les musiciens avaient terminé leur morceau. Des cris et des applaudissements montaient de toutes les tombes.

— Que vous acceptiez de me sauver.

— Moi, s'écria Ingrid en s'écartant et en braquant sur lui ses yeux crevés. Bien sûr, tout ce que vous voudrez. Je serai tellement heureuse de faire quelque chose. Je me sentais complètement impuissante, tous ces jours. Mais en quoi pourrais-je vous être utile ?

Elle le prit par la main et l'entraîna avec elle entre les groupes. Ils sortirent du cimetière et marchèrent côte à côte.

Ingrid souleva son masque et Aurel en fit autant. Ils avançaient sur la route poussiéreuse bordée d'une haie de cactus, en se tenant par la taille.

— Expliquez-moi, dit-elle.

De sa main libre, elle caressait celle d'Aurel. Il se détendit et prit une large inspiration avant de présenter sa demande.

*

— Un parlementaire souhaiterait vous parler…

— Un parlementaire français ?

— Oui. Très.

Pour la secrétaire mexicaine d'Hubert de Chamechaude, il existait des degrés dans la francité. L'accent du Sud-Ouest, sur son échelle personnelle, était situé tout en haut.

— Bonjour, monsieur l'Ambassadeur, déclama Gauvinier avec des tonalités de rocaille. Je suis sénateur de la Dordogne et je vous appelle à propos de la fille d'un collègue et ami.

— Je suis à votre disposition, monsieur le Sénateur.

Dans le panthéon du diplomate, les parlementaires étaient une catégorie de demi-dieux qui exigeaient la plus grande vigilance. Capables à tout moment de devenir ministres, les députés et autres sénateurs n'intervenaient auprès des ambassades que pour soumettre des cas personnels délicats et généralement sans intérêt.

— C'est la petite Martha Laborne. Je dis la petite parce que je l'ai fait sauter sur mes genoux quand elle était gamine. En tout bien tout honneur, hein ? Je ne suis pas curé, mordiou !

Penché sur le gouffre qui sépare la bienséance administrative de la grossièreté des politiques, Chamechaude émit un son qui pouvait passer pour un rire, sans avoir valeur d'approbation.

— Nous la connaissons bien.

— Je sais que votre ambassade s'en occupe. Il faut dire que vous avez quelqu'un de formidable dans votre équipe.

— Ah oui ?

— Timescu ! Un as, celui-là.

L'Ambassadeur attendit la suite pour choisir sa réponse. Y avait-il de l'ironie dans la remarque de Gauvinier ou fallait-il redouter une nouvelle manœuvre du calamiteux Consul ?

— Je l'ai vu à l'œuvre dans un poste précédent : il est très fort.

— Très fort.

Ne jamais résister aux vents contraires. Dans la tempête, Chamechaude n'oubliait jamais le précepte que lui avait enseigné son premier chef de poste.

— Apparemment, il s'apprête à faire rentrer la gamine en France. Le père va être rudement soulagé. Il faut dire qu'elle a son caractère. Il a toujours peur qu'elle fasse du scandale. C'est que nous, en politique, nous devons être irréprochables.

— Irréprochables.

— En tout cas, grâce à Timescu, tout va rentrer dans l'ordre. Ça mérite une promotion, vous ne trouvez pas ? Je suis étonné qu'un type de sa valeur soit encore employé dans de petits postes. Il mériterait d'être Ambassadeur. Enfin, ce que j'en dis… C'est l'affaire de l'administration et vous avez vos critères.

Où voulait-il en venir ? Chamechaude ne pouvait se résoudre à penser que le parlementaire ne l'avait appelé que pour encourager l'avancement d'Aurel.

— Alors, voilà, reprit Gauvinier, tout est prêt mais il faudrait établir de nouveaux papiers à la demoiselle. Une histoire de visa expiré… Je suis sûr que vous pouvez lui bricoler un petit passeport d'urgence. Après tout, c'est du papier et de l'encre. On sait ce que ça vaut.

— Mais bien entendu, monsieur le Sénateur. La demande nous est déjà parvenue. Nous sommes en train de l'établir et je vais faire transmettre les documents dès aujourd'hui à notre Consul honoraire à Acapulco.

— Merci, Excellence. Je savais qu'avec vous tout allait s'arranger.

Quand il eut raccroché, l'Ambassadeur, bouillant de rage, fit venir la Consule générale.

— Établissez ce foutu passeport d'urgence pour Martha Laborne, aboya-t-il.

La Consule générale opina, en cachant son étonnement.

— Et en même temps, faites passer les références de ce document à la police aux frontières mexicaine. Discrètement. Sans rien écrire. Il ne faut pas qu'on puisse nous accuser d'avoir voulu l'exfiltrer en douce.

XXVI

— Vous êtes sûr que c'est ici ?

Le chemin n'était plus goudronné. Il montait, rectiligne, entre les bois denses qui couvraient les collines. Les dernières maisons d'Acapulco, des huttes en bois, étaient déjà à plus de cent mètres.

— Le *camino a Lomas del Aire*, confirma Guillermo. Le message était très clair.

— Et où mène-t-il, ce chemin ?

— Il traverse un village et descend ensuite sur l'autre versant, jusqu'à une route principale.

Sur la gauche, en contrebas, on apercevait un torrent. Tant que le chemin était bordé par les habitations, ses eaux étaient polluées par les égouts qui s'y déversaient. Mais, dans cet environnement désert, il était redevenu clair et courait entre les grosses pierres rondes. Dans ses courbes se dessinaient parfois de petites plages recouvertes de galets. En amont des dernières maisons, un groupe de femmes et d'enfants étaient assis dans l'eau fraîche, sous le couvert de grands arbres.

— On aperçoit la mer et les hôtels de la Costera au loin, dit Guillermo.

Il s'était retourné et, la main en visière, admirait l'étoffe rugueuse de la ville qui couvrait la plaine côtière.

— Je trouve tout de même bizarre qu'elle nous ait donné rendez-vous ici, en plein jour.

— Pourtant…

Guillermo allait répondre quand soudain, jaillis de nulle part, des hommes armés apparurent en haut et en bas du chemin. Ils devaient s'être cachés dans les bois. Maintenant que les marcheurs se trouvaient entre eux, ils les tenaient à leur merci.

Un des hommes armés cria quelque chose et Guillermo traduisit.

— Levez les mains. Gardez-les en l'air.

L'homme qui avait crié s'approcha, sans cesser de les tenir en joue. De sa main libre, il les fouilla. Les gros appareils photo de Guillermo retinrent son attention. Il les manipula pour vérifier qu'il ne s'agissait pas d'armes. Il palpa ensuite toutes les poches de son battle-dress. Pour Aurel, le contrôle fut plus rapide. Il ne portait que sa chemise et sa veste de smoking. Depuis trois jours qu'il habitait chez Guillermo, il n'avait pas encore pu retourner se changer à l'hôtel.

Quand la vérification fut terminée, le sicaire saisit une petite radio sur sa poitrine et dit quelques mots dans le micro.

Ils attendirent. Guillermo, heureusement, avait demandé s'ils pouvaient baisser les bras et l'homme avait accepté.

Aurel, discrètement, observait le commando. C'étaient pour la plupart des hommes jeunes. Ils étaient vêtus d'une façon neutre : jeans, T-shirts à rayures, snickers aux pieds. On imaginait qu'ils passaient inaperçus lorsqu'ils traversaient la ville. C'est sans méfiance que la personne qu'ils allaient abattre les voyait arriver à sa hauteur.

L'autre détail qui frappa Aurel était les breloques que la plupart portaient autour du cou. Crucifix, médailles de la Vierge et des saints ne quittaient pas ces tueurs. S'ils ne les protégeaient pas contre la mort, au moins leur assuraient-ils un accueil favorable dans l'au-delà. Aurel songea aux remarques d'Ingrid et à son étonnement de protestante. Il se sentait moins étranger qu'elle à ces superstitions. En cet instant par exemple, sous la menace de ces armes, il aurait été rassuré de pouvoir toucher l'icône de saint Vladimir que sa grand-mère lui faisait adorer dans son enfance.

Deux voitures descendaient le chemin en zigzaguant entre les ornières et se dirigeaient vers eux. Elles s'arrêtèrent à une dizaine de mètres du barrage.

Trois hommes descendirent du premier véhicule. Ils étaient plus lourdement armés. Ils inspectèrent les collines, l'un d'eux sortit une paire de jumelles et scruta le chemin en contrebas. Tout avait l'air en ordre. Ils firent un signe à l'autre voiture. Les portières arrière s'ouvrirent et deux personnes en descendirent. L'une d'elles était Buitre, l'homme qui avait interdit à Rogelio de photographier Martha pendant la fête. L'autre, c'était elle.

Elle s'était changée et portait une tenue classique de jeune touriste mexicaine. Short, Converse, débardeur, des lunettes pour dissimuler ses yeux et un foulard noué dans ses cheveux. Elle s'approcha d'Aurel.

— Tout se passe bien ?

— Oui. C'est pour ce soir.

— Et d'ici là ?

— Nous allons chez une amie, à Las Brisas.

Elle avait retiré ses lunettes pour regarder Aurel intensément. Il ne cilla pas.

— Alors, *vamos*.

Elle remonta vers les voitures, dit un mot d'adieu à chacun des hommes qui en étaient sortis et qui surveillaient la scène.

Puis, elle alla jusqu'à Buitre et lui donna un long *abrazo*. Tous avaient l'air très émus. Buitre tripotait la médaille mariale qui pendait à une chaîne en argent sur son torse couvert de poils noirs. Aurel se dit qu'il était bien cruel de soumettre la pauvre Sainte Vierge à pareille tentation mais il se retint de sourire. Les tueurs surveillaient le moindre de ses gestes et mieux valait éviter les malentendus.

Martha saisit un bagage dans le véhicule. C'était un sac de marin comme celui que Damien avait décrit. Il avait l'air presque vide et contenait pourtant toute sa vie.

— Où est votre voiture ? demanda-t-elle à Aurel.

— Garée près des dernières maisons.

— Allons-y.

Le convoi de Buitre et de ses hommes fit demi-tour prudemment. Tous se tassèrent dans les deux véhicules qui remontèrent le chemin en soulevant un nuage de poussière.

En quelques minutes, Guillermo, Aurel et Martha avaient rejoint la Coccinelle. Toujours galant, Aurel insista pour se tasser à l'arrière, ce qui eut pour résultat de faire craquer la couture de son pantalon.

— Tarzan ! s'écria Martha en voyant apparaître le slip léopard.

Et elle éclata de rire.

Ils rejoignirent la route de Chilpancingo, longèrent l'interminable file de palmiers royaux qui marquaient l'entrée dans le centre-ville puis descendirent vers la Costera.

— Magnifique, s'écria Martha, on va se baigner !

Après la longue traque de ces derniers jours, les planques encerclées dont il fallait s'enfuir en pleine nuit, les refuges de campagne, elle s'ébrouait dans cette lumière, dans cette foule pacifique qui marchait sur les trottoirs, dans les couleurs vives du bord de mer.

Plus encore que le foulard qui lui couvrait la tête ou les lunettes de soleil, c'est la voiture de Guillermo qui la protégeait. La vieille Coccinelle défoncée du reporter valait mieux qu'une armée de pistoleros. Tout le monde le connaissait, surtout la police qui était habituée à le voir surgir dans les scènes de crime, comme un parent inoffensif qui ne manque jamais un enterrement.

Ils atteignirent la caserne à l'extrémité de la Costera Diamante. Si le colonel Jimenez avait su que celle qu'il recherchait au moyen d'hélicoptères et de troupes d'élite passait tranquillement devant ses plantons, il aurait sans doute changé de métier. Juste avant de monter vers Las Brisas, ils tournèrent à droite. La Coccinelle, à partir de là, devenait moins discrète. Dans ce quartier, les rares véhicules que l'on croisait étaient de rutilants modèles de luxe aux vitres fumées.

— Si tu habites ici, plaisanta Martha en regardant Guillermo, tu devrais changer de voiture.

Il y avait quelque chose de si spontané et provocant chez cette fille que Guillermo se sentait à la fois plein de désir et mal à l'aise. Il faisait mine de se concentrer sur son volant.

Heureusement, ils étaient arrivés. Un grand portail s'ouvrait et ils s'engagèrent dans un garage. Ils attendirent un instant dans l'obscurité que l'autre porte se mette à coulisser puis ils montèrent jusqu'au hall d'entrée où Ingrid les attendait.

Elle ouvrit elle-même la portière. Martha sortit et Ingrid la prit dans ses bras. Aurel, quand il réussit à s'extraire de la Coccinelle, découvrit les deux femmes toujours enlacées. Ingrid caressait les cheveux de la jeune fille qui pleurait sur son épaule. Elles ne se connaissaient pas un instant auparavant. Cet abandon montrait à quel point Martha, pendant toutes ces journées, avait ressenti un besoin de tendresse, de pardon, de compassion. En lui offrant cet accueil de mère, Ingrid avait brisé la carapace de la jeune femme et libéré pour un instant en elle l'enfant blessé. Elles entrèrent dans la maison en se tenant par la main.

Aurel allait les suivre quand Guillermo le retint par la manche.

— J'ai un message du Consul honoraire. Il dit qu'il a reçu le passeport d'urgence.

— Bonne nouvelle. Allez-y, s'il vous plaît. Il nous le faut dès maintenant.

Quand Aurel put finalement entrer, il ne vit plus les deux femmes. Ingrid avait dû montrer à Martha où elle pouvait prendre une douche et se changer. Il marcha jusqu'à la terrasse. C'était la première fois qu'il voyait cette maison de jour (si l'on excepte le matin où il en avait été extrait sans connaissance par le chauffeur). La lumière qui baignait les immenses pièces et les traversait de part en part donnait l'impression de se trouver dans un palais de verre. Construite presque au ras de l'eau, la maison semblait s'ouvrir de plain-pied sur la mer. Au loin, la couronne des collines vertes paraissait plus haute et plus infranchissable qu'en n'importe quel autre point de la ville.

Aurel s'assit sur une sorte de balancelle recouverte de coussins épais et s'assoupit.

Il n'entendit pas Ingrid arriver. Elle l'éveilla doucement.

— La petite se prépare. Elle nous rejoindra. C'est vraiment une gamine. Je l'adore.

Aurel n'arrivait pas à s'extraire de sa balancelle. Chaque fois qu'il essayait de se redresser, elle partait en arrière.

Ingrid eut une longue quinte de toux. Il en profita pour reprendre pied.

— J'ai reçu un appel de votre ami Dalloz. Comme je vous l'ai dit, c'est lui qui est venu me voir de la part de votre Ambassadeur et qui m'a appris votre enlèvement. C'est un homme courtois et il vous aime beaucoup. Il veut vous parler de toute urgence. Je vous laisse mon portable. Le numéro est sur l'écran. Vous n'avez qu'à appuyer.

Elle retourna s'occuper de Martha.

Dalloz devait guetter l'appel d'Aurel car il décrocha aussitôt.

— C'est le souk, ici. Tu ne peux pas imaginer. Tu connais les nouvelles, pour le père de Martha ?

— Il a été réélu.

— Oui et il attendait un poste de ministre.

— Je sais.

— Il ne l'aura pas. Figure-toi que la semaine dernière un article est paru dans Mediapart qui balance tout.

— Quoi, tout ?

— Ça s'appelle : « La fille du père-la-vertu chez les narcos. » Ils racontent l'affaire de Cancún, la prétendue prise d'otage et le fait qu'elle est recherchée par toutes les polices du Mexique pour ses liens avec le chef d'un cartel. Tout le monde s'est engouffré dans la brèche. Ils ont épluché les journaux mexicains et maintenant c'est à qui donne le plus de détails.

— Le père n'est pas en cause.

— Non. Mais tu peux imaginer qu'au moment de former un gouvernement on évite d'aller chercher des gens qui ont des ennuis pareils.

— Qu'est-ce qu'il compte faire ?

— Il a rabattu toute sa frustration sur l'Ambassadeur. Il l'accuse d'avoir mené les opérations comme un manche et ameuté tout le Mexique pour une affaire qui aurait très bien pu rester secrète. Il n'a pas tort. La gamine filait le parfait amour avec son mafieux et ça aurait pu durer encore longtemps sans qu'on n'en sache rien.

— Comment a réagi l'Ambassadeur ?

— Il a aggravé son cas en disant que Martha était sur le point de quitter le Mexique, qu'il fallait tout démentir. Mais maintenant plus personne ne le croit. Depuis hier, il remballe ses potiches. Vu qu'il en a apporté huit cent cinquante (c'est moi qui les ai dédouanées), ça va l'occuper un moment.

— Il a quand même établi le passeport d'urgence.

— Oui, parce que ton sénateur l'a appelé et qu'il n'a pas voulu se créer de problème supplémentaire en refusant.

Ingrid et Martha avaient rejoint Aurel sur la terrasse.

— Tu avais quelque chose d'urgent à me dire ?

— J'allais oublier ! Avant de quitter son poste, Chamechaude s'est payé le luxe d'une petite vengeance contre toi. Pas grand-chose, parce que, crois-moi, s'il avait pu t'arracher les yeux lui-même, il ne s'en serait pas privé.

— En quoi consiste sa vengeance, alors ?

— Ton accréditation est retirée officiellement, tu dois avoir quitté le Mexique dans quarante-huit heures, sinon, c'est la prison.

Aurel accusa le coup.

— Écoute, Dalloz, je ne sais pas si on se reverra quand je passerai à Mexico. Je voulais te remercier et j'espère qu'on se retrouvera un jour ou l'autre.

— En Roumanie ?

— Pourquoi pas !

Aurel raccrocha et rendit le téléphone à Ingrid.

Elle s'était assise et toussait beaucoup. Elle voulait cacher sa fatigue par une bonne humeur exagérée.

— Vous avez vu le yacht dans la rade ?

Elle montra, mouillé devant l'île de la Roqueta, un grand bâtiment de plaisance. Il comportait plusieurs ponts et devait être très long, car il formait une masse importante sur la mer, malgré la distance qui le séparait du rivage.

— C'est le bateau de mon fils Jorge, dit-elle en se tournant vers Martha. Il m'attend.

Elle se leva et Aurel remarqua qu'elle portait la même robe à haut col qu'elle avait revêtue pour conduire la Cadillac.

Une fois debout, elle mit ses larges lunettes de soleil à monture blanche et se coiffa d'une capeline semblable à celle qu'Aurel avait laissé filer à la mer. Par-dessus, elle passa un foulard de soie qu'elle noua sous son menton.

— Regarde bien, Martha, comment je fais.

Elle enfila des gants noirs qui lui montaient jusqu'au milieu des avant-bras, fit un tour sur elle-même.

— Voilà. Maintenant, je vous laisse. À dix-huit heures, sois prête, surtout. Les habits que tu dois porter sont sur le lit dans ta chambre.

Ingrid souffla dans sa main pour envoyer un baiser et disparut.

XXVII

Les cheveux encore mouillés par la douche, vêtue d'un corsage blanc en soie et d'un jean de grande marque qu'Ingrid lui avait donnés, Martha regardait, stupéfaite, le grand hall par où son hôtesse venait de disparaître.

— Quelle femme merveilleuse… Elle est incroyablement séduisante.

Aurel était heureux que quelqu'un ait porté sur Ingrid le même regard admiratif que lui, par-delà son âge et sa maladie. Il était néanmoins un peu inquiet, d'après ce que Damien avait révélé de Martha. La suite lui donna raison.

— C'est votre copine ?

— Heu…

— Alors, tout ça est à vous ! s'écria Martha, en écartant les bras et en tournant sur elle-même. Et moi qui vous prenais pour un petit diplomate-chanteur.

— Je le suis.

Mais Martha avait déjà changé d'idée.

— Quelle maison… vous vous rendez compte ? Il y a quelques heures encore, je me cachais dans des quartiers où les gens vivent au milieu des ordures et des rats. C'est fou, les contrastes de ce pays. Comment peut-on supporter ça ?

Elle se laissa tomber dans un profond fauteuil face à la baie.

— Évidemment, quand on est du bon côté, c'est tellement beau. Tellement parfait. Pourquoi faudrait-il que quelque chose change ?

Aurel craignait d'être entraîné sur ce terrain politique. Martha l'avait placé du côté des riches et il faudrait soit qu'il la contredise, soit qu'il plaide en faveur de l'injustice du monde. Les deux étaient impossibles. Il préféra changer de sujet.

— Antonio n'a pas fait de difficultés pour vous laisser prendre ce risque ?

— Non. Il m'a soutenue. Les mafieux sont comme ça. Il m'a dit : « Tu fais confiance à ce type ? » J'ai répondu : « Oui. » Il a conclu : « Alors, vas-y ! Et s'il nous a trahis, je le tuerai. » J'aime bien cette façon de fonctionner. Pas vous ?

— Si, si, approuva Aurel, mais en marquant moins d'enthousiasme.

— Au fond, il savait que ça ne pouvait pas durer, que nous étions chacun dans notre monde. J'ai vécu de merveilleux moments avec lui. Mais ce n'était pas la vraie vie. Pas la sienne, en tout cas. Il me cachait toute la saloperie de son quotidien. Le narcotrafic, ce n'est pas quelque chose de propre. On ne peut pas faire ce business sans contrôler toutes les formes de criminalité. Il faut des tueurs, des dealers, des putes, des flics véreux… Tout cela, je ne le voyais pas. Mais, depuis que vous avez lâché les chiens contre lui, la barrière a cédé. Il n'y avait plus moyen de mettre la belle hacienda et les balades d'un côté et de l'autre les tortures et les assassinats.

Elle avisa dans un coin du salon une table chargée de bouteilles et de verres.

— Je vous sers quelque chose ? Je crève d'envie de boire un truc fort. Ça me calmerait.

Aurel s'empressa et servit deux tequilas.

— Le fait que je m'en aille va lui permettre de négocier avec les Fédéraux. Ils perdent un prétexte pour agir. Dans l'affaire du flic de Cancún, il fera valoir la légitime défense. À mon avis, il va s'en sortir.

Elle but une longue rasade d'alcool et secoua la tête.

— Il va s'en sortir, ça veut dire, il va rester là-dedans. Il va continuer à tuer parce que c'est sa vie. Et moi, je vais redevenir une bourge, parce que, au fond, c'est la mienne.

En disant cela, elle se laissa tomber dans le fauteuil, bras écartés.

— Et c'est vrai que c'est bon.

Aurel ne chercha pas à lui faire préciser sa pensée. Ils gardèrent le silence, amollis par la chaleur, la lumière du soleil au-dehors et l'alcool.

Un peu plus tard, une femme de chambre vint apporter à Aurel un document sur un plateau d'argent.

— Votre passeport d'urgence, dit-il, en le tendant à Martha.

— À quoi cela peut-il me servir ? Tous les postes frontières du pays doivent avoir mon nom en gros sur une liste…

— On vous expliquera plus tard.

— Vous faites bien des mystères. Pourquoi Ingrid m'a-t-elle dit tout à l'heure de noter comment elle mettait son chapeau ?

Aurel regarda l'heure.

— Allez vous habiller avec les vêtements qu'elle a préparés pour vous et bientôt vous comprendrez.

*

Ingrid, pour rejoindre son fils Jorge sur son yacht, avait dû passer les formalités de frontière et de douane à la capitainerie. Ignacio, le responsable, avait bien connu son mari et il s'excusa de devoir faire subir ces tracasseries à Ingrid.

— Vous partez pour les Galápagos, cette année encore ?

— Peut-être. Mon fils décidera. Il m'a parlé de Guayaquil…

— Le port du chocolat ! Il paraît que c'est très beau aussi.

— Nous verrons bien. Je ne suis pas pressée par le temps...

L'annexe du yacht, une barque propulsée par deux puissants moteurs, vint chercher Ingrid. Le douanier la salua de la fenêtre de son bureau et regarda avec attendrissement s'éloigner cette silhouette si particulière. Avec son grand chapeau et ses lunettes qui lui mangeaient le visage, elle évoquait l'époque bénie où Acapulco était, pour le temps d'un festival, envahie par les stars du monde entier.

Deux heures passèrent. Ignacio, en ces temps moroses, n'était pas débordé. Il se laissait souvent aller, l'après-midi, à boire quelques verres. Quand, à dix-sept heures, il vit revenir l'annexe du yacht et la silhouette bien reconnaissable d'Ingrid, il se douta qu'il lui manquait quelque chose. Ces grandes dames font toujours des caprices...

Elle passa la tête par la porte du bureau.

— Mon chauffeur va me déposer les médicaments que j'ai oubliés chez moi.

Ignacio ne se dérangea pas.

— Allez-y, bien sûr.

La Range Rover était garée à l'entrée du port, invisible de la capitainerie parce qu'elle était dissimulée par un hangar. Ingrid monta à l'arrière par la portière gauche. Quelques instants plus tard, Martha, vêtue de la même manière, descendit par la portière droite.

Avec son grand chapeau attaché par un foulard, ses lunettes noires et sa robe à grand col, sa silhouette était bien méconnaissable. Ignacio envoya un petit salut du bout des doigts quand celle qu'il prenait pour Ingrid passa devant son bureau. Il n'allait tout de même pas lui demander de nouveau ses papiers.

Martha longea le ponton sans presser le pas puis monta dans l'annexe qui la conduisit jusqu'au yacht de Jorge. Ils appareillèrent une heure plus tard.

*

Aurel et Ingrid regardaient l'impressionnant navire de plaisance s'éloigner à l'horizon, presque exactement dans la trajectoire du soleil couchant.

— Votre fils n'a pas fait de difficultés ?

— Ça l'a beaucoup amusé. Dès que Jorge peut faire quelque chose d'un peu limite, il adore. C'est un aventurier.

— Ils vont bien s'entendre alors ?

— Je n'en serais pas étonnée…

— En tout cas, avec son passeport provisoire, il peut la déposer dans n'importe quel pays. Elle est en règle.

— C'est leur affaire. S'ils veulent faire le tour du monde…

Ingrid, maintenant que l'obscurité était venue et l'excitation retombée, marcha difficilement jusqu'à un canapé et s'y laissa choir. Elle avait l'air épuisée.

— En tout cas, vous avez été très généreuse d'accepter...

— Accepter quoi ? dit-elle de sa voix de plus en plus rauque. De toute manière, je n'aurais pas pu faire cette croisière. Et je ne voulais pas... que cela se passe sur ce bateau. J'ai embrassé Jorge une dernière fois. C'est tout ce qui comptait pour moi.

— Je vais vous laisser vous reposer. Vous savez que je dois, hélas, partir demain.

— Je sais et je le regrette beaucoup. Mais le temps, de toute part, nous est compté.

Aurel s'approcha d'elle et lui prit la main.

— Votre ami Guillermo est en bas. Il n'a pas osé monter. Les gardiens me l'ont dit. Il veut vous ramener à votre hôtel.

— Mon hôtel ! Los Flamingos ? Mais je n'ose pas me montrer là-bas. Ils doivent m'en vouloir terriblement de les avoir laissé tomber.

Ingrid sourit.

— Ne vous inquiétez pas. Nous leur avons tout expliqué. Ils vous attendent. Ils vous ont même réservé une surprise.

Dans ce pays, Aurel avait appris à se méfier des surprises.

— C'est votre dernier soir aujourd'hui, n'est-ce pas ?

— Malheureusement, gémit-il, en se relevant.

— Eh bien, vous allez donner un dernier concert. Toute la ville sera là. Et moi aussi.

Ingrid lui fit signe de s'asseoir à côté d'elle sur le canapé. Il ne savait pas quoi dire tant il était ému. Elle se serra contre lui. Le vent, à cette heure du soir, ramenait jusqu'à la maison le bruit du ressac. C'était comme une respiration plus ample que la leur et qui durerait toujours.

Aurel fut envahi par l'évidence qu'ils ne se reverraient plus. Il était au bord des larmes mais Ingrid ne le laissa pas s'abandonner.

— Allez-y, souffla-t-elle en lui embrassant les mains. Ils vous attendent.

Il se leva, traversa l'immense salon et se retourna une dernière fois. Il la vit dans un halo de lumière qui faisait autour d'elle comme un cadre circulaire. Il grava cette image dans sa mémoire et rejoignit Guillermo qui attendait devant la maison.

— Pourquoi n'êtes-vous pas entré ?

— Ce n'est pas ma place, répondit le photographe, le visage grave.

Le cliquetis métallique de la Coccinelle se réverbérait entre les hauts murs. Aurel avait l'impression d'entendre le tic-tac d'un moteur plus profond, qui était celui de son âme.

— Vous savez, Guillermo, Je ne pourrai pas oublier ce que vous avez fait pour moi. J'espère que nous allons nous revoir.

L'Indien réfléchit puis se tourna vers lui.

— Pour mon peuple, vos limites n'existent pas. Il n'y a pas de clôtures à nos champs. Il n'y a pas de séparation entre les vivants et les morts. L'absence et la présence sont une seule et même chose.

Guillermo se remit à fixer la route, le menton levé, les lèvres pincées comme un chef de tribu qui a livré sa sentence.

— Je vais essayer de m'en souvenir, dit Aurel.

Ils montèrent jusqu'à l'hôtel Los Flamingos. Toute la famille Alvarez vint à la rencontre de son crooner préféré. Ramón traduisit en anglais les mots de bienvenue de ses parents.

— Votre chambre vous attend.

Aurel s'engagea dans la galerie vers la Casa Tarzan. Quand il ouvrit la porte, il découvrit sur la table une grande corbeille de fruits et un mot d'accueil en français.

— Nous vous laissons vous préparer. Les spectateurs vous attendent à vingt heures.

Aurel resta seul dans la chambre. Son regard s'arrêta sur ses bagages à peine ouverts depuis son arrivée. Demain, il allait remettre flanelles et velours, tweeds et feutres, s'habiller en Aurel, en somme. Il en était heureux. Pour l'heure, il était encore au Mexique et il se prépara comme à son habitude. La veste de smoking n'ayant pas résisté à la prise d'otage, il revêtit son costume de lin blanc qui avait été lavé en son absence.

Une demi-heure avant d'entrer en scène, il s'installa au bar où Luis lui servit une margarita.

— Après toutes vos émotions…

Derrière les plantes vertes et les flamants roses, Aurel entendait le public prendre place. La salle était pleine comme jamais.

Juste avant le début du récital, Ramón arriva tout essoufflé, porteur d'une lettre.

Il savait déjà ce que c'était.

De la belle écriture d'Ingrid étaient tracés ces mots « Merci. Adieu. Je vous aime. »

Aurel mit le mot dans sa poche, avala sa margarita cul sec avec tous les glaçons et s'avança d'un pas mal assuré vers le micro.

Quand les applaudissements prirent fin, il commença à chanter, en claquant des doigts pour donner le rythme.

Cause all of me
Loves all of you
You're my end and my begining
Even when I lose, I'm winning.

La salle reprit les paroles en chœur. Aurel ferma les yeux. Le premier homme posait le pied sur la lune, Kennedy venait d'être assassiné, Sinatra entrait dans le grand stade de Rio.

Ingrid était là, au premier rang, aussi belle qu'elle lui était apparue la première fois et telle qu'elle resterait toujours.

Guillermo avait raison : il n'y a pas de limites et le temps n'existe pas.

Postface

S'il vous prend l'envie de suivre Aurel à Acapulco, je ne saurais trop vous recommander de descendre à l'hôtel Los Flamingos. Vous pouvez retenir une chambre sur la plupart des sites de réservation. L'établissement ne vous décevra pas. Il est exactement tel que je l'ai décrit. Vous y retrouverez la Casa Tarzan, les photos de John Wayne et de Johnny Weissmuller sur les murs, les salles de bain d'époque où vous pourrez imaginer Ava Gardner prendre sa douche… Des musiciens agrémentent les repas au restaurant. Malheureusement, Aurel Timescu ne s'y produit pas en ce moment.

Une recommandation : n'allez pas appeler les patrons Alvarez. Si l'hôtel est bien réel, je me suis permis de brouiller les pistes en ce qui concerne ses actuels propriétaires.

Je n'aurais pas pu découvrir Acapulco sans l'aide d'un homme exceptionnel, un photo-reporter qui témoigne par son travail de la violence des gangs et de la police. Bernardino Hernandez se reconnaîtra facilement sous les traits de Guillermo. Sa Coccinelle n'est pas jaune mais grise. À ce détail près, c'est bien la même voiture que l'on voit garée aux abords de toutes les scènes de crime. Bernardino a exposé ses photos dans le monde entier. Il y montre de façon bouleversante la pauvreté et la brutalité de cette ville naguère paradisiaque. L'omniprésence de la mort, la cruauté des exécutions, le rituel qui entoure les assassinats transforment la violence quotidienne en une pavane macabre qui n'est pas sans évoquer les grandes cérémonies précolombiennes.

Certes, la situation s'améliore si on la compare à la décennie précédente. Des efforts sont faits pour rendre à la ville, au moins dans sa zone côtière, un semblant de sécurité. Il n'empêche que le danger est toujours présent, en particulier pour les journalistes. Ils paient un très lourd tribut et j'ai pour eux une immense admiration. Chaque heure passée en leur compagnie à Acapulco permet d'éprouver la présence du danger. Nous qui avons le privilège de pouvoir partir, nous nous devons de rendre hommage à ceux qui choisissent de rester. C'est à eux que je n'ai cessé de penser en créant le personnage de Guillermo, car, au-delà de Bernardino, il représente tous ceux qui prennent ces risques au quotidien.

Dans un registre moins grave, je sollicite l'indulgence du corps diplomatique. J'entretiens en son sein de fortes amitiés. Tous ceux qui connaissent ce milieu savent, hélas, que mes personnages existent bel et bien. Ils ne sont évidemment pas là où je les situe.

Ainsi, à Mexico, ni Jean-Pierre Azvazadourian, ambassadeur de France, ni Gautier Mignot, ambassadeur de l'Union européenne, n'ont la moindre ressemblance avec Hubert de Chamechaude. Ce qui ne signifie pas qu'on ne puisse en rencontrer le modèle ailleurs…

Grâce à Gautier Mignot et à son épouse Tatiana, j'ai pu découvrir Mexico en profondeur… et en altitude puisque nous sommes allés contempler la ville du haut du volcan Iztaccihuatl. En décrivant la résidence de l'ambassadeur de France, j'ai à peine forcé le trait. J'espère que mes critiques amicales convaincront le Quai d'Orsay de procéder à la rénovation de ce bâtiment.

La France dispose à Acapulco d'un consul honoraire, M. Ramirez-Durand. Je n'ai malheureusement pas pu le rencontrer car il était en déplacement pendant mon séjour. On chercherait donc en vain une ressemblance entre lui et le personnage du livre que j'ai dû aller chercher… ailleurs.

Aurel, bien sûr, est un personnage de fiction et toutes ses aventures sont des constructions romanesques. Il reste que tous les personnages que l'on croise en le suivant, que tous les lieux qu'il arpente, que tous les sujets de société qu'il aborde appartiennent à la réalité.

(suite de la page du même auteur)

Rouge Brésil, Gallimard, 2001. Prix Goncourt ; Folio, 2003 ; 2014.

Les Causes perdues, Gallimard, 1999. Prix Interallié ; Folio, sous le titre *Asmara et les causes perdues*, 2001.

Sauver Ispahan, Gallimard, 1998 ; Folio, 2000 ; 2014.

L'Abyssin, Gallimard, 1997. Prix Méditerranée et Goncourt du premier roman ; Folio, 1999, 2014 ; Écoutez lire, 2004, 2012.

Essais

Un Léopard sur le garrot, chroniques d'un médecin nomade, Gallimard, 2008 ; Folio, 2009.

L'Aventure humanitaire, Découvertes Gallimard, 1994.

La Dictature libérale, Lattès, 1994. Prix Jean-Jacques Rousseau. Hachette Pluriel, 1995.

L'Empire et les nouveaux barbares, Lattès, 1991 ; Hachette Pluriel, 1992.

Le Piège humanitaire. Quand l'aide humanitaire remplace la guerre, Lattès, 1986 ; Hachette Pluriel, 1993.

Collectif

Africa America, en collaboration avec Christian Caujolle et Philippe Guionie, Diaphane, 2011.

Regards sur le monde : les visages de la faim, en collaboration avec Isabelle Eshraghi, Brigitte Grignet, Jane Evelyn Atwood et al., Acropole, 2004.

Mondes rebelles, en collaboration avec Arnaud de La Grange et Jean-Marie Balencie, Michalon, 1999 ; 2001.

Les Économies des guerres civiles, en collaboration avec François Jean, Hachette Pluriel, 1996.

Cet ouvrage a été mis en pages par

<pixellence>

CET OUVRAGE
A ÉTÉ ACHEVÉ D'IMPRIMER
SUR ROTO-PAGE
PAR L'IMPRIMERIE FLOCH
À MAYENNE EN MARS 2022

N° d'édition : L.01ELIN000576.N001. N° d'impression : 100148
Dépôt légal : avril 2022
Imprimé en France